AF304533

Sigrun Dahmer, Jahrgang 1966, stammt ursprünglich aus Bochum. Doch sie war schon immer ein Zugvogel: Paris, U.S.A., Spanien und dann Köln. Doch dort blieb sie nur solange, bis sie erneut, diesmal zusammen mit ihrem Mann und ihren drei Kindern, vom Reisefieber gepackt wurde: 2013 verabschiedete sich die ganze Familie aus Deutschland, um ein Sabbatical in Las Palmas zu verbringen. Passend dazu spielt ihr Roman *Liebe, Mia, Sevilla* mitten im schönen Andalusien und handelt von einer etwas anderen Auswanderin ...

SIGRUN DAHMER

SOMMER KÜSSE

in Sevilla

Überarbeitete Neuausgabe August 2022

Copyright © 2022 dp Verlag, ein Imprint der
dp DIGITAL PUBLISHERS GmbH
Made in Stuttgart with ♥
Alle Rechte vorbehalten

Sommerküsse in Sevilla

ISBN 978-3-96087-803-5
E-Book-ISBN 978-3-98637-555-3

Copyright © 2016, dp Verlag, ein Imprint der
dp DIGITAL PUBLISHERS GmbH
Dies ist eine überarbeitete Neuausgabe des bereits 2016 bei dp Verlag, ein Imprint der dp DIGITAL PUBLISHERS GmbH erschienenen Titels Liebe, Mia, Sevilla (ISBN: 978-3-96087-056-2).

Covergestaltung: ARTC.ore Design
Umschlaggestaltung: ARTC.ore Design
Unter Verwendung von Abbildungen von
shutterstock.com: © Maridav, © Charcompix, © aPhoenix,
© Chansom Pantip, © pixel creator, © Juan Pedro Pena,
© Irina Anashkevich
Lektorat: Daniela Höhne
Satz: dp DIGITAL PUBLISHERS GmbH
Druck und Bindung: Books on Demand GmbH, Norderstedt

Kapitel 1

F wie Feiertage

Das Zitat des Tages:

„Besonders an Feiertagen, wie z. B. zu Weihnachten, am Geburtstag, aber auch an persönlichen Jahrestagen, droht Ihren Klienten emotionale Absturzgefahr."

(Ratgeber für angewandte Psychologie, S. 15f)

Geburtstage konnte ich noch nie ausstehen. Erst recht nicht, wenn sie mitten in der Woche lagen. Mein 27. Geburtstag fiel auf einen Mittwoch – mittiger ging's nicht. Da ich wusste, dass ich nach der Leitung meines Workshops „Flirten für Großstädter" zu nichts mehr zu gebrauchen sein würde, hatte ich meinen feierwütigen Freunden schon lange im Voraus zu verstehen gegeben, dass sie sich jegliche Hoffnung auf eine wilde B-Party zu Ehren meines Wiegenfestes abschminken konnten. Für mich gab es einfach nichts zu feiern, weder im engsten Freundeskreis unterhalb der Woche, noch aufgemotzt im großen Rahmen am Wochenende. Mit meiner sorgfältig geplanten Vermeidungsstrategie hätte ich auch fast Erfolg gehabt.

Leider nur beinah, denn meiner besten Freundin Sophia konnte ich damit nicht kommen. Sophia arbeitete als Lehrerin und ließ einem Schwänzen prinzipiell nicht durchgehen. Sie war dabei nicht nur hartnäckig konsequent, sondern zudem auch noch überaus gerissen. So bestand ihr Geburtstagsgeschenk darin, mich zusammen mit ihrem, vor einem Vierteljahr frisch geehelichten Gatten, dem Langweiler Lukas, zum Essen auszuführen. Im vollen Bewusstsein, dass ich diesen flotten Dreier mit Sophia und ihrem Lebenspartner – das Wort „Ehemann" ging mir immer noch nicht über die Lippen – anders nicht würde durchstehen können, hatte ich am Dienstag schnell noch einige Piccoloflaschen Sekt auf Vorrat gekauft.

Am Mittwochabend leerte ich allein zu Hause vorsorglich schon die ersten beiden als Vorspeise. Trinktechnisch etwas aus der Übung, hatte ich die Nebenwirkung des Alkohols auf mich vergessen: Das Wummern in meinem Hirn nahm minütlich zu, die Kopfschmerzen wurden stärker und zu allem Überfluss fingen auch noch meine Synapsen zu piepen an. Es dauerte peinlich lange, bis ich begriff, dass mein angebliches Gehirngewitter in Wirklichkeit nichts anderes als das Läuten meiner Klingelanlage war. Ich schleppte mich zur Wohnungstür und öffnete sie vorsichtig einen Spaltbreit.

„Mia, bist du taub? Wir klingeln schon seit einer Viertelstunde. Komm, Liebling."

Sophia schob erst Lukas in mein Apartment, bevor sie es dann selbst betrat und die Tür leise hinter sich schloss. Lukas machte ein entschuldigendes Zeichen und wurde mir dadurch für einen Augenblick fast schon sympathisch. Ihm schien der Überfall seiner Frau ähnlich unangenehm zu sein wie mir. Als Sophia vor mir stand, starrte sie mich erschrocken an.

„Mia, was hast du mit deinem Haar gemacht?"

Ich zuckte mit den Schultern. „Ein kleines Geburtstagsgeschenk an mich selbst." Ich imitierte den typischen Tonfall von Werbeclips: „Directions, die Coloration, die Sie nur beim Frisör Ihres Vertrauens erhalten."

„Du hast so schöne lange Haare, aber warum färbst du sie dir ausgerechnet pink?"

„Midlife-Crisis", witzelte ich.

„Nee, Süße, geht gar nicht! Und überhaupt, wie siehst du aus? Die ‚La Bodega' ist ein besseres Restaurant, du solltest dich dementsprechend schon etwas stylen."

Der vorwurfsvolle Unterton war unüberhörbar. Sophia selbst nahm ihn anscheinend ebenfalls wahr, denn als sie fortfuhr, gab sie ihrer Stimme einen deutlich wärmeren Klang.

„Komm, die Zeit nehmen wir uns. Zieh dich ruhig noch einmal um!"

Sophias freundlich-verbindliches Timbre gefiel mir jedoch noch weniger. Aber, was sollte ich tun? Meine beiden Gäste ließen mir sowieso keine Wahl. Mit großer Selbstverständlichkeit hatten Lukas und Sophia sich mittlerweile einen Platz auf meinem Sofa im Wohnzimmer freigeräumt. Anschließend machten sie sich dort in demonstrativer Wartehaltung breit.

Ich floh in mein Schlafzimmer.

Kaum stand ich vor dem Kleiderschrank, schien das Kopfkissen meinen brummenden Schädel verführerisch zu sich zu rufen. Wie gerne hätte ich mein müdes, pink umrahmtes Haupt auf meinem Bett auskuriert! Doch das ließ Sophia bestimmt nicht zu. Richtig.

Wie zu erwarten, enterte sie weniger als gefühlte zwei Minuten später mein Schlafzimmer. Furiengleich bugsierte sie Lukas und mich erst auf den Hausflur hinaus und nach kurzer Autofahrt in das teure spanische Feinkostrestaurant ‚La Bodega‘ hinein. Auch dort hatte meine Freundin alles unter Kontrolle: Sie bestellte für uns drei ein mehrgängiges, vermutlich sehr kostspieliges Menü, erzählte geistreiche Anekdoten über die Schule im Allgemeinen und ihre Referendare im Besonderen, präsentierte sich als aufmerksame, charmante Gastgeberin, kurz, sie gab ihr Bestes, den Abend schön für mich zu gestalten. Doch leider entfalteten ihre gutgemeinten Bemühungen nicht so richtig die gewünschte Wirkung. Ich fühlte mich zunehmend unwohl, litt dabei aber gleichzeitig an Gewissensbissen Sophia gegenüber. Wäre ich aufmerksamer gewesen, hätte ich die Vorboten des Eklats bereits im Vorfeld erahnen können. Aber irgendwie hatte mich Sophia komplett überrollt und dadurch meine innere Alarmanlage ausgeschaltet. Später machte sie Lukas Vorwürfe. Aber ich fand, dass er unschuldig an unserem Streit war. Der arme Kerl hatte beim Dessert einfach nur das Thema angesprochen, das mich sowieso die ganze Zeit beschäftigte. Sein einziger Fehler, wenn überhaupt, bestand höchstens darin, dass er nicht mitbekommen hatte, wie zartfühlend meine Freundin meine ganz persönlichen Killing Fields zu umschiffen versuchte.

„Und, Mia, wenn du jetzt eine Bilanz deines bisherigen Lebens ziehen müsstest: wie fühlst du dich mit siebenundzwanzig?“

„Lukas, nicht doch. Entschuldige bitte, Mia."

Ich konnte nicht anders und trompetete trotzig die unglückselige Antwort heraus, die den gesamten Abend torpedierte: „Ich fühle mich nicht gut. Ehrlich gesagt geht's mir beschissen. In meinem Leben ist alles schiefgelaufen. In jeglicher Hinsicht. Hat doch alles nichts gebracht."

Stille. Treffer versenkt.

Lukas legte das Besteck zur Seite und schaute mich halb ungläubig, halb ängstlich an. Ich sah ihm an, dass es sein Weltbild erschütterte, das eine Psychologin mit abgeschlossenem Studium so depressives Zeug von sich gab. Sophia gabelte stoisch weiter. Nur ihre senkrechte Falte mitten auf der Stirn verriet sie. Plötzlich kam ich mir jämmerlich vor. König Alkohol hatte meine Selbstkontrolle vor die Hunde gehen lassen.

„Aber ... doch, doch, insgesamt ist es eigentlich schon ganz okay", ruderte ich ungeschickt zurück, versuchte, den Fehler wieder gutzumachen. Lahmes Manöver gegenüber einer langjährigen Studienfreundin. Nein, das traf es nicht so ganz. Sophia war viel mehr gewesen als eine alte Bekannte. Damals an der Uni waren wir sogar so dicke miteinander, dass es uns nur im Doppelpack gab. Was unsere Kommilitonen dazu veranlasste, uns *die siamesischen Zwillinge* zu nennen. Mit einem Mal wurde mir ganz wehmütig zumute. Ich erinnerte mich an den Tag, an dem Sophia und ich uns kennengelernt hatten. In der Uni-Mensa. Noch genauer: Beim Warten auf den Schlag vegetarischer Bolognese in der Bio-Schlange. Wir befanden uns damals beide bereits im Hauptstudium. Einem total chaotischen Hauptstudium, denn es war die Zeit diverser Hochschulreformen und wechselnder Prüfungsordnungen. Sophia und ich hatten uns gegenseitig dabei unterstützt, dennoch die jeweils richtigen Creditpoints und Seminarscheine zusammenzukriegen, ohne bei der Zuordnung wahnsinnig zu werden. Der Kampf gegen bürokratische Windmühlen hatte uns vor allem in der Examensphase zusammengeschweißt.

Aber jetzt saßen wir hier, dinierten zu dritt in diesem Edelschuppen und schwiegen uns dabei vorwurfsvoll an. Die ganze Szene hatte etwas von einem absurden Theaterstück. Ich blickte immer wieder möglichst unauffällig zu meiner eleganten Freundin, meiner früheren Vertrauten, und musste mir eingestehen, dass sie mir ziemlich fremd geworden war. Keine Ahnung, wann genau es passiert war, doch wir hatten uns nach dem Studium wohl auseinandergelebt. Sobald der Druck von außen nachgelassen hatte, drifteten wir innerlich auseinander. Vermutlich lag es an unserem unterschiedlichen Charakter. Während ich noch nie so richtig gewusst hatte, wo ich eigentlich hinwollte, hatte Sophia ihr Leben schon von Anfang an fest im Griff gehabt. In jeglicher Hinsicht, sowohl beruflich als auch privat. Nur zu gut erinnerte ich mich an die Hochzeit, die sie und Lukas vor drei Monaten wahnsinnig aufwändig gefeiert hatten. Dass sie heiraten wollten, überraschte niemanden. Als Beamte auf Lebenszeit am selben Gymnasium tätig, saßen beide fest im Sattel. Ein fürchterliches Fest, sehr pompös mit Familie und Kollegen, und als eine Art abschreckendes Beispiel waren auch noch die paar übrig gebliebenen Single-Freunde eingeladen. Trotz des grässlich steifen Ambientes kamen mir beim Überziehen des Ringes dennoch fast die

Tränen. Ich hatte das gemacht, was ich immer tat, wenn es mir zu sentimental wurde: Ich suchte einen Anlass, um zu lachen. Den hatte ich schnell gefunden, denn ich fand es überaus spaßig mitanzusehen, wie ungeschickt Lukas mit aller Gewalt den Trauring über Sophias Fingerknöchel quetschte. Ich sah dem Gesicht der Braut an, dass es ihr richtiggehend wehtat. Das wäre doch einmal eine Schlagzeile für die Bild gewesen: ‚Trauring verursacht Knöchelbruch: So machen Sie den Juwelier haftbar‘. Ich grinste, doch als Sophia Lukas, sobald der Ring saß, glücklich küsste, drohten meine Augen schon wieder überzuschwappen. Energisch wischte ich mit Tempos dagegen an, während ich gleichzeitig „Apfelsinen“ murmelte, um meinen Sinn für Humor zu beschwören. Meine Strategie hatte zum Glück auch ein zweites Mal funktioniert. Die Tränen versiegten, das rettende Wort hatte mir ein Lächeln aufs Gesicht gezaubert. Was wir als *bessere Hälfte* bezeichneten, nannte man im Spanischen *mi media naranja: meine halbe Orange*. Ich erinnerte mich noch genau daran, wie ich damals dachte: *Da stehen nun meine beiden Apfelsinen vor dem Schreibtisch des Standesbeamten und unterschreiben den Knastvertrag für die Obstkiste.*

Während meiner ausschweifenden Tagträumereien hatte Lukas sich allmählich wieder gefangen. „Warum bist du denn unzufrieden?“ Seine Frage beamte mich aus der Vergangenheit hinaus und ließ mich recht unsanft wieder im Restaurant landen.

Was konnte ich zu meiner Verteidigung sagen? Ich war müde, traurig und sentimental. Und so antwortete ich das Erstbeste, was mir in den Kopf kam.

„Dieses Restaurant hier hat überhaupt keine Ähnlichkeit mit einer spanischen Bodega!"

Sophia hob eine Augenbraue, Lukas wartete irritiert auf eine Erklärung.

„Warum?", fragte er mich, als ich schwieg. Sophia rollte mit den Augen und führte ihr Glas Rotwein zum Mund. War mir egal. Ich legte los.

„So spießig akkurat, proper und ... tot", maulte ich, während ich aus den Augenwinkeln wahrnahm, wie Sophia schluckte. Doch ich war nicht zu bremsen.

„In Sevilla sitzen alle an langen Gruppentischen, teilen sich das Essen, man schwätzt miteinander und tanzt ..."

Lukas murmelte etwas von Glorifizierung, aber Sophia ignorierte seinen Kommentar und schaute mich dafür so böse an, dass ich mich nicht traute, fortzufahren.

„Willst du damit sagen, dass du dich in unserer Gesellschaft unwohl fühlst?" Huch. Sophia explodierte wie das Silvesterfeuerwerk auf den Rheinbrücken. „Weißt du, wie lange im Voraus ich unsere Plätze habe reservieren müssen?"

Plötzlich überkam mich ein schlechtes Gewissen. Sie hatte recht, ich würde mich selbst nicht gern zur Freundin haben wollen.

Ich dachte an meinen roteingebundenen Praxisratgeber für angewandte Psychologie oben rechts auf dem Bücherregal. Nun ja, seit geraumer Zeit irgendwo unter meinem Bett. Mit diesem Buch hatte es eine ganz besondere Bewandtnis: Seit Spanien kämpfte ich jeden Morgen gegen meine Unlust aufzustehen an. Ich hatte schon so einiges ausprobiert, um meinen inneren

Schweinehund an die Kette zu legen. Als am erfolgreichsten hatte sich dabei letztlich ein kleines Spiel erwiesen. Es handelte sich um eine Methode, mit der ich mir eine Art persönliches Tageshoroskop selbst erfand. Noch im Bett tastete ich mit geschlossenen Augen voller Schlafsand nach meiner dicken roten Psycho-Bibel aus Studientagen und schlug sie auf einer x-beliebigen Seite auf. Und meistens eignete sich die so gefundene Überschrift zum Spruch des Tages.

Echt verblüffend. Ich würde mal sagen, die Trefferquote konnte es locker mit der von chinesischen Glückskeks-Botschaften aufnehmen. Mindestens! Im Grunde genommen lag mir abergläubisches Denken nicht. Bei meinem Morgenritual ging es eher darum, dass der Zweck die Mittel heiligte: Meine Neugier herauszufinden, was der zufallsgenerierte Text mit dem Tag, der vor mir lag, zu tun hatte, trieb mich recht zuverlässig aus den Federn. Das war's auch schon. Mission erfüllt. Auch an meinem Geburtstagsmorgen hatte ich mich auf dieses Spielchen eingelassen und war passenderweise bei „F wie Feiertage" gelandet. Das kam mir erst ein wenig unheimlich vor. Warnung vor dem Absturz an Geburtstagen. Aber das Zitat des Tages hatte sich leider auch diesmal wieder als zutreffend erwiesen. Ertappt. Obwohl ich studierte Psychologin war und es eigentlich besser wissen sollte, benahm ich mich an meinem Geburtstag genauso vorhersehbar undankbar und unausstehlich wie meine Klienten. Ärgerlich versuchte ich meinem Kopf zu befehlen, das lästige Pochen zu unterlassen. Ich wandte mich dem Gastgeberpaar zu, nahm meine geballte Willenskraft zusammen und versuchte zu retten, was von diesem Katastrophenabend übrig blieb.

„Quatsch", hörte ich mein Über-Ich versöhnlich lachen. „Alles in Ordnung." Ich fand, dass meine Stimme sich fürchterlich unecht anhörte, viel zu laut und poltrig, aber das schien außer mir niemanden zu stören. Ganz im Gegenteil. Lukas und Sophia stimmten sofort gemeinsam in meine künstliche Fröhlichkeit mit ein. Sophia nahm den alten Gesprächsfaden nonchalant, wie es so ihre Art war, wieder auf.

„Süße, das, was du eben von dem Flirt-Workshop erzählt hast, klingt wirklich gut. Ich würde dich da diesbezüglich gerne um einen Gefallen bitten."

„Natürlich", beeilte ich mich zu sagen. „Ich stehe wirklich in eurer Schuld. Ihr habt euch so viel Mühe heute Abend gegeben. Vielen Dank. Ich kann das wirklich wertschätzen."

Sophia warf mir ihre Serviette entgegen und grinste. „Du musst nicht zu Kreuze kriechen. Es reicht, wenn du meine Referendarin Ana morgen mal in deinem Trainingskurs hospitieren lässt. Nur für einen Tag. Das würde ihr wirklich guttun. Weißt du, sie tut sich so schwer, Augenkontakt zu den Schülerinnen und Schülern aufzunehmen und laut und deutlich zu sprechen."

Oh nein, auch das noch. Das war eine harte Strafe! Doch bevor ich Einspruch erheben konnte, zog Lukas die Aufmerksamkeit auf sich, indem er aufstand.

„Ihr entschuldigt mich. Bin gleich wieder zurück."

Sophia ertränkte ihn mit einer Unmenge süßer kleiner Küsschen, gerade so, als bräche er zu einer Polarexpedition mit ungewissem Ausgang auf.

Ich überlegte derweil fieberhaft, wie ich die schüchterne Referendarin wieder loswerden könnte. In besagtem Flirtkurs fühlte ich mich auch ohne Zaungäste schon total unwohl. An die Stelle als Fachbereichsleiterin Psychologie bei der Kölner Bildungsakademie war ich durch Sophia gekommen. Neben der Organisation und Administration gehörte es zu meinen Aufgaben, verschiedene Kurse und Workshops abzuhalten. Diese Woche hatte ich den überaus beliebten, stets überlaufenen Workshop ‚Flirten für Großstädter‘ übernommen. Mein absoluter Hasskurs. Ich als Balztipps gebende Singletrainerin, die, so der Flyer, ‚Kölner fit für die Liebe‘ macht. So was schafften nur die Kölner, den Bock zum Gärtner zu machen. Na ja, aber es hörte sich schlimmer an, als es war. Der theoretische Hintergrund des Kursprogramms war an und für sich gar nicht so blöd. Das Selbstbild der Kursteilnehmer mit der Fremdwahrnehmung abgleichen, in Rollenspielen den Erstkontakt einüben, Ängste ab- und Selbstbewusstsein aufbauen.

Während Sophia noch immer an Lukas herumknutschte, kam mir der Gedanke, dass meine Freundin eigentlich die perfekte Single-Trainerin abgeben würde: Charmant und selbstbewusst wie sie war, würde ihr das Flirttraining leicht von der Hand gehen. Aber dafür, typisch Deutschland, fehlte ihr meine Fakultas in Psychologie. Für mich hingegen war trotz meines theoretischen Wissens jede einzelne Kurssekunde eine Tortur. Weder verfügte ich über Sophias Strahle-Power, noch vertrat ich ihren Pragmatismus.

Wow, mittlerweile hatte Sweet Angelina ihren Darling Brad doch tatsächlich zum Klo gehen lassen. Ich holte tief Luft, stellte meine Beine fest auf den Boden und packte meine verbale Leuchtpistole aus.

„Sophia, glaubst du wirklich, deine Referendarin kann ein selbstbewusstes Auftreten an einem Tag durch Hospitieren lernen?" Meine Freundin ließ meine Suggestivfrage an ihrem Credo zerschellen.

„Aber natürlich. Der Guten fehlt einfach nur das Werkzeug. Da sehe ich keinen Unterschied, ob in der Liebe oder im Beruf, man benötigt lediglich ein bisschen technisches Know-how, ein wenig Übung und auf in die Schlacht!"

Im Eifer ihrer Ausführungen spritzten, ohne dass sie es merkte, ein paar Tropfen Rotwein über den Rand ihres Glases hinaus und landeten schließlich plakativ auf ihrer weißen Seidenbluse. Ich machte meinen Mund auf und wieder zu. Dann hielt ich nach ihrem Gatten Ausschau.

„Dein Glück, dass Lukas nicht hier ist. Er scheint mir um einiges romantischer veranlagt zu sein als du."

Ich kannte ihr Credo in- und auswendig. Wir hatten schon so oft darüber diskutiert. In Kurzfassung besagte es, dass sich eine Frau nicht nur in jeden Mann verlieben, sondern auch ausnahmslos alle rumkriegen konnte, solange sie wusste, welche Knöpfe sie zu drücken hatte. Ich sah das vollkommen anders. Entweder es funkte sofort zwischen mir und einem Typen, was zugegeben bisher eher selten vorgekommen war, oder wir hätten als Paar ohnehin keine Chance. Meiner Meinung nach konnte man da auch nichts herbeizaubern, egal, wie brillant die inneren Werte strahlten oder wie ausgebufft die Flirttechnik war. Wenn bei einem von beiden so gar nichts lief, war's das, doch wenn es funkte, dann verschlang mich die Leidenschaft mit Haut und Haaren. In diesem Fall hielt ich es mit Bizet: „Prends garde a toi!" So war es zumindest bei Rafa und mir abgelaufen. Wir standen sofort aufeinander und selbst jetzt, acht Jahre später, dachte ich immer noch täglich an ihn. Auch, oder vielleicht auch gerade deswegen, weil wir uns durch ein Unglück aus den Augen verloren hatten. Jedenfalls gingen meine Lippen bei der Erinnerung an Rafas braungelocktes Haar und sein John-Travolta-Grübchen am Kinn, das so gar nicht zu seinem sonst eher kantigen Gesicht passen wollte, immer noch automatisch in ein Lächeln über.

Lukas kam zurück, wir tranken noch einen finalen Espresso und dann setzte mich das, ähm, Ehepaar zu Hause ab. Natürlich vergaß Sophia nicht, mich zum Abschied an den Besuch der rehhaften Referendarin zu erinnern.

Als ich endlich wieder alleine war, zündete ich mir, während ich meinen Laptop hochfuhr, die letzte Zigarette des Tages an. Beim Abstauben meines Glimmstängels erlitt ich einen weiteren Anfall von Weltschmerz. Ich schaffte ein wenig Ordnung in meinem Kühlschrank, indem ich die letzten beiden Piccoloflaschen leertrank und hatte plötzlich eine poetische Vision, bei der ich mich wie Charles Bukowski höchstpersönlich fühlte. Im Grunde genommen feierte ich mit meinem Geburtstag meinen Verfall. Geburtstag gleich Verfall. Ich hielt diese bahnbrechende Einsicht mit krakligen Edding-Buchstaben auf dem Sektetikett fest. Dann machte ich mich bettfertig.

Als ich auf dem Weg ins Bad war, plingte mein Laptop, offensichtlich war eine E-Mail für mich angekommen. Vielleicht sogar aus Spanien. Ein völlig unlogischer Gedanke, ermahnte ich mich, schließlich kannte Rafa meine deutsche Mail-Adresse überhaupt nicht. Dennoch hetzte ich voller Erwartungen vom Bad zum Monitor. Tatsächlich: Geburtstagswünsche aus Sevilla. Natürlich nicht von Rafa, aber von Lynn. Ich fuhr meinen Laptop wieder herunter und schwang mich ins Bett.

Oh, Lynn, du Treue!, dachte ich gerührt kurz vor dem Einschlafen. Ich hatte mit Sicherheit nicht gerade unkomplizierte Freundinnen, aber sowohl Lynn als auch Sophia hielten zu mir. Ich legte mich auf die Seite. Meine Augen wurden schwer. Morgen würde ich Lynn antworten. An Tag zwei meines neuen Lebensjahres. Donnerstag. Und was für einer: Flirtgymnastik am Neumarkt. Um neun Uhr. Plus Referendarin. Schöne Scheiße.

Kapitel 2

S wie schüchtern

Das Zitat des Tages:

„Vor allem beim Erstkontakt mit Ihrem Klienten ist es wichtig, ihn so schnell wie möglich zu Wort kommen zu lassen und darauf zu bestehen, dass er seine Gefühle selbst formuliert."

(Ratgeber für angewandte Psychologie, S. 75)

Sophias Referendarin wartete bereits draußen auf dem Parkplatz des Bildungsinstitutes auf mich. Zu blöd, ich hätte mir gerne noch einen Kaffee und einen kleinen Frühstückssnack in der Bäckerei gekauft, bevor es losging. Dieses misslungene Geburtstagsessen mit Sophia und dem lahmen Lukas steckte mir noch immer in den Knochen. Doch aus meinem kleinen, dringend benötigten, schön zuckrigem Koffein-Push würde nichts werden. Viel zu unhöflich. Ich bekam glatt ein wenig Mitleid mit Sophias Schützling, als ich mir so ansah, wie nervös sie vor dem Haupteingang auf und ab lief. Jung, konservativ gekleidet, unscheinbar. Ich dachte an meine moralische Verpflichtung Sophia gegenüber, fühlte mich wie Doktor Faustus, der diesen unglücksseligen Pakt mit Mephisto eingegangen war, und gab mir einen Ruck.

„Guten Morgen. Sie warten sicherlich bereits auf mich. Fichtner, Mia Fichtner."

„Ja, Sophia, also Frau Lehmberger hat mich geschickt."

Schlaffer Händedruck, leise Stimme. Keine Namensnennung.

„Entschuldigung, wie war Ihr Name noch?"

„Ana. Ana López."

Ich starrte sie an. Mein Verhalten war überaus unprofessionell. Von wegen Stigmatisierung und so, aber ich konnte einfach nicht anders.

„Oh, Ihr Name hört sich in meinen Ohren spanisch an."

Es war das erste Mal, dass sie mir in die Augen blickte. Ihre Stimme klang deutlich kraftvoller als bei unserer Begrüßung.

„Das stimmt, meine Familie kommt von dort, aber ich bin hier geboren und aufgewachsen."

Gastarbeiterkind zweiter Generation, ratterte es in meinem Kopf. *Spanien*. Ich brauchte keinen Kaffee mehr, um wach zu werden. Während wir die Treppen hochstiegen, fragte ich mich, ob Sophia mir Ana mit Absicht geschickt hatte. Zuzutrauen wäre es ihr. Andererseits duzte Sophia sich an der Schule prinzipiell sofort mit allen. Nein, nein es war gemein, Sophia unter Generalverdacht zu stellen. Sie war sicherlich unschuldig. Da Ana akzentfrei Deutsch sprach und der Vorname neutral war, hatte Sophia diesmal mit ziemlicher Sicherheit entgegen ihrer Vorliebe ausnahmsweise einmal keine pädagogischen Hintergedanken gehegt.

Die anderen Kursteilnehmer saßen bereits im Stuhlkreis. Wie auch die drei Tage zuvor, begannen wir – nach einer kurzen Vorstellungsrunde für Ana – den Workshop mit einem Stimmungs-Blitzlicht. Im nächsten Schritt zeigte ich per Beamer einen Ausschnitt aus *Casablanca*. Zusammen analysierten wir die Körpersprache von Humphrey und der Bergman. Anschließend bildete ich durch Spielkarten zufällige gemischtgeschlechtliche Zweierteams, die in Partnerarbeit die Filmszene nachspielen sollten. Mit Ana als Volontärin kam es genau auf. Ich selbst hätte mich eher aus dem Fenster gestürzt, als mich vor allen zum Affen zu machen, aber ich musste zugeben, dass diese kleinen improvisierten Rollenspiele den Teilnehmern tatsächlich halfen. Auf der Bühne waren sie so nervös wie im wirklichen Leben. Ich filmte sie und, wenn sie ihr Verhalten selbst sahen, waren sie meist völlig von ihrer Außenwirkung überrascht. Beim zweiten Durchlauf konnten sie sich schon besser einschätzen, hatten ihr Benehmen bereits in der von ihnen gewünschten Richtung verändert und kamen meist wesentlich besser rüber. An diesem Vormittag in etwa hatte Alexander gelernt, dass er sich bei einem Date so verhielt, als würde er Verhandlungen bei einem Geschäftsessen führen. Ein Verhalten, das ihm selbst gar nicht bewusst gewesen war. Apropos Essen. Mein Magen knurrte peinlich laut. Klar, der Bäckereibesuch war ja weggefallen. Ich zählte die Minuten und endlich war der Vormittagsblock abgefackelt.

Ich nahm Ana ins Schlepptau. Mittlerweile duzte ich sie genauso wie alle anderen Kursteilnehmer auch. Das diente zum einen der Vertrauensbildung, zum anderen mochte ich meine Klienten tatsächlich, sie konnten nichts dafür, dass ich diesen Kurs halten musste. Außerdem beabsichtigte ich, dass die Gruppe auch untereinander Kontakte aufbaute. Hungrig eilten Ana und ich die drei Etagen hinunter. Unten angekommen, bogen wir zweimal links ab und schon betraten wir mein Stammrestaurant, den chinesischen Schnellimbiss ‚Shanghai‘. Selbstbedienung inklusive. Natürlich hätte ich auch zur Kantine gehen können, aber mir gefiel die Snack-Bar-Anonymität. Je weniger förmlich, umso besser. Sophias schüchterne Freundin taute mit jeder Minute mehr auf und zeigte sich richtiggehend begeistert von dem Flirtseminar.

„Vielen Dank, dass du mich mitgenommen hast. Es ist echt toll!“

Ich biss genüsslich ein Stück von der ganz besonders kross frittierten Frühlingsrolle, lecker double-fried, ab. Endlich essen. Blutzucker und Cholesterin schossen in die Höhe, meiner Laune ging es wieder besser. Ich könnte durchaus noch ein wenig mehr positives Feedback vertragen. Nicht gerade unauffällig machte ich schamlos einen auf *fishing for compliments*.

„Echt? Mein Seminar hat dir bis jetzt also gut gefallen?“

„Klar. Es ist wirklich beeindruckend. Ich hätte nicht erwartet, dass ich von den anderen als unsicher wahrgenommen werden würde. Doch als ich mich dann selbst sah, wusste ich, dass ich unbedingt selbstbewusster auftreten muss!“

Ich lächelte ihr mit fettigen Lippen aufmunternd zu.

„Das ist dir bereits toll gelungen. Im zweiten Anlauf hast du bereits viel deutlicher gesprochen und wirktest gleich viel präsenter.“

Die Referendarin sah mich voller Stolz an.

„Danke, ich fühlte mich auch besser. Dein Tipp, auf eine aufrechte Körperhaltung zu achten, hat mir sofort geholfen.“

Ich würzte noch etwas nach, ein bräunliches Pulver, das auf dem Tisch stand, vermutlich Glutamat in Reinform, und machte mich dann hungrig über den Eierreis mit Erbsen her.

„Du bist wirklich eine verdammt gute Psychologin.“

Ich verschluckte mich, hustete und griff automatisch zu meiner Cola. Gerade wollte ich ihr nach dem Motto „gut, dass wenigstens du das so siehst“ widersprechen. Doch das wäre völlig unprofessionell und als Rollenmodell komplett unbrauchbar gewesen. Ana bemerkte zum Glück nichts von meinen inneren Zweifeln und setzte ihre Fragerei unbefangen fort.

„Hast du auch hier in Köln studiert?“

„Ja, mit dem Schwerpunkt pädagogische Psychologie. Zwar habe ich auch ein Praktikum als Streetworkerin gemacht, doch dabei ist mir klargeworden, dass Community-Psychologie nicht so mein Ding ist. Na ja, und so bin ich hier an der Kölner Bildungsakademie gelandet.“

Meine erste Stelle in Probezeit, die Ende Januar, also in zwei Wochen, ablief. Wenn ich doch nur wüsste, ob ich den Vertrag verlängern sollte. Eigentlich gefiel mir diese Richtung auch nicht, zu viel Administration und ein für mein Empfinden zum Teil fragwürdig zeitgeistiges Kursangebot. Aber immerhin hatte ich keine finanziellen Sorgen mehr. Ich beschloss, das Thema zu wechseln.

„Und deine Eltern kommen aus Spanien?"

„Ja, aus Granada, dann hat mein Vater hier im Kölner Norden bei Ford Arbeit gefunden. Mittlerweile sind sie aber wieder zurückgegangen."

„Nach Andalusien?"

Ich schaute auf die Uhr. Wir hatten noch Zeit.

„Nein. Meine Eltern wohnen jetzt in Katalonien, aber mein Bruder ist zurück nach Sevilla gezogen. Er arbeitet da bei der Zeitung."

Sevilla!

Rafa!

„Cool. Ich kenne Sevilla. Nach dem Abi habe ich dort als Au-pair gejobbt. Eine tolle Stadt."

„Así que hablas español?"

„Un poquito, ist aber schon ziemlich eingerostet. Sollen wir uns noch einen Nachtisch gönnen? Etwas Süßes? Die Bananen mit Honig sind hier *fenomenal*."

Ich bemühte mich um eine spanische Aussprache, doch Ana war mit den Gedanken woanders. Sie nickte mir zu und tippte etwas in ihr Handy.

„Für mich auch."

Als ich mit den beiden Tellern zurück an unseren Tisch kann, schob sie mir ihr Display hin. Doch mich konnte nichts von meiner warmen honigtriefenden Nervennahrung abhalten. Immerhin hatte ich noch vier lange Nachmittagsstunden vor mir. Diese einwöchigen Workshops gingen echt ans Eingemachte.

„Probier mal", nuschelte ich glücklich mit vollem Mund. „Ist wirklich gut."

„Schau mal", erwiderte Ana unbeirrt. „Die letzte Mail von meinem Bruder."

Ich wollte gar nicht schauen. Was gingen mich die Familienverhältnisse von Sophias Referendarin an? Ich wollte sie lieber ein wenig auf professioneller Distanz halten. So schüchtern schien die Kleine dann doch wirklich nicht zu sein!

„Ich glaube, wir sollten mal zahlen."

„Lies doch mal! Wirklich witzig, dass ich gerade heute eine Psychologin kennenlerne."

Okay, dann tat ich ihr eben den Gefallen. In vier Stunden würde sie sowieso für immer aus meinem Leben verschwinden. Als Erstes las ich die Anrede: „Hola guapa". Mir gefiel die spanische Sitte, sich sofort mit einem Kompliment zu begrüßen. Die hatten es einfach drauf, die Iberer. Dann kam etwas über die Zeitung, jemand war krank, *enferma*, hieß doch krank? Und zum Schluss das Kürzel *bs*, das kannte ich noch gut. Stand für besos, Küsse. Ach ja …

„Ja, sehr schön. Dann lass uns mal gehen."

„Wäre das denn nichts für dich? Ich meine, du bist Psychologin und sprichst Spanisch."

„Was?"

Ich hatte das Geld schon wie immer auf den Tisch gelegt, meinen Mantel angezogen und war gedanklich bereits lange durch die Tür. Ana tippelte hinter mir her.

„Einzuspringen für Gonzalos unbefristet krankgeschriebene Kollegin und Artikel für die Psychoseite der ‚Los Toros de Sevilla' zu schreiben."

„Was?"

Weder Ana noch ich waren beim Nachmittagsunterricht bei der Sache. Sie ging immer wieder vor die Tür, um mit ihrem Bruder zu simsen. Erst fragte sie ihn an, ob noch Bedarf wäre, dann schwärmte sie von mir und pries mich an wie das neuste Gimmick von Apple. Später schlug sie vor, dass ich ihm meine Bewerbung per Mail senden könnte. Ihr Bruder sprach dann wohl mit irgendwem Wichtigen vom Blatt. Die Chefredakteurin bestand auf spanischen Themen und einer Recherche vor Ort. Der langen Rede kurzer Sinn: Als mein Seminar um siebzehn Uhr zu Ende war, schlug mir Ana beherzt vor, am Ende des Monats nach Sevilla zu fahren und dort als Aushilfe Psychoartikel für die Tageszeitung ihres Bruders zu verfassen.

„Nein", schrie Sophia abends in den Hörer.

„Aber in zwei Wochen läuft meine Probezeit am Bildungsinstitut doch sowieso aus. Du weißt, dass ich das Flirtseminar fürchterlich finde. So etwas wollte ich nie machen. Ich finde, der Zeitpunkt auszusteigen, ist doch gar nicht mal so schlecht gewählt. Ein wenig Abstand gewinnen. In Sevilla in Ruhe überlegen, wie alles weitergehen soll."

„Absolut unseriös. Das machst du auf keinen Fall!"

Im Hintergrund hörte ich Lukas' zustimmendes Gemurmel. Vermutlich hatte sie mich auf laut gestellt. Wie bei so vielen anderen Pärchen war für sie Privatsphäre zu einem Fremdwort mutiert. Dann hatte ich das Gefühl, dass Sophia versuchte, den Hörer mit irgendetwas abzudecken, denn an meinem Ohr begann es ausgesprochen ungesund zu rascheln. Ich hielt das Telefon auf Abstand, befürchtete schon, einen Stromschlag zu bekommen. Dann hörte ich, wie Sophia mit verschwörerischer Stimme etwas Unverständliches nuschelte. Ich musste mich sehr konzentrieren, um sie zu verstehen.

„Du weißt doch, dass Sevilla nichts für dich ist. Da wirst du doch sofort rückfällig."

Als ob ich ein Drogenproblem hätte. Meine Freundin hatte sie doch nicht mehr alle. Sophias Beschwörung bestätigte mich jedoch nur in meinem Beschluss.

Ein paar Wochen später, Ende Januar, war es endlich soweit. Die pinken Haare waren erst der Anfang gewesen. Jetzt machte ich mir selbst noch ein weitaus größeres, zugegebenermaßen etwas verspätetes Geburtstagsgeschenk: Weniger als einen Monat nach meinem 27. Geburtstag saß ich im Flieger nach Andalusien.

Schüchtern war gestern.

Kapitel 3

C wie Cross-Culture-Psychologie

Das Zitat des Tages:

„Cross-Culture-Psychologie beschäftigt sich mit Auswanderung und Immigration. Die erste Phase in einem fremden Land ist die sogenannte Honeymoon-Etappe, bei der alles euphorisch idealisiert wahrgenommen wird."

(Ratgeber für angewandte Psychologie, S. 6)

„Mia, Mia, hier bin ich!"

Lynn winkte erst, dann kam sie auf mich zugerannt. Sie sah toll aus. Hatte sich die Haare lang wachsen lassen und sich in einen modischen Kurzmantel geworfen. Stand ihr gut. Sie schien sich aufrichtig über unser Wiedersehen zu freuen, denn ihr Gesicht strahlte heller als die Kölner Altstadt bei Nacht. Schon damals hatte mich ihre Wärme und Offenheit für sie eingenommen. Sie sah noch immer wie früher aus, vielleicht etwas eleganter, damenhafter. Ich schlang meine Arme um sie, drückte sie an mich und wollte sie gar nicht mehr loslassen. Ihr schien es ähnlich zu ergehen und so blieben wir eine Zeit lang einfach mitten im Weg stehen und hielten einander fest, als ob wir zwei Verschollene wären, die sich entgegen aller Prognosen doch noch wiedergefunden hätten. Irgendwann löste sich Lynn grinsend von mir und deutete zwei Wangenküsschen an. Wie hatte ich dieses zärtliche spanische Begrüßungsritual mit den am Ohr gehauchten Küssen nur vergessen können?

„Seit wann hast du denn pinke Haare?", fragte sie neugierig, während sie mir mein Handgepäck abnahm, um es selbst zu schultern.

„Finde ich ganz schön mutig, ein echtes Statement", ergänzte sie anerkennend.

Ich zog meinen Koffer hinter mir her, der vor lauter Enthusiasmus, endlich wieder auf Tour zu sein, so unkontrolliert hüpfte, dass er um ein Haar in Lynns Hacken geknallt wäre. Zum Glück bekam sie das nicht mit, da sie mit ihrem Handy beschäftigt war.

„Moment." Ich wechselte die Hand, sodass er notfalls meine eigenen Füße lädieren würde.

„Ich dachte, ich würde in meinem grauen Leben versumpfen und da habe ich mich selbst durch den pinken Schopf wieder herausgezogen."

„Noch immer eine Pippi Langstrumpf; meine Kölner Freundin macht sich die Welt, wie sie ihr gefällt. Ich glaube, wir werden viel Spaß zusammen haben. Schau, da hinten steht mein Auto."

Wir verließen Sevillas klimatisierten modernen Flughafen und wurden sofort von noch etwas kühlen, aber schon durchaus frühlingshaften Temperaturen eingelullt.

„In Köln haben wir Schneematsch, frieren und wagen uns nicht vor die Tür und hier ..."

„Achtzehn Grad im Durchschnitt."

„Frühling! Und das Ende Januar." Ich war euphorisch, fühlte mich wie befreit. Zurück in meinem echten Leben.

„Also, in ein paar Monaten wirst du dir die deutsche Kälte herbeiwünschen."

Wir hatten ihren blauen Seat erreicht. Lynn zückte erneut ihr Handy, scrollte ein wenig herum, steckte es dann wieder weg und öffnete endlich den Kofferraum. Ich verstaute mein Gepäck und dann fuhren wir die etwas mehr als zwanzig Kilometer zur andalusischen Hauptstadt.

„Und", fragte ich sie, während ich mich anschnallte, „hast du manchmal Heimweh?"

Für einen Augenblick schwieg sie, suchte einen anderen Radiosender und starrte auf die Straße.

„Manchmal schon. Aber ich glaube, es ist eher so eine Art Wunschdenken. Immer, wenn ich meine Ferien in Deutschland verbringe, sehne ich mich wieder nach Spanien zurück."

Ich nickte und schaute aus dem Fenster. Wir fuhren durch ein hässliches Gewerbegebiet, vorbei an ziemlich heruntergekommenen Gewächshäusern, welche die Landschaft mit weißen Plastikfolien zu verhüllen trachteten. Das wäre sicherlich etwas für diesen Verhüllungskünstler. Wie hieß der noch gleich? Richtig: Christo. Ich überlegte, was wohl unter dem Meer aus Plastik angebaut wurde.

Fresas, fiel mir das spanische Wort für Erdbeeren plötzlich wieder ein.

Allmählich wurde der Verkehr dichter, wir näherten uns unserem Ziel. Ich versuchte, den Radiosprecher zu verstehen, doch es gelang mir nicht. Ich hatte schon bei der Ankunft unerwartete Schwierigkeiten gehabt, meine Mitreisenden im Flughafenbus zu verstehen und brauchte auch jetzt erschreckend lang, um mich an die paar spanischen Wörter zu erinnern, die auf den Verkehrsschildern immer wieder benutzt wurden. Acht Jahre waren eine lange Zeit. Der Moderator im Radio knallte uns seine Sätze im Turbo-Tempo um die Ohren. Ich tröstete mich damit, dass der Sender nicht gut eingestellt war. Als wir vor einer roten Ampel hielten, nutzte Lynn die Zeit, um die Nachrichten auf ihrem Handy abzurufen. Ihr Gesicht sah enttäuscht aus. Hinter uns hupte ein Autofahrer. Schuldbewusst ließ Lynn es wieder in ihrer Jackentasche verschwinden und gab Gas.

„Sevilla gefällt mir nach wie vor. Es ist die spanischste aller Städte für mich", erklärte Lynn, bemüht, das Gespräch wieder in Schwung zu bringen.

„Aber ...", ich hörte ihrem Tonfall an, dass sie versuchte, noch etwas anderes mitzuteilen.

„Oh Mann, Mia, ich bin so happy, dass du wieder da bist." Sie lachte und legte ihre Hand auf mein Knie.

„Dir kann man nichts vormachen. Du kennst mich noch immer."

Ich wartete. Mittlerweile passierten wir leerstehende Häuser, die nicht zu Ende gebaut worden waren. Sie strahlten etwas Gespenstisches aus.

„Ich bin jetzt auch oft in Madrid", setzte Lynn vorsichtig an, ohne sich überwinden zu können, mir ihr kleines Geheimnis zu offenbaren.

„Ach ja?"

„Mhm."

„Wie heißt er denn, der fesche Madrileño, auf dessen Anruf du wartest?"

Lynn lachte und gab meinem Bein einen kleinen Klaps.

„Und da schwärmen die Spanier immer von der höflichen Diskretion der Deutschen."

Obwohl ich neugierig war, ließ ich das Thema ruhen.

„Lynn, täusche ich mich, oder ist Sevilla wirklich so heruntergekommen, wie es den Anschein hat?"

Ich presste meine heiße Stirn gegen die kühle Fensterscheibe der Beifahrertür und war schockiert. Ich erkannte Sevilla nicht mehr wieder. Alles war hässlich, verdreckt, heruntergekommen. Müll, Graffitis, verlassene Bauruinen, Bettler an den Straßenecken.

„Ja, die Krise hat uns alle nicht kalt gelassen."

In diesem Moment fuhren wir an der Plaza de España vorbei. Die im Halbkreis angeordneten Gebäude grüßten mich majestätisch und versöhnten mich. Zumindest diese Architektur hatte sich im Laufe der Jahre nicht verändert, sondern hielt weiterhin loyal zu mir. Die Schönheit der Anlage regte meine Phantasie an und umgarnte mich so verführerisch wie Don Giovanni, der für mich genauso zu Sevilla gehörte wie Rossinis Figaro.

Lynn bog in die Avenida de la República Argentina ein und mein Hochgefühl meldete sich wieder zurück, als wir den mächtigen Arm des Guadalquivir-Flusses überquerten. Die Sonne blendete und Erinnerungsfetzen brachen sich kaleidoskopisch in meinem Hirn.

„Ich wohne jetzt im Stadtteil Triana, der wird dir gefallen. Er ist nicht so touristisch wie Santa Cruz, sondern viel authentischer. Du wirst sehen."

Lynn gefiel sich offensichtlich in der Rolle der Reiseführerin: „Die kleine Vorstadt war früher erst der Anlaufpunkt für Seefahrer, dann verkam es zu einem Industrieviertel. Doch mittlerweile hat es sich ganz schön gemausert. Aber die Mieten sind immer noch erschwinglich geblieben. Zum Glück. Viele Kunsthandwerker haben sich hier angesiedelt. Schau, da vorne ist schon die erste Töpferei!"

Ich blickte in die Richtung, in die sie gezeigt hatte, aber es war schon zu spät. Statt der Töpferei machte ich jedoch gleich zwei Flamencoschuppen aus. Auch nicht schlecht. Währenddessen erläuterte Lynn das weitere Programm.

„Auf jeden Fall werden wir gleich, wenn du dich etwas frisch gemacht hast, eine Runde Tapas essen gehen."

„Ir de tapeo heißt das doch, oder?"

„Genau. Ich kenne da eine tolle Taberna direkt am Ufer von Triana. Von dort hat man einen wunderschönen Blick auf die andere Seite des Flusses."

„Oh, Mann, Lynn, ich bin dir so dankbar. Wie schön, dass wir wieder zusammen sind. Und danke, dass ich erst einmal bei dir wohnen darf. Ich werde mich so schnell wie möglich nach einer eigenen Bleibe umsehen."

„Jaja, immer langsam. Komm erst einmal richtig an!"

Kurz darauf parkte Lynn den Seat in der Calle Pelay. Weiße Häuser und von Blumen gesäumte Gässchen. Ich lächelte glücklich. Das Viertel war, wie Lynn schon angedeutet hatte, urig und wunderschön. Ich fühlte mich sofort wohl. Köln war bereits ganz weit weg.

Nachdem wir Tapas in zwei Bars zu uns genommen hatten, war ich so erschöpft, dass ich Lynn bat, nach Hause zurückzukehren. Sie schien mir etwas enttäuscht zu sein, dass ich so früh schlapp machte, hatte aber Verständnis für mich. Schließlich sollte ich mich morgen in der Redaktion der ‚Toros de Sevilla‘ präsentieren. Als ob ich jemals etwas mit Zeitung am Hut gehabt hatte. Aber ja doch. In der Grundschule ließ mich meine Deutschlehrerin einmal die Witzseite für unsere Schülerzeitung gestalten.

Kapitel 4

A wie Arbeitspsychologie

Das Zitat des Tages:

„Der beste Tipp, den Sie Ihren Klienten geben können ist, ungefähr eine Woche vor Arbeitsbeginn auf einer Bank gegenüber dem neuen Arbeitsplatz Stellung zu beziehen und die Menschen, die dort ein- und ausgehen gründlich zu beobachten. Dadurch erfahren sie viel über so wichtige Bereiche wie Dresscode und Tagesablauf ihrer zukünftigen Arbeitsstelle."

(Ratgeber für angewandte Psychologie, S. 4)

„Lynn", schrie ich. „Was trägt man hier denn so? Ich habe keine Ahnung, was ich zum ersten Termin bei der Zeitung anziehen soll!"

„Woher soll ich das wissen?", tönte es aus der Küche. Hmmm, ich roch bereits den Kaffee. „Kenne mich nur mit spanischen Gerichten und Hauptstadtmännern aus."

Ich erinnerte mich nur vage an Lynns Liebesgeständnis gestern Abend. Nach einigen Gläsern Rotwein hatte sie mir ein wenig von ihrer Affäre mit José, einem verheirateten Staatsanwalt in Madrid erzählt. Ihren Schilderungen entnahm ich, dass ihre Beziehung sich imposanter anhörte, als sie war. Im Grunde genommen schien sie mir ziemlich unter dem Status der verleugneten Zweitfrau zu leiden. Konnte ich gut verstehen. So eine selbstzerfleischende Dreiecksbeziehung wäre auch für mich nichts. Meiner Meinung nach waren wir Menschen nicht bedürfnisfrei genug, um sicherzustellen, dass in so einer Ménage-à-trois alle Beteiligten ihr gerechtes Stück vom Kuchen abbekämen.

Lynn kam mit einem Becher dampfenden Milchkaffee in der Hand auf mich zu.

„Ich hoffe, du trinkst ihn noch immer so widerlich süß wie früher", grinste sie verschwörerisch. „Ich habe den Zucker nämlich bereits für dich versenkt."

Ich lachte. „Klar, unter drei Würfeln pro Tasse geht es nicht."

Plötzlich legte sich meine Unruhe. Es rührte mich, dass Lynn sich noch immer an meine kleinen Spleens erinnerte.

„Also", überlegte sie, „Rock und Absätze. Hast du so etwas dabei?"

Ich war sportlich schlank, Lynn designerdünn. Ein Kleidertausch war ausgeschlossen.

„Hm.

Ich öffnete seufzend den Deckel meines Koffers, damit wir dessen unordentlichen Inhalt zwischen den Hartschalen gemeinsam inspizieren konnten.

Sie nickte anerkennend. „Sogar ein weißes Blüschen."

„Ich könnte kotzen. Lynn, ich mag mich nicht verkleiden." Trotzig setzte ich noch einen drauf: „Will da nicht hin."

„Komm, komm, meine kleine pasota. Spanier mögen strebsame blonde Deutsche. Die Redaktion wird dich auf Händen tragen, wirst schon sehen."

Die arbeitswütige Deutsche kam dann ganz undeutsch zu spät. Ich hatte mich verlaufen. Erst zehn Minuten nach Terminbeginn drückte ich die Klingel so fest, als wäre es der Knopf einer Zeitmaschine und könnte meine Verspätung rückgängig machen. Ich war gerade dabei, mir eine Entschuldigung auf Spanisch zurechtzulegen, als jemand die Haustür aufriss.

„Sind Sie Mia aus Deutschland? Was soll das? Ich wollte gerade gehen."

Mir verschlug es die Sprache. Meine Lippen versuchten, mich zu retten, indem sie *gracias* murmelten. Mein schöner spanischer Entschuldigungsmonolog für die Katz.

„Wieso *gracias*? Sie meinen wohl *perdón*! Sprechen Sie überhaupt spanisch? Sonst können Sie gleich wieder gehen."

„Doch, natürlich. Ich meine: Sí, señor!"

Hä? Was hatte Lynn nur erzählt? Spanier lieben Deutsche? Dieser hier nicht. Vielleicht war er gar kein Spanier, denn er sprach ein völlig akzentfreies Deutsch. Das konnte einen schon stutzig machen. Obwohl er perfekt deutsch sprach, sah er ausgesprochen spanisch, fast eher schon arabisch aus. Tiefschwarzes Haar, dunkelbraune Kinderaugen, die dem Gesicht einen offenen, verletzlichen Ausdruck bescherten. Der Dreitagebart versuchte, den Eindruck von Weichheit zu zerstören. Doch das gelang ihm nicht. Der Gesamteindruck hätte durchaus sympathisch sein können, hätte sich der Typ sich nicht wie der letzte Soziopath aufgeführt.

„Nun gut, dann kommen Sie doch rein." Sein arroganter Tonfall ließ keinen Zweifel daran, dass Entgegenkommen ein Fremdwort für diesen Kerl war.

Wie ein Schwerverbrecher trottete ich die Treppen hinter ihm hoch. Warum, war mir nicht ersichtlich, denn bei jeder Etage kamen wir an einer Fahrstuhltür vorbei. Kleine katholische Bußaktion vermutete ich. *Um das Eis zu brechen,* dachte ich, *wäre es vermutlich ganz schlau, sich wenigstens jetzt noch zu entschuldigen.* Ein kurzatmiges Keuchen unterdrückend, setzte ich mutig auf Spanisch zu einer Erklärung an.

„Tut mir leid, dass ich mich verspätet habe", verunsichert beendete ich den Satz auf Deutsch, „aber leider habe ich das Büro nicht sofort gefunden. Habe mich verlaufen."

„Büro? Das heißt Redaktion. Wie wollen Sie Artikel auf Spanisch schreiben, wenn Sie noch nicht einmal Ihre Muttersprache beherrschen? Außerdem hat Ana behauptet, Sie würden sich in Sevilla auskennen."

„Doch, doch, Señor."

Aha, dieser Charmebolzen war somit aller Wahrscheinlichkeit nach Gonzalo, Anas Bruder. Das versprach heiter zu werden. Was für eine Verschwendung von attraktiver Materie. Er hätte durchaus in mein Beuteschema fallen können, hätte ich auch nur die winzigste masochistische Veranlagung. Dumm gelaufen, somit rasselte der Typ schon am ersten Tag durchs Raster. Pobrecito. Als ich ihm endlich in seinem Büro, ähm, ich meine natürlich in seiner Redaktion gegenüber saß, bemerkte ich als erstes den Grund, warum ich normalerweise niemals weiße Blusen trug. Verräterische Schweißringe zeichneten sich ab. Ich kam mir vor wie im Dschungelcamp, hatte mich auf ganzer Linie lächerlich gemacht. Klar, dass Anas Big Brother weiter auf mir rumhackte.

„Wenn Sie zu spät kommen, warum informieren Sie mich nicht darüber? Oder gibt es in Deutschland keine Handys?"

Jetzt reichte es, allmählich war meine Schmerzgrenze erreicht. Der Typ sollte sich mal nicht so aufplustern! Ganz bewusst verließ ich meine Opferrolle.

„Wollen wir dann zum Geschäftlichen kommen?"

Leider klang meine Stimme ziemlich zittrig, ich spürte, wie meine Wangen warm wurden und vermutlich gerade die Farbe eines Stierkampftuchs annahmen. Ich steuerte bewusst mit einer selbstbewussten Körperhaltung dagegen an, benutzte somit denselben Trick, den ich erst vor Kurzem seiner Schwester nahegelegt hatte: aufrichten, gerade Schultern, beide Füße stehen fest auf dem Boden. Verrückte Welt!

„Wie Sie wollen." Der Typ blickte mir das erste Mal überhaupt in die Augen. Ging doch.

„Sie haben Leseproben mitgebracht?"

Oder vielleicht doch nicht. Ich unterdrückte ein weiteres „Hä?" und deutete so elegant wie möglich ein Kopfschütteln an.

„Gut, dann setzen Sie sich mal an den Konferenztisch und legen los. Thema: ‚Sevilla entonces y ahora'. Schreiben Sie über Ihre ersten Eindrücke. Wie sah die Stadt früher aus, wie heute. Alles ein wenig psychologisch aufpeppen. Ein Wörterbuch finden Sie online. Achthundert bis tausend Wörter. Ich lese mir das Ganze dann in der Mittagspause durch und möchte bis dahin nicht gestört werden."

Nee, ne? Das war ein Witz, oder? Aber der Typ ging und schloss die Tür hinter sich, ließ mich in Isolationshaft zurück. Ich saß sprachlos da, unfähig, einen klaren Gedanken zu fassen. Erst einmal tief durchatmen. Dann schaute ich mich im Raum genauer um. Großes helles Zimmer, der Schreibtisch von Big Brother stand schräg zum Fenster, ein abschreckend großer ovaler Besprechungstisch füllte den hinteren Bereich. Vorne an der Tür neben der Wand stand ein hässlicher alter Schreibtisch, der garantiert erst nachträglich dort hineingestellt worden war. Er sah aus wie ein Brett auf zwei Beinen, das frisch vom Sperrmüll kam. Ich weigerte mich, an diesem Katzentisch Platz zu nehmen und begab mich stattdessen trotzig zu Gonzalos Schreibtischstuhl. Was hatte er noch gesagt? Online-Wörterbuch? Meinte er damit, dass ich seinen Apple benutzen durfte? Vorsichtig berührte ich ganz kurz die Leertaste. Bildschirmschoner und Passwort.

Haha, wie sollte ich am Computer ohne Passwort arbeiten? Aber der Herr durfte ja nicht gestört werden. Gut, dann eben auf die gute alte Art. Ich zog mir ein paar Blatt Papier aus dem Drucker, fischte einen Kuli mit dem Slogan ‚Kampf der Magersucht‘, ein Werbegeschenk meiner Frauenärztin, aus meiner Handtasche und begann zu schreiben. Wenn ich ein Wort nicht wusste, rief ich Lynn per Handy an. Danke für den Tipp, Machoboss. Um dreizehn Uhr stand ich auf, suchte Big Brother, drückte ihm wortlos mein Geschreibsel in die Hand.

„Danke, habe schon eine Verabredung zum Mittagessen“, teilte ich ihm ungefragt mit.

„Um vierzehn Uhr wieder in meinem Büro", rief er meinem Rücken hinterher. „Pünktlich!"

Ich drehte mich kurz um, klimperte mit den Augen und schenkte ihm mein süßestes Lächeln. Ohne Zweifel würde ihm die kleine Racheaktion, welche ich mit Lynns Hilfe für ihn vorbereitet hatte, den Appetit verderben.

Kapitel 5

R wie Resilienz

Das Zitat des Tages:

„Es ist unabdingbar, immer wieder an der seelischen Widerstandskraft Ihrer Klienten zu arbeiten. Vergessen Sie nicht: Psychologische Stärke ist trainierbar."

(Ratgeber für angewandte Psychologie, S. 125)

Lynn empfing mich fröhlich kauend. Vor ihr stand ein riesiges Tablett, auf dem zahlreiche Köstlichkeiten in einzelnen Schälchen dekorativ dargeboten wurden. Stühle rücken, Begrüßungsumarmung und schon saß ich Lynn gegenüber und wir machten uns zusammen über die Tapas her. Als ich mir gerade genüsslich ein Stück gegrillte Aubergine mit Aioli in den Mund schob, brachte der Kellner mir ein Glas Rotwein.

„Keine Angst, der ist mit Zitronenlimonade gespritzt. Trinken hier alle zum Mittagessen. Man nennt es tinto de verano."

Sommerrotwein? Und das Ende Januar? Merkwürdige Zeitrechnung. Aber von mir aus. Ich nahm probehalber einen Schluck. Erfrischend, leicht und nicht zu süß.

„Lecker", outete ich mich. Dann fiel mir ein, dass es unter Weinkennern *lieblich* hieß. Aber wen wollte ich täuschen? Lynn war sowieso klar, dass ich nicht zur Sommelière taugte.

Wir stärkten uns, machten Scherze und erst, als wir beim Nachtisch angekommen waren, fragte mich Lynn, wie der Vormittag bei der ,Toros de Sevilla' gelaufen war.

„Meine Stunden sind gezählt", fasste ich den Stand der Dinge zusammen.

„Echt? Das klang am Telefon eben aber ganz anders. Du hast doch bereits deinen ersten Artikel auf Spanisch verfasst."

„Wenn du wüsstest. Anas Bruder ist ein richtiges Arsch..."

„Nicht so vorschnell", unterbrach sie mich, „immerhin hat er dir die Stelle verschafft, ohne dich zu kennen, nur um seiner Schwester einen Gefallen zu tun. Sieht er denn wenigstens gut aus?"

„Ja, leider. Fatale Mischung: attraktiv und abgrundtief unsympathisch. Ist aber auch egal, denn ich werde den heutigen Tag nicht überleben."

„Ach, komm, du hast schon ganz andere Hindernisse überwunden."

„Nee, im Ernst. Heute habe ich wirklich alles versaut. Bin zu spät gekommen, hab die Bluse durchgeschwitzt und habe meinen Chef in einem boshaften Artikel gedisst."

„Du hast was?"

„Scheiße, ich weiß, ich weiß. Ich bin da nicht stolz drauf. Vermutlich bin ich einfach zu impulsiv, aber der Typ hat mich auch bis aufs Blut gereizt, wie er mich da in seinem Bürokäfig eingesperrt hat. Stell dir das mal vor. Er hat nicht einmal die minimalsten internationalen Standards der Büroetikette eingehalten!"

„Hört sich an, als würde José eine Anklageschrift beim Gerichtshof für Menschenrechte in Den Haag verlesen."

Wider meinen Willen musste ich lächeln. Richtig, Lynns Liebster arbeitete als Staatsanwalt in Madrid. Ich seufzte theatralisch und versuchte mich dann wieder in Rage zu reden.

„Also, was ich meine ... Der Typ ist gar nicht erst auf die Idee gekommen, mich in der Redaktion herumzuführen oder mich den anderen Kollegen vorzustellen. Mich über den Tagesablauf in Kenntnis setzen? Weit gefehlt! Wo denkst du hin?"

Lynn ließ sich nicht ablenken.

„Mia, wie hast du deinen Chef beleidigt? Gedisst ... was ist das überhaupt für ein seltsames Wort? Spricht man jetzt so in Deutschland?"

„Jugendsprache halt."

„Wie alt warst du noch gleich? Manchmal bist du schon etwas, sagen wir mal ... eigen. Also los, ich höre: Was hast du verbrochen?"

Ich trank meinen Kaffee aus und rührte gedankenlos mit dem Löffel noch ein wenig weiter in der leeren Tasse.

„Ähm, ich sollte ja diesen Probetext schreiben. Big B. gab mir so ein schwachsinniges Thema vor: Sevilla früher, also vor acht Jahren, als ich das erste Mal hier war, und heute."

„Hört sich für mich nach einem guten Thema an, klar strukturiert."

„Musst du immer die gerechtigkeitsliebende Juristin raushängen lassen? Wenn ich es dir doch sage! Gonzalo ist der Hinterletzte, der verdient dein Mitleid nicht!"

„Also", unterbrach mich Lynn ungerührt. „Was war dann mit dem Artikel?"

„Na ja, das geht den doch nichts an, was zwischen dir, mir und Rafa gelaufen ist. Darüber schreibe ich doch nicht öffentlich!"

Lynn starrte mich an, als wäre ich Norman Bates.

„Also habe ich den Schwerpunkt geändert."

Lynn wartete.

„Ich habe ..." Jetzt konnte ich ein Grinsen nicht unterdrücken. „Also, ich habe in meinen Artikel geschrieben, dass Vorstellungsgespräche in Sevilla früher noch nach transparenten Regeln in einem höflichen Ton abliefen, wohingegen sich heutzutage in Spanien ein US-amerikanischer Cowboystil durchgesetzt habe."

„Aha, darum hast du mich um all diese Westernvokabeln gebeten."

„Nun, ich habe mein Essay so strukturiert, dass es sich wie eine Schießerei in der letzten Szene eines Westerns liest."

„So, so. Hört sich abgefahren an. Und ehrlich gesagt, in meinen Ohren auch ganz schön dreist."

„Frech meinst du? Ich würde sagen: kreativ."

Ich wollte es nicht zugeben, aber Lynns Urteil verunsicherte mich. Ohne Erbarmen führte sie ihre Gedanken weiter aus.

„Nee, so leicht kommst du nicht davon. Anmaßend trifft es eher. Und das am ersten Tag. Nicht gerade der souveräne Umgang, den man von einer Vollblutpsychologin erwarten würde."

„Ja, Amiga, mach mir nur Mut." Ich blickte auf meine Armbanduhr. „Ich muss los."

„Der Typ wird dich vierteilen."

„Tschüüüüs."

Mein Herz schlug wie bekloppt, als ich die Treppen hochlief. Ich wagte nicht, den Aufzug zu nehmen. Vielleicht hatte es ja doch irgendeinen vernünftigen Grund, warum Gonzalo ihn gemieden hatte. Bevor ich die Tür zu Gonzalos Büro aufstieß, holte ich noch einmal tief Luft. Ich hatte nichts Böses getan, ich lebte nur alle gesammelten Resilienz-Theorien auf einmal aus. Ich bewältigte einen schwelenden Konflikt durch selbstbewusstes kreatives Handeln. Ich hatte mich lediglich aus der Opferrolle gelöst, Flexibilität gezeigt, hatte gestaltet, statt zu reagieren.

Mein Begrüßungshallo klang selbst in meinen Ohren zu aufgesetzt.

Gonzalo saß am Schreibtisch und musterte mich abschätzig mit seinen großen schwarzen Augen. Langsam krempelte er seine Ärmel hoch. Erst den linken, dann den rechten. Er hatte hinreißende Unterarme: die perfekte Mischung aus Haut und Haar. Weder Gorillapelz noch Milchbubiflaum. Und das alles wurde mir auf sonnengebräuntem Teint serviert. Komplett unfair. Gerade als ich schwach wurde, polterte Big B. los.

„Was war das denn für ein Geschreibsel? Ich habe kein Wort verstanden. Fehler über Fehler. Thema verfehlt. Ist das alles, was Sie draufhaben?"

Ich hielt mein Pokerface bei. Lady Gaga wäre stolz auf mich gewesen. Um mich nicht provozieren zu lassen, kanalisierte ich meine Energie auf noch ein anderes Thema. Ich stand noch immer in diesem verfluchten

Büro. Big B. bot mir noch nicht einmal einen Platz an. Sollte ich mich vielleicht einfach setzen? Tatsachen schaffen?

Während ich noch an meiner Survival-Strategie feilte, stürmte eine Frau herein.

„Gonzalo, kann ich dich mal gerade für einen Moment sprechen?"

Dann bemerkte der Lockenkopf meine Anwesenheit.

„Hallo, wie geht's?"

Die Worte waren wie Balsam auf meiner geschundenen deutschen Seele. Endlich konnte ich meinen kleinen, sorgfältig formulierten Vorstellungs-Pitch loswerden.

„Hallo, ich heiße Mia Fichtner. Ich bin eine Psychologin aus Deutschland. Ich freue mich sehr, dass ich für die ‚Toros de Sevilla' schreiben darf."

Die Frau stutzte, sah dann auffordernd zu Gonzalo hinüber.

„Also, Frau Fichtner, das ist Lidia Márquez, unsere Chefredakteurin. Lidia, das ist Frau Fichtner."

„Herzlich willkommen, Mia. Haben Sie schon etwas geschrieben?"

Bevor ich ihn abhalten konnte, hatte ihr Gonzalo mit einem maliziösen Lächeln auf den Lippen bereits meinen Artikel angereicht.

Lidia setzte sich auf seinen Schreibtisch und begann zu lesen. Ich wäre am liebsten schreiend aus dem Gebäude gerannt. Doch dann lachte sie. An zwei Stellen ein verhaltenes Kichern und dann ein richtiger Lacher.

„Das ist ja richtig komisch." Sie blickte auf.

„Findest du nicht auch, Gonzalo?"

Gonzalos Lippen wurden schmal.

„Deutsche mit einem Sinn für Humor. Erstaunlich. Klar, mit dem Spanisch hapert es noch etwas, aber das lernst du sicherlich schnell. Gonzalo, du wirst sie unterstützen und ihre Artikel auf sprachliche Fehler hin gegenlesen."

„Lidia, bei allem Respekt ..." Gonzalo plusterte sich auf, machte sich in seinem Sessel breit und groß.

„Das ist doch unmöglich, dazu völlig stümperhaft geschrieben. So etwas willst du doch nicht wirklich veröffentlichen. Denk an unsere Leser!"

Lidia hörte ihm belustigt zu.

„Unsere Anzeigenkunden."

Lidia brachte ihn mit einer Geste ihrer Hand zum Schweigen.

„Da bringst du mich auf einen noch besseren Gedanken. Ihr schreibt eine Kolumne zusammen. So in der Art: der einheimische und der fremde Blick auf Sevilla. Mia schreibt weiter in ihrem satirischen, aggressiven Stil und du eher nüchtern bedächtig. Versteht ihr? Um den Erwartungen zu widersprechen; die pedantische Deutsche und der leidenschaftliche Spanier. Genau umgedreht. Legt mir bis morgen doch mal eine Liste mit möglichen spanisch-deutschen Themen vor, die unsere Leserschaft interessieren könnten. Natürlich schreibst du, Mia, zusätzlich auch noch auf unserer Psycho-Seite ‚Sevilla auf der Couch' weiter. Lass dir von Oscar nebenan ein paar alte Exemplare geben, damit du dich etwas einlesen kannst. Gonzalo, du bist ihr Mentor und somit verantwortlich für die Sprache."

„Aber Lidia ..."

„Nichts aber. Das ist vielleicht genau der frische Wind, den wir so dringend brauchen."

Lidia drehte sich zu mir herum.

„Noch Fragen, Mia?"

Ich schüttelte den Kopf, noch völlig unter Schock von der Ideen-Eruption der Chefredakteurin.

„Du, Gonzalo?"

Statt zu antworten, starrte Gonzalo trotzig auf den Schreibtisch.

„Dann ist ja alles klar. Ran an die Arbeit!"

Kapitel 6

S wie Standorterkundung

Das Zitat des Tages:

„Bei einer psychologischen Standortbestimmung reicht es nicht, nur die individuellen Ressourcen Ihrer Klienten zu kennen. Sie dürfen auch die systemische Seite nicht vernachlässigen: Familie, Freunde, soziales Netz, Wohnumfeld usw."

(Ratgeber für angewandte Psychologie, S. 132)

Endlich Wochenende. Lynn hatte sich nach Madrid zu ihrem Liebsten abgesetzt, was mir die Möglichkeit verschaffte, Sevilla ohne Rücksichtnahme erkunden zu können. Doch bevor es losging, schlief ich mich genüsslich bis zum Mittag aus. Anschließend begab ich mich, noch immer recht schläfrig, vor die Tür. In dem kleinen Eckladen besorgte ich mir eine Handvoll spanischer Zeitungen, ein Baguette und Milch. Nachdem ich zurückgekehrt war, drehte ich das Radio an, verbrannte mir erst einmal ordentlich die Finger beim Anzünden von Lynns Gasherd. Ich war etwas aus der Übung, doch als der Kaffee aromatisch vor sich hin brodelte, war ich wieder versöhnt mit den Tücken der Technik. Ich bereitete mir einen Milchkaffee zu, schnitt das Baguette auf und bestrich es großzügig mit gesalzener Butter. Klang zwar nicht so, passte aber ganz wunderbar zu dem süßen Milchkaffee.

Als alles angerichtet war, setzte ich mich an den Küchentisch und blätterte, während ich mich stärkte, schon einmal durch die erste Zeitung, die seriöse ‚Crónica‘. Erleichtert stellte ich fest, dass ich zumindest sprachlich noch ziemlich viel verstand. Inhaltlich war ich natürlich erneut ein kulturelles Greenhorn. Spanische Politik spielte in der Kölner Presse nur ganz am Rande eine Rolle, lokale Details fielen dabei komplett unter den Tisch, besser gesagt unter den Newsdesk. Schade, ich hätte gerne meinen damaligen Expertenstand gehalten. Vor acht Jahren kannte ich mich in Sevilla deutlich besser aus als in Köln. Die Hauptstadt Andalusiens war mir schließlich zur zweiten Heimat geworden. Ich kannte so ziemlich jede In-Kneipe, wusste, wo die angesagten Filme gezeigt, die leckersten Tapas aufgetischt wurden.

Als canguru, Känguru, wie die Kindermädchen auf Spanisch sehr anschaulich genannt wurden, kannte mich so gut wie jedes Kind in unserem Wohnviertel in der Altersklasse meiner beiden Zöglinge beim Namen. Ich rechnete kurz nach, wie alt Mercedes und Juan jetzt sein dürften. Damals waren sie drei und acht Jahre alt, acht Jahre drauf machte elf und sechzehn. Hammer! Ich vermochte es einfach nicht, mir Juan als jungen Mann und die Kleine als auf dem Sprung zum Teenagerwahnsinn vorzustellen. Irgendwann würde ich meiner alten Gastfamilie einen Besuch abstatten, aber nicht gerade am ersten Wochenende.

Jetzt war erst einmal ein wenig Touri-Sightseeing angesagt. Ich wollte Lynns Abwesenheit ausnutzen, um sentimental ein wenig auf Rafas Pfaden zu wandern. Vielleicht wohnte er ja immer noch in derselben Wohnung wie früher. Obwohl ... Das war eher unwahrscheinlich, denn meine Briefe waren mit dem Vermerk ‚unbekannt verzogen‘ zurückgekommen. Aber es sprach nichts dagegen, dort dennoch ganz unverbindlich einmal vorbeizugehen. Genau, und Lynns und meine alte Sprachschule lag dann auch noch auf dem Weg. Vielleicht erkannte mich ja noch einer der Dozenten wieder. Zum feierlichen Abschluss würde ich dann im ‚Hipopotamo‘, der kleinen versteckten Pizzeria, in die mich Rafa oft ausgeführt hatte, einkehren. Ich trank schnell den letzten Schluck Kaffee aus, stellte den Teller in die Spüle und los ging's Richtung Altstadt.

Durch mein langes Schlafen begann ich meine Sightseeingtour ausgerechnet um ein Uhr mittags. Im Sommer hätte mich bei über vierzig Grad der Hitzschlag ereilt. Einmal war das Thermometer sogar auf fast fünfzig Grad angestiegen, sodass ganz offiziell die Alarmstufe orange ausgerufen worden war. Doch jetzt im Frühling stellte mein kleiner Nostalgie-Spaziergang auch in der Mittagszeit keine erhöhten Anforderungen an mein Herz-Kreislauf-System. Na ja, an mein Herz vielleicht dann doch.

Voller Begeisterung arbeitete ich erst einmal gewissenhaft die berühmten Plätze Sevillas ab, denn, wenn man das nicht gleich zu Anfang machte, tat man es nie. Kölns romanische Kirche hatte ich auch erst durch den Besuch ausländischer Freunde selbst kennengelernt. Wohnte man länger in einer Stadt, ließen einen die großen Monumente kalt. Auf meinem Streifzug zum Alcázar, der alten maurischen Königsburg, fielen mir als erstes die Fahrräder auf. Dauernd wurde ich aus dem Weg geklingelt. Hätte ich nicht den Giraldaturm fest im Blick gehabt, hätte ich fast meinen können, mich in Amsterdam zu befinden. Meine Füße brachten mich zu den Jardines de Murillo, die von den Gärten des Alcázar abgetrennt worden waren. Hier hatten Rafa und ich eine ganze Reihe Mittwochabende verbracht. Da ich gerade am Wochenende oft babysitten musste, hatte ich meinen freien Tag auf den Mittwoch gelegt. Wie oft hatten wir in der wenig besuchten Grünanlage geknutscht, Schinken-Käse-Brote vom Kiosk gegessen und später am Fluss beobachtet, wie die Schiffe auf dem Guadalquivir an uns vorbeifuhren? Anschließend begleitete er mich immer zu Pilar, Pablo und den Kindern zurück, wo er sich gezwungenermaßen nur mit einem keuschen Küsschen von mir verabschiedete. Wir beide wussten nämlich nur zu genau, dass es sich meine Gastmutter Pilar nicht nehmen ließ, vom Balkon aus über den guten Ruf ihres Au-pair-Mädchens zu wachen. Obwohl ich in vielerlei Hinsicht erotisch durchaus offen für Neues war, fand ich jegliche Spielform von Voyeurismus alles andere als anturnend.

Gerade als ich einer amerikanischen Touristin den Weg zur Casa de Pilatos beschrieb – sie sagte übrigens immer ,Casa de Pilates‘ – sah ich Rafa auf dem Fahrrad. Ich dachte, mein Herz bliebe stehen, als er direkt an mir vorbeifuhr. Doch dann funktionierte meine Motorik wieder. Ich ließ die arme Amerikanerin einfach stehen und rannte dem Radler hinterher.

Das durfte nicht wahr sein!

Rafa bremste vor einer roten Ampel und ich joggte zur besagten Kreuzung. Die Ampel sprang gerade wieder auf Grün, als ich ankam. Doch es gelang mir dennoch, einen Blick auf das Gesicht des Radfahrers zu erhaschen. Wie peinlich! Rafa erwies sich als eine hübsche kurzhaarige Spanierin, die sich irritiert nach mir umdrehte. Dann wurde mir auch klar, wodurch es zu diesem Missverständnis gekommen war. Die Jacke. Früher hatte Rafa einmal eine ähnliche Jacke besessen. Oh Mann, das nannte man Paranoia. Gut, dass weder Lynn noch sonst wer diese Szene mitbekommen hatte, abgesehen von der kopfschüttelnden Amerikanerin, die gerade einen anderen Passanten ansprach. Nun denn, Schwamm drüber.

Ich beschloss, den paseo turístico abzuhaken und meiner Vergangenheit ins Auge zu blicken. Auf zu unserer Stamm-Pizzeria neben der Stierkampfarena. Meine Erinnerungen an die Käse-Schinken-Sandwiches im Park hatten mich spüren lassen, wie hungrig ich schon wieder war. Als ich am Eingang der Arena vorbeiging, hörte ich in meinem Kopf den Tusch des Toreadors aus Bizets Oper. Ich grinste und sendete viele Grüße an Escamillo, José und Carmen.

Direkt neben dem Plaza de Toros bog ich in eine kleine Seitenstraße ab und kam mir vor wie in einer Zeitmaschine. Alles sah unverändert, genau wie früher aus. Es duftete nach Knoblauch und frittiertem Fisch. Als ich mich im Schaufenster spiegelte, hatte ich das Gefühl, eine glückliche sonnenverbrannte Neunzehnjährige mit Pferdeschwanz würde zurücklächeln.

Doch als ich vor dem Gebäude stand, welches früher das ‚Hipopotamo‘ beherbergt hatte, war von der romantischen Pizzeria nichts mehr zu sehen. Ganz im Gegenteil. In dem Haus herrschte reger Betrieb, aufpeitschende Latinorhythmen drangen aus den Fenstern, muskulöse Menschen bewegten sich dahinter auf und ab. Die vielen Sportstudios waren mir schon in den letzten Tagen aufgefallen und jetzt hatte es offensichtlich auch unser altes idyllisches Restaurant erwischt. Was für eine Schande! Wie bei den Hörern von WDR 4 breitete sich Nostalgie, die Sehnsucht nach den glücklichen Tagen von früher, in mir aus. Was hatten Rafa und ich hier für romantische Momente verbracht! Während ich ein wenig verloren vor dem Gebäude stand, mischte sich dieses Gefühl mit einem anderen Bedürfnis: Hunger! Mein Magen knurrte, ihm gefiel es ebenso wenig, noch länger warten zu müssen.

Trotzig machte ich mich in Richtung Sprachschule auf. Sie befand sich ein paar Blöcke weiter nördlich und trug den abschreckenden Namen ‚El Matador‘. Ich hatte mich damals trotz des Namens für sie entschieden, zum einen, weil sie fußläufig lag, aber vor allem, da das Gebäude so malerisch aussah. Die Akademie war in einem alten Haus, einem sogenannten *placete* untergebracht, verfügte über einen wunderschönen Patio mit vielen Kacheln und Blumentöpfen. Doch das Beste war die Bibliothek mit Aircon im ersten Stock.

Wir benutzten sie damals nicht nur, um mit unseren Lieben in Deutschland zu skypen – in der Escuela hatten wir immer einen fantastischen Empfang – sondern vor allen Dingen um uns abzukühlen. Insbesondere während der Ferienwochen im Juli und August war dieser wohltemperierte Ort Lynns und meine Rettung. An unseren freien Tagen pflegten wir dort stundenlang herumzulungern. Tagsüber blieben die Sevillaner meist zu Hause und in den zweimonatigen Sommerferien flüchteten sich alle, die es sich leisten konnten, ans Meer. Da konnte man sich wenigstens im Wasser erfrischen. Allerdings waren solche Ausflüge ausgesprochen anstrengend. Was haben Rafa, Lynn und ich geflucht, wenn wir auf der Autobahn im Stau standen! *Karawane* hatte Rafa das damals scherzhaft genannt. Die Hoffnung auf Parkplätze konnte man sich ebenfalls abschminken, denn die Strände, allen voran der Matalascaña, unser Haus- und Hofstrand, platzten aus den Nähten. Und selbst dort verbrannte einem der Sand die Füße. Ohne Flipflops kamen Strandspaziergänge einem Selbstmordversuch gleich.

Und dann stand ich vor der Escuela. Tatsächlich, es gab sie noch. Die Tür war wie früher nur angelehnt und so betrat ich das alte Gebäude. Die Rezeption sah nun ganz anders aus. Damals eine Art Theke mit Pförtner, hatte es sich zu einer Art gläsernem Großraumbüro gemausert. Auf einem schwarzen Brett waren Fotos der Dozenten angepinnt. Oh, nein. Das durfte doch nicht wahr sein! Raquel arbeitete noch immer hier. Sie hatte sich kaum verändert, nur, dass sie jetzt wohl eine Brille trug. Ich schaute neugierig durch die Glasfront in das Büro hinein und hätte fast einen Herzinfarkt bekommen. Da saß sie tatsächlich. Zufällig schaute sie gerade hoch. Ohne Nachzudenken winkte ich ihr zu. Zuerst starrte sie mich verständnislos an, dann erhob sie sich und ging zur Tür. Sie öffnete sie ungläubig, strahlte mich dann an und rannte schließlich auf mich zu. Wir umarmen uns überschwänglich und verteilten Küsschen in der Luft.

„Mia, wir haben uns ja ewig nicht gesehen! Wie geht es dir?“

„Raquel, ich freue mich riesig, dich wiederzusehen!“

„Süße, ich habe noch etwas Zeit bis zu meinem nächsten Kurs. Komm, lass uns einen Kaffee trinken gehen.“

Raquel holte noch ihre Tasche aus dem Büro und dann gingen wir Arm in Arm in die Bar um die Ecke, welche wir damals schon als Schülerinnen immer frequentiert hatten.

„Un café con leche en vaso“, bestellte ich wie früher, während wir auf den Hockern am Tresen Platz nahmen.

„Ach guapa, macht es dir etwas aus, wenn ich einen Happen esse?“

Ich schüttelte den Kopf, während sie sich ein Stück Kartoffeltortilla bestellte. Ich selbst hätte vor lauter Aufregung nichts herunterbekommen. Meine Hungergefühle von eben hatten sich in Luft aufgelöst.

„Und, wie lange bleibst du in Sevilla?“

„Weiß ich noch gar nicht.“ Ich setzte sie in Kenntnis über meine merkwürdige Zeitungsarbeit als Freie.

„Oh, meine Liebe, das ist nicht ungewöhnlich, dass es da Ärger gibt. Viele Spanier haben etwas gegen Frau Merkel. Und dass dieser Gonzalo jetzt Angst hat, dass du ihm und seinen spanischen Kollegen die Arbeit wegnimmst, ist durchaus nachvollziehbar. Weißt du, seit der Krise wird nur gespart und gekürzt.“

Sie aß einen Bissen und fuhr fort.

„Aber, hör mal, mach dich nicht verrückt, wenn deine Kollegen dich erst ein wenig besser kennenlernen und sehen, was für eine klasse Frau du bist, dann behandeln sie dich wie eine Prinzessin.“

„Ein bisschen umgänglicher und freundlicher würde mir schon reichen."

Ich erzählte ihr von Lidias Pro- & Kontra-Projekt.

„Deine Chefin hört sich ja nett an. Ziemlich unorthodox. Aber pass auch ein bisschen auf. Die ‚Toros de Sevilla' hat keinen allzu guten Ruf, ein ziemliches Revolverblatt. Aber, sag, wo wohnst du überhaupt?"

„Zurzeit noch bei Lynn."

Raquel tippte sich kurz mit der Hand an die Stirn.

„Natürlich, Lynn. Ich sehe sie ab und zu in der Stadt. Sie sieht aus wie eine Sevillanerin und spricht auch genau wie wir."

Ich spürte einen Stich Eifersucht.

„Und, wie geht es dir, Raquel? Macht dir das Unterrichten noch immer Spaß?"

„Ich habe wirklich Glück gehabt mit meinem Job. Die meisten meiner Freunde sind arbeitslos oder jobben für Halsabschneiderlöhne, nur ich habe noch regelmäßige Einkünfte. Letzten Monat wohnten sogar meine Nichten und Neffen bei mir. Da ging es bei mir zu Hause hoch her. Du weißt gar nicht, wie oft ich mich da in unser ruhiges Schulbüro abgeseilt habe. Hör mal, ich muss wieder los ..."

Schnell beeilte ich mich zu sagen: „Pago yo" und legte ein paar Euros auf den Tisch.

Raquel kramte in ihrer Tasche und gab mir ihre Visitenkarte.

„Hast du WhatsApp?"

Ich schüttelte den Kopf.

„Okay, dann ruf mich an, dass wir etwas zusammen unternehmen, oder komm einfach die Tage mal vorbei.

Vielleicht mag Lynn auch mitkommen. Und wenn du bei irgendetwas Hilfe brauchst, gib mir Bescheid!"

Wir umarmten uns und schon war sie durch die Tür. Ich blieb noch einen Moment sitzen, um zur Ruhe zu kommen.

Der letzte Teil meines kleinen Ausflugs wühlte mich am meisten auf. Auf zur Estación de Córdoba, dem hübschen historischen Bahnhof im Mudéjarstil, der zum Einkaufszentrum umgebaut worden war. In unmittelbarer Bahnhofsnähe hatte meine Au-pair-Familie gewohnt. Auf spanischen Klingeln benutzt man Stockwerke statt Namen. Schade eigentlich, denn sonst hätte ich unauffällig nachforschen können, ob sie noch immer dort wohnten. Doch das Haus sah wie immer aus, mein Bauchgefühl sagte mir, dass meine Gastfamilie nicht umgezogen war. Schnell lief ich weiter. Nicht, dass ich ihnen noch zufällig in die Arme laufen würde. Eine Begegnung aus der Vergangenheit pro Tag reichte mir, obwohl ich mein Wiedersehen mit Raquel durchaus genossen hatte, war es auch anstrengend gewesen.

Ich überquerte die Straße und schaute mir die prächtige Fassade des Museo de Bellas Artes an, die mir nach wie vor sehr vertraut vorkam. Früher, lange vor meiner Zeit, beherbergte das Gebäude ein Kloster, heutzutage Gemälde spanischer Künstler wie El Greco. Und in der Calle de Alfonso XII, direkt hinter dem Museum, hatte Rafa gewohnt.

Dass sein Zuhause ganz in der Nähe meiner Gasteltern Pilar und Pablo lag, war kein Zufall. Die beiden ‚P's, wie ich sie früher scherzhaft in meinen Mails abgekürzt hatte, waren mit Rafas Eltern befreundet. Rafa kannte sich mit Computern aus, hatte das wohl

auch als eine Art Leistungsfach in der Schule ange-
wählt und so wurde er immer gerufen, wenn unser
Computer nicht funktionierte. Rafa war ein immer
gern gesehener Gast, besonders von mir. Wer sagt
schon Nein zu einem attraktiven und dazu noch
freundlichen, netten Mann?

Anfangs sprach ich so schlecht Spanisch, dass alle nur
immer mit „Hä?" reagierten und nach einem Vorwand
suchten, um möglichst schnell das anstrengende Gespräch wieder beenden zu können. Rafa war anders.
Aus welchen Gründen auch immer. Außerdem tat es
gut, mal Gleichaltrige um mich herum zu haben. Tagsüber hütete ich Juan und Mercedes, nachmittags besuchte ich die Escuela, wo wir alle gebrochen Spanisch
mit 1007 Akzenten sprachen, uns untereinander aber
blendend verstanden. Abends war wieder babysitten
angesagt und am Wochenende oder am Mittwoch Ausgehen mit Lynn oder den anderen Sprachschülern.
Rafa war da eine willkommene Abwechslung. Eines Tages bat ich ihn rüberzukommen, da Pilars Bildschirm
angeblich schwarz blieb, das Programm nicht startete.
In Wirklichkeit hatte ich einfach den Stecker rausgezo-
gen. Rafa checkte mit einem Blick, was los war.

„Ah, Mia, könntest du mir bitte einmal helfen?"
„Natürlich!"
Und während Pilar mit den Kindern in der Küche verschwand, schoben wir beide unter dem Schreibtisch ki-
chernd den Stecker wieder in die Steckdose, wobei Rafa
seine Hand auf meiner liegenließ, bis die Funken zwischen uns nur so sprühten. Während über uns auf der
Schreibtischplatte der PC wieder hochfuhr, drehte er
meinen Kopf mit dem Zeigefinger zu sich und küsste

mich. Als Pilar den Startton ihres PCs hörte, stürmte sie mit Mercedes auf der Hüfte erfreut in ihr Arbeitszimmer. Ich fühlte mich ertappt, richtete mich viel zu schnell auf und stieß mir dabei ganz böse den Kopf.

Mittlerweile war ich bei dem Haus von Rafaels Eltern angekommen. Kein Wunder, dass meine Briefe zurückgekommen waren. Das Gebäude war kaum wiederzuerkennen, sah regelrecht heruntergekommen aus. Müll, ein Kinderwagen mit drei Rädern, kaputte Fahrräder und Elektroschrott. Nein, ich konnte mir nicht vorstellen, dass meine Jugendliebe noch immer hier wohnte. Wo versteckte er sich nur? Vielleicht kam ich zu spät. Wer garantierte mir, dass er nicht in die Staaten ausgewandert oder in ein Kloster eingetreten war?

Kapitel 7

R wie Ritual

Das Zitat des Tages:

„Helfen Sie Ihren Klienten, den Tag zu strukturieren, denn rituelle Gewohnheiten geben vor allem in Stresszeiten ein Gefühl von Sicherheit."

(Ratgeber für angewandte Psychologie, S. 129)

Mein Wecker schellte mich aus einem latent erotischen Traum. Schlaftrunken drückte ich die Stopptaste und versuchte, mich noch einmal in die warme, vielversprechende Welt, aus der ich so brutal gerissen worden war, zurückzufinden. Leider gelang es mir nicht. Es war Montag und meine zweite Woche bei den Toros stand an. Ich schlüpfte in meine Flipflops, die vor meinem Bett auf mich warteten, kuschelte mich in die dicke, graue Strickjacke, schleppte mich in die Küche und bereitete die silberne cafetera vor. Dabei knöpfte ich meine Strickjacke automatisch zu. Morgens war es noch immer empfindlich kühl. Ich hätte ein wenig Heizungswärme durchaus wertschätzen können, doch obwohl die Temperaturen im Winter tatsächlich den Gefrierpunkt erreichen konnten, verfügte so gut wie keine Wohnung in Sevilla über eine Therme oder Ähnliches. Auf dem Küchentisch hatte Lynn einen Zettel für mich hingelegt.

Bitte weck mich um 7 Uhr. Achtung, ich schlaf gerne wieder ein. Nerv mich unbedingt so lange, bis ich wirklich wach bin. Du schaffst das! ;-)

Ich lächelte und deckte den Tisch für uns. Lynn hatte tatsächlich einen tiefen Schlaf. Meine erste Weckphase begann ich zeitig. Ich öffnete leise ihre Zimmertür und flötete zart: „Guten Morgen". Als ich nach zehn Minuten immer noch keinerlei Anzeichen einer Duschaktivität vernehmen konnte, klopfte ich lauter an Lynns Schlafzimmertür. Keine Reaktion. *Okay, du hast es so gewollt.* Ich ging zu ihrem Bett und legte behutsam meine Hand auf den schlafwarmen Arm, der über der Bettdecke lag. Sie reagierte, rollte sich zur anderen Bettseite und murmelte mit rauchiger Stimme: „José, mi amor". Mir war das Ganze peinlich und so schlich ich mich aus ihrem Zimmer. In der Küche angekommen, drehte ich das Radio volle Pulle auf. Im Türrahmen stehend, notierte ich den Erfolg meiner Bemühungen. Sie schlug die Augen auf und schrie: „Ich hasse dich." Dann lachte sie: „Danke."

„Guten Morgen, Lynn, frisch aus dem Koma erwacht?"

„Hmmm, riecht gut."

„Milchkaffee macht müde Mädels munter."

„Mach nicht so lange Sätze und schalt diese verdammte Blechkiste ab."

Radiowerbung auf höchster Lautstärke nervte, egal in welcher Sprache. Da waren wir uns einig.

Ich tat wie befohlen und knabberte schweigend an meiner Salzbutterbaguette-Kreation. Lynn tunkte mechanisch eine Magdalena nach der anderen in ihre Kaffeetasse und trank dann den Inhalt, der mich unangenehm an eine Brühe mit Grießklößchen erinnerte, in einem Zug aus. Und dann wurde ich Zeugin einer unglaublichen Veränderung: Lynn ging als übernächtigter Zombie in das Bad hinein und kam als Model für Businessware, gutduftend und dezent, aber raffiniert geschminkt wieder heraus. Es war unheimlich, fast so, wie in dem alten Horror-Science-Fiction-Streifen ‚Body Snatchers‘ mit Donald Sutherland. Und nicht nur äußerlich hatte sie sich verändert. Auch psychologisch legte sie mal eben eine 360-Grad-Drehung hin, war bester Laune, machte Witze und erkundigte sich redselig nach meinem Wochenende.

„Hast du was genommen?“, fragte ich misstrauisch.

„Klar, Manager-Ritalin. In Madrid will ich doch keine Zeit mit Schlafen oder Essen vergeuden.“

Wollte sie mich auf den Arm nehmen? Ich fühlte mich unsicher.

„Quatsch, du Schaf. Die gute alte Dusche bewirkt Wunder bei mir. Außerdem liegt ein wunderbares Wochenende hinter mir.“

Leider hatte ich keine Zeit, diesem vielversprechenden Duscheffekt auf den Grund zu gehen, denn ich war schon wieder spät dran. Das war ganz schlecht, denn ich würde mich lieber von der Giralda stürzen, als Gonzalo noch einmal verspätet unter die Augen treten zu müssen.

Inspiriert von Lynns Auftritt, band ich mir meine pinken Haare zum Dutt, legte noch ein wenig Lippenstift im selben Farbton auf, strichelte mir die Wimpern schwarz und stöckelte zur Redaktion. Vor dem Gebäude stand Lidia, die gerade eine Zigarettenpause machte.

„Na, wie läuft's?"

Ich gab mir größte Mühe mit dem Smalltalk, versuchte, möglichst unverkrampft und souverän rüberzukommen. Alles andere als einfach mit einem riesigen Knoten im Hals und einer übervollen Kaffeeblase.

„Gut, dass ich dich sehe. Hat Gonzalo dir schon erzählt, wie der Tag bei uns so abläuft?"

Ich wollte meinen Kollegen nicht in die Pfanne hauen, aber natürlich hatte er mir keinen Pieps gesagt, bis jetzt nur Deadlines gesetzt und an meinen beiden Artikeln für die Psychorubrik kein gutes Haar gelassen. Was hatte er noch selbstmitleidig angemerkt? Richtig, er hatte sich beklagt, wie unverschämt viele Stunden seiner wertvollen Lebenszeit ihn diese Korrektur gekostet hätte. Stundenlang hätte er stilistische, sprachliche und sogar inhaltliche Mängel redigieren müssen. „Grundschulniveau" hieß sein abschließendes Urteil. Diese Art von Verriss kannte ich schon von Sophia. Vermutlich würden die beiden sich sogar recht gut verstehen. Hoffentlich würden sie sich nie begegnen! Doch von unserem Kleinkrieg wollte ich Lidia nichts wissen lassen und so antwortete ich so vage wie möglich.

„Ja, so ganz allgemein hat er das einmal anskizziert."

Ich klopfte mir zu meiner Kollegialität auf die Schulter. Genauso gut hätte ich ihn auch ins Messer laufen lassen können. Ganz elegant natürlich, mit einer druckreifen klugen Bemerkung: „Aber nein, Lidia, Gonzalos Informationsfluss startet und endet im Nirwana." Na ja, oder so ähnlich ...

„Ach ja, und Glückwunsch. Die ersten Reaktionen auf deine Rubrik waren insgesamt recht positiv. Gar nicht schlecht für einen Newcomer."

Ich starrte sie verblüfft an, während sie den Zigarrenstummel austrat. Ich wusste gar nicht, dass bereits etwas von mir veröffentlicht worden war. Nach Gonzalos niederschmetterndem Feedback hatte ich erwartet, dass meine Werke, wenn schon nicht im Fegefeuer, dann im Reißwolf oder in einem verschimmelten Archiv gelandet waren.

„Oh, danke." Ich hatte auch Schmacht nach einer Zigarette, wagte es aber nicht, meine Chefin anzupumpen.

„Also, jetzt zu unserem üblichen Tagesablauf. Du weißt ja, unsere Online-Chefin hat sich heute Morgen bereits einen Nachrichtenüberblick verschafft. Um dreiviertel elf nehme ich an unserer kleinen ersten inoffiziellen Konferenz teil, um die Agenturmeldungen, also die Nachrichtenlage ganz allgemein, mit den Ressortleitern schon einmal vorzusortieren. Das ist für dich aber noch nicht weiter interessant. Dein erster wichtiger Treff ist um elf Uhr bei Gonzalo. Ab dann beginnt bei uns die Recherchezeit, in der ihr beiden schon einmal an eurem ersten Pro- & Kontra-Artikel schreiben solltet. Wie gesagt, du übernimmst das Meckern, Gonzalo das Positive."

„Um mich gleich richtig beliebt zu machen ..."

Lidia schaute mich irritiert an, dann lachte sie und ging auf meinen Scherz ein. „Genau das, Señora Hyde."

Ich verstand sie erst nicht, da sie das „H" verschluckte, doch dann fing ich auch an zu lachen. Irgendwie absurd, dieses zeitverzögerte Lachen. Hatte etwas von
Stopp-Motion.

„Ich weiß, Gonzalo ist nicht immer einfach im Umgang und er hat auch ein, sagen wir mal, schwieriges
Verhältnis zu Deutschen, aber dennoch ist es mir wichtig, dass ihr im Team zusammenarbeitet. Durch Rei-
bung entstehen die besten Ideen."

Ich sah sie an. Lidia wusste offensichtlich ganz genau,
wie angespannt Gonzalos und mein Verhältnis war. Ob
mich ihre Reibungstheorie überzeugte? Der Gedanke,
mich an Gonzalo zu reiben, warf mein Kopfkino an.
Softporno Variante mit zwei Redakteuren in einer heißen, nebeligen Duschkabine.

„Und Gonzalo ist einer unserer Besten. Von ihm
kannst du viel lernen."

Mein Erotikfilm hatte einen Riss, stattdessen meldete
sich die Analytikerin in mir zu Wort: Wow, eine klassische Doublebind-Botschaft: Ja, Gonzalo ist schwierig,
aber nein, du bist diejenige, die es versaut, wenn du mit
ihm nicht klarkommst.

Ich schwieg und musste noch dringender als zuvor
auf die Toilette. Das war der viele Milchkaffee mit
Lynn, in Gesellschaft zu frühstücken machte einfach
mehr Spaß und verführte zu gefährlich hohem Kaffee-
konsum.

„Um zwölf Uhr ist dann unsere große Konferenz bei
mir im Zimmer. Wir fangen immer mit der Blattkritik
an der Ausgabe vom Vortag an und dann stellen alle
ihre Themen vor. Um siebzehn Uhr sollte die erste Fassung eures ersten Pro- & Kontra-Artikels auf unserer

Monitorwand auftauchen mit Bild und Überschrift. Unser Team schaut darüber, während ihr noch weiter recherchiert, umschreibt und verfeinert. Um achtzehn Uhr beginnt die Schlussredaktion, ab acht Uhr geht das Baby in Druck. Zuerst die Post- dann die Hauptausgabe, das weißt du sicherlich bereits."

Ich nicke eifrig, kurz vor dem Blasenriss. Lidia drückte schon den nächsten Stummel aus, wie ich eifersüchtig bemerkte. Sie scannte mich mit einem bohrenden Blick und ich tat so, als wäre ich tiefenentspannt. Abschließend warf sie sich dann in Chefinnen-Pose.

„Bis um dreiundzwanzig Uhr aktualisieren wir noch. So, und jetzt an die Arbeit."

Das hatte ich doch schon letztes Mal von ihr gehört, schien ihr Lieblings-Antreiber-Satz zu sein. Zusammen mit Lidia fuhr ich elegant im Fahrstuhl nach oben. Während sie sich zur inoffiziellen Konferenz aufmachte, stürmte ich das Klo. Mein Gott, der gesamte Guadalquivir floss aus mir raus! Ich wusch mir die Hände und stellte mich mental auf den nächsten Schlagabtausch mit Gonzalo ein.

„Hola, cebolla", grüßte er mich mit extra breitem, deutschem Kunstakzent.

Ich ignorierte ihn und kam gleich zur Sache.

„Habe gerade mit Lidia gesprochen. Wir sollen heute Nachmittag unseren ersten Beitrag einreichen."

Er starrte mich aufgebracht an. Ich wusste nicht, ob der Gesichtsausdruck meiner Bemerkung galt oder ob er mich dafür verachtete, dass ich ihm eine schlechte Botschaft überbracht hatte. Ein Glück, dass wir nicht mehr in der Antike lebten, wo die Überbringer einer schlechten Botschaft gerne auch einmal geköpft wurden!

„Und? Themenvorschläge?", schob er mir den Schwarzen Peter zu.

„Brainstorming?", äffte ich seinen elliptischen Satzbau nach: Willkommen in der Comicwelt.

Gänzlich unerwartet sprang er in die Höhe und verschwand. Ziemlich irritiert von seinem Kommunikationsverhalten sah ich ihm hinterher. Minnie Mouse mit Fragezeichen in den Augen. Kurz darauf kehrte er mit einem rollbaren Whiteboard zurück. Unfassbar, er lächelte mich sogar an, als er mir einen fetten Marker in die Hand drückte. Ein ganz anderer Mann, wenn er freundlich schaute. Gefährlich anders. Ich dachte an mein Herumalbern mit Lidia. Dass sie mich zur Señora Hyde machen wollte, dagegen hatte ich nichts, aber vor Gonzalo in der Rolle des Dr. Jekyll musste ich mich ernsthaft in Acht nehmen.

„Dann leg mal los!", schnauzte er mich an. Zum Glück hatte er mittlerweile schon wieder vergessen, wie das mit dem Lächeln ging. Aber dafür hatte er mich indirekt geduzt. Freund oder Feind? Anas Bruder entzog sich einer klaren Zuordnung. Schwierig.

„Okay, aber dann immer abwechselnd."

Ich klatschte ein dickes: *Themen* in die Mitte und umkreiste es energisch. Sorgsam platzierte ich Strahlen von dem Kreis Richtung Rand. So machte man das doch bei Mind-Maps, wenn ich mich recht erinnerte. Ich kam mir vor wie zu Schulzeiten. Schon damals hatte ich diese aufgezwungenen Gruppenarbeiten gehasst. Irgendwie war es immer darauf hinausgelaufen, dass ich am Ende die meist spärlichen Ergebnisse stotternd mit hochrotem Kopf präsentieren musste.

„Du bist dran!" Ich gab ihm den Marker und nahm erwartungsvoll Platz.

Mein Timm Thaler stand auf und schrieb an ein Astende: *unterschiedliche Zeitauffassung.*

„Wie heißt eigentlich Micky Mouse auf Spanisch?", fragte ich, um ihn aus dem Konzept zu bringen und Zeit zu gewinnen. Die ganze Szene blieb lächerlich absurd, eine ungewollte Hommage an die Kinofilme von Pixar.

„Don Ratón."

Freizeit/Hobbys/Siesta/Tageseinteilung verewigte ich gleich einen ganzen Schwall von Assoziationen. So langsam fing das Spielchen an, mir Spaß zu machen.

Leben um zu arbeiten oder arbeiten um zu leben?

Gonzalo trat belustigt und ein wenig stolz zurück. Glückwunsch, Maestro, sogar einen komplett vollständigen Satz hinbekommen. Plötzlich musste ich kichern. Und auch Gonzalo grinste mich frech an. Versuchte er etwa, mit mir zu flirten?

„Das ist doch schon einiges." Er senkte seinen Blick noch immer nicht.

„Sieht wahnsinnig kreativ aus", stimmte ich zu, magisch angezogen von seinen dunklen Augen.

„Okay, lass uns starten, jalla, jalla. Die Zeit läuft. Mit welchem Thema legen wir los?"

Es fiel mir schwer, mich auf unsere Aufgabe zu konzentrieren. Ich nahm seine körperliche Präsenz viel zu deutlich wahr. Nervös strich ich mir eine Haarsträhne aus dem Gesicht.

„Die üblichen Klischees. Ich schreibe ein Lob auf die Arbeit, du auf die Freizeit."

„Nee, wenn's nach Lidia geht, genau umgekehrt, du findest ungezwungenes Timing toll und ich das pünktliche Einhalten einer Agenda."

Er trat näher an mich heran.

„Wie im wirklichen Leben", konnte ich mir nicht zu sagen verkneifen. Das hätte ich lieber gelassen, denn plötzlich schlug die Stimmung um. Gonzalo entfernte sich von mir, um sich mit verschränkten Armen vor der Tür aufzubauen. Gefährlich leise zischte er: „Ich erwarte zwanzig Zeilen in dreißig Minuten hier."

Dabei tippte er auf seine Armbanduhr, als spräche er zu einer Taubstummen. Ich versuchte, gegen meinen Tunnelblick anzugehen, meine Aggressionen zu unterdrücken. War ich ganz sicher, dass er mich provozieren wollte? Denn, wer weiß, vielleicht steckte auch etwas ganz anderes hinter der Geste? Womöglich war er einfach nur stolz auf die Marke seiner Uhr, ich kannte mich da nicht so aus ... Das wäre eigentlich eine richtig gute Idee für einen Artikel. Danke für den Aufhänger mit der Rolex, Gonzalo! Triumphierend verließ ich sein Büro.

Kapitel 8

U wie Umbrüche

Das Zitat des Tages:

„Veränderungen und Umbrüche prägen die heutige Zeit. Im privaten oder beruflichen Umfeld hilft es Ihren Klienten, den Wandel proaktiv mitzubestimmen (Vgl. auch S wie Siegfried-Syndrom).“

(Ratgeber für angewandte Psychologie, S. 199)

„Herrlich garstig.“

Lidia hielt meinen Ausdruck zwischen knallrot lackiertem Daumen und Mittelfinger. Gonzalo sah das offensichtlich anders. Verärgert murmelte er etwas vor sich hin. Lidia hatte das auch gehört und ließ es ihm nicht durchgehen.

„Wie bitte?“

„Arrogant.“

Lidia schaute ihn einige Sekunden kommentarlos an und bat ihn dann um seinen Beitrag. Während sie ihn las, versuchte ich mir über unsere Chefredakteurin klar zu werden. Zeigte sie kulturübergreifende Frauensolidarität oder war sie einfach gewiefte Geschäftsfrau, die wusste, was sich verkaufte?

Lidia schaute hoch und lobte Gonzalo enthusiastisch.
Jetzt konnte ich sie noch weniger einschätzen.
„Ganz wundervoll zusammen, das wird einschlagen."
Geschäftsfrau.
„Mia, meine Liebe, du kannst gehen. Gonzalo, du bleibst noch und korrigierst ihre sprachlichen Fehler."
Frauensolidarität.
„Heute Abend geht euer Baby dann in Druck."
„Unser Baby?", hakten Gonzalo und ich unisono nach.
Lidia kicherte und verließ das Büro.
„Nun denn, vielen Dank, Gonzalo", schloss ich mich unserer Chefredakteurin an. „Ich bin dann mal weg", machte ich einen auf Hape Kerkeling und war, schwupps, ebenfalls durch die Tür.
Als ich Lynn nach dem langen Arbeitstag alle Erlebnisse haarklein schildern wollte, merkte ich, dass sie mir nicht so aufmerksam wie sonst zuhörte. Sie lief hin und her, verlor immer wieder den Faden. Schließlich verstummte ich. So machte das keinen Spaß. Irgendetwas schien sie zu bedrücken. Ich überlegte, wie ich sie fragen konnte, ohne in mein Berufsvokabular zu verfallen.
Nach langem Nachdenken brachte ich eine unglaublich elaboriert lockere Formulierung heraus.
„Ist etwas?"
„Hm."
Ich schwieg und wartete. Lynn lief noch ein wenig hin und her und setzte sich mir dann gegenüber.
„José."
Ich versuchte, mich in sie hineinzudenken.

„Dein Typ in Madrid." Sofort vermutete ich, dass Beziehungsknatsch in der Luft lag. Wundern würde mich das nicht.

Sie nickte und begann mir die Situation zu erläutern.

„Nun, wir wechseln uns normalerweise ab. Also, letzte Woche war ich ja in Madrid im Hotel und jetzt …"

Dass ich darauf nicht von selbst gekommen war! Ich stand als unfreiwillige Gouvernante ihrer jungen Liebe im Wege. Wie peinlich!

„Ah, er kommt an diesem Wochenende zu Besuch. Da störe ich natürlich. Mach dir keine Sorgen. Ich werde verschwunden sein. Und klar, überhaupt sollte ich mir auch einmal längerfristig eine eigene Bleibe suchen …"

„Aber, wo willst du denn schlafen?"

„Unter der Alamillo-Brücke."

Wir blödelten noch ein wenig herum, ließen den Tag Revue passieren und gingen dann schlafen.

Doch in dieser Nacht konnte ich nicht zur Ruhe kommen. Es war wie verhext. Immer wieder ging ich meine Optionen im Kopf durch. Hotel, Raquel oder gar meine Gastfamilie? Nein, beschloss ich. Alles zu sehr Überfallkommando. Außerdem war ich keine Studentin mehr, die auf Couchsurfing stand. Ob ich vielleicht doch mal „airbnb" antesten könnte? Nee, das war mir alles zu anstrengend. Eigentlich war mir am allermeisten nach einem anonymen Hotel zumute. Privatsphäre war in den letzten Wochen Mangelware gewesen.

Da ich sowieso nicht schlafen konnte, fuhr ich meinen Laptop hoch. Eine E-Mail von Sophia. Kurz und etwas verkrampft nett. Ich verabschiedete mich von Thunderbird und begrüßte Mozilla Firefox, um billige Unterkünfte in Sevilla zu googeln. Bingo! Etwas später hatte ich eine gemütlich aussehende Pension im Zentrum mit moderaten Preisen gefunden. Ich mailte gleich eine Anfrage. Und wo ich schon dabei war, wühlte ich Raquels Visitenkarte aus der Tasche meiner weißen Leinenhose, die zum Lüften über dem Stuhl lag. Ich warf einen Blick auf meinen Kalender und notierte ein paar Terminvorschläge, die ich am nächsten Tag noch mit Lynn absprechen wollte.

Uff, es tat mir gut, mich abzulenken. Von Aktionismus gepackt, schrieb ich gleich noch einige Zeilen an meine ehemalige Gastfamilie und fragte unverbindlich, ob jemand Lust hätte, mit mir Kaffeetrinken oder Tapas-Essen zu gehen. Eigentlich wollte ich die Mail in dem Ordner Entwürfe ablegen, erwischte dann aber doch den falschen Knopf und sendete die Mail bereits ab. Pilar und Pablo würden mich jetzt für einen nachtaktiven Vampir halten! Obwohl ich soeben einen Fauxpas begangen hatte und etwas vorsichtiger hätte sein sollen, befand ich mich weiterhin fest im Würgegriff meiner Orgawut. Ich surfte noch etwas im Netz, gab versuchsweise Rafas Namen in die Suchmaske ein und bekam eine zweistellige Auswahl an Männern mit dem Namen Rafael Montero angeboten. Sie wohnten zwar alle in Sevilla, waren aber nicht im Besitz seiner alten Adresse. Frustriert klickte ich mich als Nächstes durch die Fotos von möblierten Apartments. Es ging mir ziemlich mies dabei. Wollte ich mich wirklich festlegen und einen Neustart in Spanien wagen? Oder sollte ich nicht doch lieber nach Deutschland zurückkehren? So wirklich willkommen fühlte ich mich in der Redaktion nicht, bestenfalls geduldet. Und aus dem Alter, mich einem grantigen Boulevardblatt-Vorgesetzten servil zu unterwerfen, war ich mittlerweile ebenfalls heraus. Schließlich hatte ich mein Unistudium mit Bestnote abgeschlossen und war kein vierzehnjähriges Girlie beim dreiwöchigen Schülerpraktikum. Nichts übereilen, rief ich mich selbst zur Räson. Jetzt hieß es erst einmal, die nächsten paar Wochen zu überleben und dann konnte ich mir noch einmal bei Tageslicht im ausgeschlafenen Zustand Gedanken über meine weiteren Zukunftspläne machen.

Als ich den Laptop müde herunterfuhr, blieb mir noch eine halbe Stunde bis zum Schellen des Weckers. Der nächste Tag versprach ja wieder einmal ein Highlight zu werden. Müdigkeit gepaart mit Heimweh und drohender Obdachlosigkeit!

Kapitel 9

N wie Netzwerken

Das Zitat des Tages:

„Über solide Netzwerke zu verfügen, vermittelt Ihren Klienten das so dringend benötigte Gefühl von Sicherheit. Andererseits ist das Netzwerken eine Kunst, die schon emotional stabilen Menschen nicht immer leicht von der Hand geht. Leiten Sie Ihre Klienten an, effiziente und nachhaltige Kontakte aufzubauen.“

(Ratgeber für angewandte Psychologie, S. 119)

Im Großraumbüro der Redaktion besetzte ich gleich zu Beginn einen der begehrten frei zugänglichen Computer-Arbeitsplätze für Freie. Lidia, nicht etwa Gonzalo, war ja klar, hatte mir gezeigt, wo die Passwörter auf einem gelben Post-it an besagten Computern zu finden waren. Eine niedliche symbolische Geste an die Idee einer Datensicherung. Ähnlich abhörsicher wie Merkels Handy. Die NSA hätte ihre Freude an uns.

Mir gefiel zwar nicht die Bahnhofsatmosphäre in diesem Multifunktionszimmer, aber immerhin gewährte sie einem eine gewisse Anonymität. Ich krallte mir den nächstbesten Stuhl, vergewisserte mich per Schulterblick, dass weder Lidia noch Gonzalo in der Nähe waren, und rief meine Mails ab. Ja, die preiswerte Albergue hatte mir ein Zimmer für das Wochenende reserviert. Ich müsste somit nicht unter der Puente de Triana nächtigen. Ich googelte noch einmal nach Rafa in Verbindung mit dem Schlagwort: *informática*, als ich dann plötzlich Gonzalos Stimme in meinem Rücken hörte. Warum weilte der Typ nicht in seinem eigenen Luxusbüro, sondern musste uns Legehennen in der Großraum-Batterie behelligen? Schnell klickte ich auf das Symbol für Zurücksetzen und wurde verräterisch rot. Es kam, wie es kommen musste: Durch mein unsicheres Verhalten hatte ich seinen Jagdinstinkt erst recht geweckt.

„Was machen Sie da?" Er siezte mich wieder. Ich folgte seinem neugierigen Blick. Ganz klar, Gonzalo hatte Blut geleckt.

„Recherchieren", gab ich schnippisch zurück.

„Und was genau?"

„Die deutsche Szene in Sevilla. Mögliche Interviewpartner. Wussten Sie, dass es hier eine Bar Helga gibt? Da finden wohl die Eltern-Stammtische der Deutschen Schule statt."

Die Bar gab es tatsächlich, hatte ich letztes Wochenende bei meinem Streifzug durch das Barrio Santa Cruz entdeckt. Das mit den Stammtischen war aber erstunken und erlogen.

„El Colegio Alberto Durero?"

Das war eine Fangfrage, das sah ich seinem spöttischen Gesichtsausdruck an. So würde doch keine deutsche Schule heißen, klang viel zu Spanisch. Aber Fangfragen waren paradox, oft erwies sich die unwahrscheinlichste Antwort als richtig. Meine Chancen lagen bei fünfzig Prozent. Ich gab mich selbstbewusst und antwortete mit einem lässigen:„Claro que sí“. Daraufhin verließ Gonzalo unbeeindruckt den Raum. Sobald die Tür zu war, gab ich „Colegio Alberto Durero, Sevilla“ ein. Übersetzt war das die Deutsche Schule Albrecht Dürer. Tschakka! Eins zu null für mich.

Der Morgen hatte also doch noch ganz unerwartet mit einem Sieg für mich angefangen. Zum Spaß schaute ich, ob ich etwas über Gonzalo im Netz finden konnte. Viel bekam ich nicht heraus. Gonzalos allgemein zugängliche Facebook-Seite spuckte lediglich sein Geburtsdatum aus. Er war dreiunddreißig Jahre alt. Witzig, nur fünf Jahre Abstand zwischen uns. Ich hätte ihn älter eingeschätzt. Ferner erfuhr ich seinen Geburtsort, Gelsenkirchen, Deutschland. Statt eines Porträtfotos zeigte sein Bild einen Stift. Eine Anspielung auf Charlie Hebdo und die Pressefreiheit? Merkwürdig, denn besonders engagiert kam mir Anas Bruder nicht gerade vor. Und dann gab es noch einen Link zur ‚El País‘, der renommiertesten spanischen Tageszeitung überhaupt. Doch gerade als ich dabei war, das weiterzuverfolgen, hörte ich erneut seine Stimme.

„Mia, über was fetzen wir uns heute?“

Oh Mann, Gonzalo stand in der Tür. Schnell verließ ich seine Seiten und fuhr den Computer herunter. Natürlich könnte er dennoch herausbekommen, was ich mir im Netz angeguckt hatte, aber es schien ihn nicht zu interessieren, denn er war schon wieder mit einem Becher Kaffee bewaffnet in seinem Büro verschwunden. Ich dackelte doch gerne zu meinem Herrchen, dem Señor Sklaventreiber.

„Und?“

„Essenszeiten und -sitten“, schlug ich vor, überzeugt, er fände es zu banal.

„Vale.“ Huch, er stimmte mir einfach so zu? Sofort ging meine Alarmanlage an.

„Wir entwerfen beide unsere Papers und dann lade ich dich zum Mittagessen ein, okay? In neunzig Minuten?“

„Okay!“ Was führte der Mistkerl im Schilde?

Das *Mittagessen* war ein Käsebrot in Plastikfolie. Das *Restaurant*, in das ich generös eingeladen wurde, die Bar um die Ecke. Und statt eines kollegialen Smalltalks unterzog der Typ mich der Inquisition.

„Mia, was für eine Ausbildung hast du eigentlich?“

Waren wir doch beim du?

„Hat Ana dir das nicht gesagt?“

Mhmmm, köstlich die Aioli auf dem Brot. Leider lief sie mir den Mundwinkel herunter.

Ich tupfte mir die weiße Knoblauchsoße mit dem spanischen Zwilling eines Küchen-Wegwerftuches ab, welches der Kellner uns großzügig gratis als Ersatz für die fehlenden Servietten dazugegeben hatte. Gourmet-Stern verdächtiger Service!

„Sie sagte, du hättest einen Universitätsabschluss, aber in was denn?“

Drei Mal darfst du raten, du Klugscheißer.

„In Psychologie“, schmatzte ich.

„Ich denke, man muss erst Medizin studieren, so etwas wie klinische Psychologie und dann noch einen Facharzt draufsetzen und so?“

Ich spülte meinen Bissen mit einem großzügig bemessenem Schluck Bier herunter. Big B. wollte Krieg. Konnte er haben.

„Wann hast du Deutschland verlassen?"

„Das tut doch nichts zur Sache."

„Tut es doch. Früher gab es nur ein medizinisch orientiertes Studium, mit dessen Hilfe du kranken Menschen helfen konntest. Neuerdings gibt es aber noch eine zweite Richtung, die den Schwerpunkt auf Psychologie für gesunde Menschen legt. Meinen Master habe ich in Entwicklungspsychologie gemacht, aber anfangs habe ich hauptsächlich Community-Psychologie belegt. Meine Praktika für den Bachelor absolvierte ich dementsprechend vorwiegend im Bereich Streetwork. Mittlerweile jedoch liegt mein neuer Schwerpunkt auf schulpsychologischen Themen. Wie du durch deine Schwester weißt, habe ich in Köln in einer Bildungseinrichtung gearbeitet. Ich könnte mich aber genauso gut für Schulsozialarbeit oder Ähnliches bewerben. Brauchst du Referenzen?"

„Nein, nein, ähm, das wusste ich tatsächlich nicht."

„Und, wie war deine Ausbildung, wenn ich fragen darf?"

„Darfst du: Henri-Nannen-Schule, Hamburg, Volontariat bei der ‚El País' in Madrid mit anschließender Übernahme."

Oh, jetzt war ich mit dem Staunen dran. Das klang, sagen wir mal, solide. In Gedanken überlegte ich eine taktvolle Formulierung der Frage, wie in aller Welt er nach so einem Lebenslauf ausgerechnet bei unserem Skandalblättchen gelandet war. Er schien meine

Neugier zu ahnen und bügelte sie in kluger Voraussicht sofort ab.

„Bist du fertig, Mia? Dann lass uns gehen!"

Zehn Minuten später saßen wir erneut in seinem Büro. Was war denn das schon wieder für ein merkwürdiges Intermezzo gewesen? Während Gonzalo meinen Artikel Korrektur las, sparte ich mir den Umweg über das Großraumbüro und rief dreist in seinem Zimmer quasi vor seinen Augen meine Mails ab. Der konnte mich mal! Ich ließ mir auch nicht alles bieten! Ah, eine Essenseinladung von meiner alten Gastfamilie. Morgen um zehn Uhr am Abend sollte ich zu ihnen zum Abendessen kommen. Cool. Ich freute mich schon auf unser Wiedersehen und fing an, meinen Besuch zu planen. Als Gastgeschenk würde ich am besten vorher noch ein paar Teilchen zum Nachtisch auftreiben.

„Und, hast du Kontakte zu dieser Bar und dem Colegio?", unterbrach Gonzalo meine Gedankengänge.

Ich starrte ihn an. „Nein, zum Durero habe ich keine Kontakte." Ich überflog noch einmal Pilars E-Mail. Hatte sie nicht geschrieben, dass Mercedes und Juan auf eine deutsche Privatschule gingen? Genau, da stand es.

„Aber ich kenne die deutsche Privatschule Colegio Heidelberg", bluffte ich kurzentschlossen. „Wieso interessiert dich das überhaupt?", legte ich nach. Angriff ist die beste Verteidigung.

„O-Töne." Der Typ wollte mich festnageln.

„Interviews?" Ich versuchte, Zeit zu schinden.

„Ja, liest sich besser. Kannst morgen ja mal losziehen. Ich stell dir auch einen Fotografen zur Seite."

Jetzt hatte er mich kalt erwischt. In der Liga spielte ich nicht und die Kontakte zum deutschen Colegio müsste ich ja auch erst noch aufbauen.

„Gute Idee, aber das braucht etwas Vorlauf." Zeit gewinnen.

„Erst einmal brauche ich einen roten Faden und ich würde meine Interviews auch ankündigen wollen. Wir Deutschen sind nicht so spontan."

An und für sich vermied ich Stereotypen, hatte aber nichts gegen sie einzuwenden, wenn sie mir den Hals retteten und mich davor bewahrten, dass meine kleine Notlüge entlarvt wurde.

Ich sah Gonzalo an, dass er noch immer misstrauisch war. Wie führte man ein Interview? Nahm man das nicht auf? Musste man das nicht, wie hieß das noch, autorisieren lassen? Ich musste mich unbedingt schlau machen.

„Also", versuchte ich die Kuh vom Eis zu kriegen, „in meinem Handbuch steht, dass es ein Fehler ist, Netzwerke erst aufzubauen, wenn man ein Problem hat oder etwas von dem anderen will."

„Jaja, schon gut, also, wann bist du soweit?"

„Nächste Woche." Das war knapp. Gerade noch einmal davongekommen. Meinen Feierabend hatte ich mir an diesem Tag ganz besonders redlich verdient. Ich fühlte mich jedenfalls wie erschlagen, als ich endlich nach Hause gehen konnte.

Abends berichtete ich Lynn stolz davon, dass sie am Wochenende freie Fahrt und ich ein Pensionszimmer hätte. Wir schlugen unsere Kalender auf und einigten uns auf drei Terminvorschläge für Raquel, unsere ehemalige Sprachlehrerin. Ich machte noch eine blöde

Anspielung, irgendetwas bezüglich verplanter Wochenenden mit ihrem Lover, die Lynn mir übel nahm. Ziemlich schnippisch behauptete sie, es wäre nur eine Frage der Zeit, bevor José sich von seiner Frau scheiden ließe. In ihrem Haus lebten sie angeblich schon in getrennten Bereichen und im Schlafzimmer liefe schon seit Jahren nichts mehr.

Oh Mann, da hatte ich wohl in ein Wespennest gestochen. Ich gähnte demonstrativ, duschte und ging ins Bett. Schon wieder konnte ich schlecht einschlafen. Ich dachte an Lynn, an das merkwürdige Hin und Her mit Big B. und wälzte mich im Gästebett von einer Seite zur anderen. Dann beschloss ich, mich besser positiven Gedanken zuzuwenden, wie zum Beispiel der Vorfreude auf meine spanische Gastfamilie. Endlich konnte ich tatsächlich Schlaf finden.

Kapitel 10

O wie Opposition

Das Zitat des Tages:

„Die Auseinandersetzung des Klienten mit seinen Kindheitserlebnissen wird auch Ich-und-Ich-Opposition genannt. Es ist der Persönlichkeitsentwicklung des Klienten zuträglich, wenn er erkennt, dass die Verhaltensmuster aus der Kindheit früher durchaus Sinn gemacht haben, ihn aber heutzutage möglicherweise in seiner Entfaltung blockieren.“

(Ratgeber für angewandte Psychologie, S. 123)

Um zweiundzwanzig Uhr schellte ich bei meiner Gastfamilie. Sie wohnten tatsächlich noch immer in demselben Haus wie früher. In der Nähe des Museo de Bellas Artes. Nach einer ausgiebigen Begrüßung im Korridor führte Pablo mich durch die Wohnung, während Pilar in der Küche verschwand, um den Aperitif zuzubereiten.

Mit Pilar fühlte ich mich sofort wieder so vertraut wie immer. Rücksichtsvoll wie sie war, hatte sie genauso wenig wie Raquel meine punkige Haarfarbe kommentiert, sondern nur einmal ganz kurz eine Augenbraue erhoben und damit hatte es sich erledigt. Eine echte Señora! Sie selbst sah ziemlich unverändert aus. Braune, fröhliche Augen, lebhafte Mimik, mädchenhafte Figur. Herzlich umarmte und küsste sie mich und fing gleich an, drauf los zu reden. Die Wohnung selbst hatte sich jedoch ordentlich verändert. Allein schon die Diele war so erwachsen geworden. Früher stand dort der Roller, Spielzeug lag auf dem Boden verteilt, auf der knallgelben Kommode häuften sich Stifte, Malbücher und Trinkflaschen. Ein einziges Durcheinander. Kein Vergleich zu dem heutigen modisch designten Flur, von dem viele Türen abgingen, sodass ich ihn bei Pablos Führung immer wieder von Neuem betrat: helles Holz, luftige Regale, mit Spotlights in Szene gesetzt und vor allem viel offener Raum, Platz.

Während an Pilar die Jahre so vorbeigezogen waren, als hätte sie sie in einem futuristischen Eis-Tank verbracht, sah ich Pablo, als ich ihn in einem unbeobachteten Moment genauer musterte, sein Alter deutlich an. Ich würde sogar so weit gehen zu behaupten, dass er verlebt aussah. Fast so, als hätte er die letzten acht Jahre seine Frau gleich ganz ritterlich auf seinen Schultern getragen. Pablo war in die Breite gegangen, kahl geworden. Sein Gesicht hatte seine attraktiven markanten Züge verloren, hatte etwas Formloses, vielleicht sogar Unsympathisches entwickelt. Auf der Straße hätte ich ihn vermutlich nicht wiedererkannt. Doch die unvermeidlich größte Veränderung hatte bei meinen Zöglingen stattgefunden. Als Juan zu uns stieß, konnte ich seine Wandlung kaum glauben. Er sah vom Typ genauso aus wie der große, schlanke Pablo von vor acht Jahren. Doch im Gegensatz zu seinem Vater damals war er fast schon hager zu nennen und trug sein leicht gewelltes Haar schulterlang. Ich ging hocherfreut auf ihn zu, wollte ihn innig umarmen, aber sein reservierter Gesichtsausdruck hielt mich ab.

„Guten Abend", grüßte er mich höflich auf Deutsch. Um ein Haar hätte er mir die Hand entgegengestreckt, doch dann besann er sich eines Besseren und erfüllte das vorgeschriebene Wangenküsschen-Protokoll, vermied dabei aber sorgsam jeglichen Körperkontakt. Ich kam mir wie eine 105-jährige Greisin vor. Meine Augen suchten nach Mercedes, meiner süßen kleinen *Mechi*, wie sie sich früher genannt hatte. Ich entdeckte sie hinter Pablo. Mechi sah zum Glück noch immer recht kindlich aus. Auch sie brauchte offensichtlich Zeit zum Warmwerden. Ich respektierte das schweren Herzen, fand mich mit einem Winken aus der Ferne zur Begrüßung ab. Schade. Früher hatte ich so gerne mit ihr geschmust und dabei meine Nase in ihr volles, meist nach dem Pfirsichshampoo duftendes Haar versenkt. Meine Laune fiel wie der DAX an schlechten Tagen schnurstracks in die Tiefe. Ich wusste, wie albern ich mich aufführte; warum sollten sich die Kinder in einer ganzen Reihe von cangurus ausgerechnet an mich erinnern, wo sie doch damals noch so jung waren? Einen Augenblick lang hörte Pilar auf zu reden und ich fühlte mich noch intensiver wie ein Eindringling in einer mir fremd gewordenen Familie. Diesmal war es Pablo, der mir die Befangenheit nahm.

„Mia, findest du noch den Weg zum Speisezimmer?"

„Hinten, zweite Tür links, oder?", antwortete ich, ohne zu überlegen.

„Da ist sie wieder, unser vorbildliches deutsches Au-pair."

Wir begaben uns alle zum Esszimmer. Der Tisch war derselbe wie immer. Der dicke Kratzer an meinem Platz stammte noch von Juans Wutanfall, als er acht war, bei dem er zornig seine Gabel immer wieder in die Tischplatte gerammt hatte. Für den Schaden hatte er Platzdeckchen von seinem Taschengeld kaufen müssen. Ich hatte ihn zu dem kleinen chinesischen Laden die Straße hinunter begleitet, wo es allen möglichen Trödel für wenig Geld gab. Mein Gott, war Juan aufgeregt gewesen! Ich konnte mich noch immer genau daran erinnern, wie sich sein kleines feuchtes Händchen anfühlte und wie die Tränen in seine Augen traten, als er das sorgsam angesparte Taschengeld für so etwas Blödes ausgeben musste.

„Warum lachst du so?", fragte Pilar, die bemerkte, dass ich mit den Gedanken woanders war. Ich erzählte ihr den Vorfall von früher. Alle lachten, dankbar für ein Thema beim Tischgespräch. Nur Juan selbst war die Geschichte offensichtlich peinlich. Außer mir konnte sich niemand an Details erinnern. Schon merkwürdig, ich hatte Juan mit acht und Mechi mit drei so intensiv erlebt, als wären es meine eigenen Kinder. Doch für die Familie war ich Alltag, ein Au-pair von vielen gewesen.

„Sprecht ihr denn noch immer Deutsch?"

Bevor Mercedes und Juan mir antworten konnten, kam Pilar mit der Vorspeise, einem Eintopf mit Gemüse, zu uns an den Tisch. In der Mitte eines jeden Tellers schwamm die Hälfte eines Maiskolbens.

„Hmmm, diese Suppe habe ich schon früher immer geliebt."

Sie schmeckte noch immer so wundervoll, dass ich ein paar Minuten später den leeren Teller mit einem Stück Baguette auswischte.

„Doch, wir sprechen noch Deutsch. Mercedes und ich gehen sogar auf eine deutsche Privatschule, das Colegio Heidelberg. Komm aber bloß nicht auf die Idee, mit uns deutsch zu sprechen."

„Mama und Papa können das nämlich nicht", erklärte Mercedes.

„Nicht schlecht, eine Geheimsprache für euch Geschwister", schlug ich vor. Doch die beiden gingen auf meine spielerische Idee überhaupt nicht ein. Ganz im Gegenteil, sie wechselten sofort ins Spanische zurück.

„Überhaupt nicht. Ich mag deutsch nicht und die Deutschen sind auch doof", maulte Juan wie ein Kleinkind.

Pilar schaltete sich ein. „Hallo, was erzählst du da? Mia ist unser Gast, zeig mal ein bisschen Respekt."

Pablo versuchte, seinen Sohn in Schutz zu nehmen. „Juan fühlt sich nicht so richtig wohl auf dem Heidelberg." Er warf seiner Frau einen merkwürdigen Blick zu und mit einmal überstürzten sich ihre Worte.

„Also, Juan wird jetzt im Sommer für ein Jahr als Gastschüler nach Deutschland gehen. Das mit der Sprache und so bekommt er gut hin, aber könntest du ihm nicht vielleicht helfen, ihn auf die anderen Sitten und Gebräuche vorzubereiten? Die Teutonen scheinen ja schon recht anders als wir drauf zu sein, so eher seriös und verschlossen, Anwesende natürlich ausgenommen."

„Klar, warum nicht", bot ich mich an. Schließlich hatte ich im Magisterstudium zwei Module zu ‚cross-culture-studies' absolviert, vielleicht, weil ich unbewusst schon immer mit dem Gedanken gespielt hatte, nach Spanien zurückzukehren. Wer weiß, mit etwas Glück hätte Sophia Lust darauf, Juan in Deutschland ein wenig unter ihre Fittiche zu nehmen? Ach, Unsinn, ermahnte ich mich gleich darauf selbst. Sie wird mit ihrer Ehe schon ausgelastet genug sein.

„Also, wir bezahlen dir das natürlich auch. Weil, wir hätten schon gerne, dass du wöchentlich kommst. Schließlich bist du Psychologin und bist auch vom Fach, was Gesprächsführung, Rollenspiele und das alles angeht."

Pilar und Pablo schauten sich kurz verschwörerisch an. Ich fand, dass sich ihre Vorstellungen ziemlich diffus anhörten, irgendwie vorgeschoben, so als ob da noch etwas anderes unter ihren Bemühungen läge, eine Art geheimer Plan B. Ging es um Sprachunterricht, um psychologisches Coaching oder schlicht und einfach um die administrative Organisation des Austauschjahres? Ich rang mich zu einer Blankozusage durch, obwohl ich dabei ein mulmiges Gefühl hatte. Aber Pablo und Pilar waren schließlich meine spanischen Gasteltern.

„Natürlich unterstütze ich Juan gerne mit Privatstunden."

„Immer dienstags gegen neunzehn Uhr wäre gut, so bis zwanzig Uhr", klopfte Pilar den Termin fest. So resolut hatte ich sie gar nicht mehr in Erinnerung.

„Vamos a ver", versuchte ich, Pilars Übereifer zu bremsen. Juan war ganz meiner Meinung.

„Mamá, überfall sie doch nicht gleich so!"

Erstaunlicherweise schaltete sich erneut der ruhige Pablo mit entschlossener Stimme ein, um seine Frau zu unterstützen.

„Basta. Dienstags passt am besten in deinen Stundenplan, montags und mittwochs hast du Training, donnerstags und freitags lange Schule. Wäre das denn okay für dich, Mia?“

„Ja, sicher.“ Ein wenig Taschengeld wäre nicht das Schlechteste, außerdem würde ich durch Juan auf dem Laufenden gehalten werden, was gerade in Sevilla so angesagt war. Außerdem gefiel mir die Vorstellung, an die alten Zeiten anzuknüpfen, indem ich erneut für Pilar und Pablo jobbte. Jetzt fehlte nur noch Rafa und es wäre fast wieder so wie früher.

„Um eure Kinder kümmere ich mich doch immer wieder gerne.“

„Du kannst stolz sein, Juan“, machte Pilar mit. „Du bist mit Sicherheit der einzige Junge in deinem Alter, der noch ein canguru, ein Au-pair-Mädchen hat.“

Wie zu erwarten war, fand Juan diese Bemerkung alles andere als lustig.

Bei der Paella marinera stieg die allgemeine Stimmung wieder. Alle genossen das lecker gewürzte Festessen, dessen Zubereitung, wie ich aus eigener Erfahrung wusste, wirklich aufwändig war.

„Ich liebe die Scampis, total lecker. Du bist eine tolle Köchin“, lobte ich Pilar.

„Nein, die Paella geht auf Pablos Kappe.“

„Pablo, está buenisima. Wirklich ganz köstlich.“

„Magst du noch etwas Wein?“

„Eigentlich gerne.“ Ich hielt ihm mein Glas hin.

„Papa sagt immer, dann schwimmt der Fisch besser." Merchi schaute mich altklug an.

Ich lachte höflich und zwinkerte Pilar zu. Sie schenkte mir ein breites Lächeln und erkundigte sich interessiert nach meinem Leben.

„Und, du wohnst jetzt wieder in Sevilla?"

„Ja, und zwar bei meiner alten Freundin Lynn. Erinnert ihr euch an sie? Sie war früher ab und zu hier zu Besuch. Obwohl Lynn wie ich aus Deutschland kommt, ist sie aber mittlerweile schon spanischer als die Spanierinnen hier. Sie war in den letzten acht Jahren höchstens drei Male in den Ferien in Deutschland."

„So eine Brünette?"

„Ja, genau. Früher trug sie meistens eine Brille, jetzt benutzt sie Kontaktlinsen."

„Kann ich gehen?", fragte Juan, den unser Gespräch sichtlich langweilte.

„Nein", wies Pablo ihn scharf zurecht.

„Schatz, es gibt gleich noch Nachtisch", vermittelte Pilar.

Früher waren mir die Spannungen in der Familie gar nicht so bewusst gewesen. Als Abiturientin war ich vermutlich auch weniger empfänglich für latente Botschaften. Ohnehin hatte ich damals hauptsächlich mit Pilar zu tun gehabt, denn Pablo kam erst spät von der Arbeit wieder nach Hause und zog sich dann meist sofort in sein Arbeitszimmer zurück.

Pilar verschwand mit Mercedes in der Küche und erschien kurz darauf mit meinen hübsch auf einer Etagère dargebotenen Teilchen wieder im Esszimmer.

„Ihr kennt nicht zufällig jemanden, der mir eine Wohnung vermieten möchte?"

Alle kauten genüsslich, ich versuchte unauffällig, einen Zuckerschnäuzer über meiner Oberlippe zu beseitigen.

„Juan, wie heißt denn noch dieser Pressesprecher vom Heidelberg? Der kennt doch diesen Schulmakler, der immer Wohnungen an die neu eingestellten deutschen Lehrer vermittelt."

Juan puhlte genervt Rosinen aus seinem Gebäck.

„Tut mir leid, Mia, ich mag Rosinen nicht so gern."

„Kein Problem."

Juan hatte mit seinen sechzehn Jahren schon eine richtig tiefe Männerstimme.

„Der heißt Klein Fernández, glaube ich. So ein deutsch-spanischer Mischname." Juan wurde rot. Seltsam.

„Fernández?", schaltete sich Pablo ein. „Stimmt, so heißt er. Ein umgänglicher Mann. Deutsch, aber verheiratet mit einer Spanierin. Mittlerweile leben seine Frau und er aber, soweit ich weiß, getrennt. Vielleicht könntest du den ja mal für die ‚Crónica' interviewen."

„Ja, genau, Maximilian heißt er. Maximilian Fernández", fiel es auch Pilar wieder ein.

„Ähm, leider arbeite ich nicht für die ‚Crónica', sondern lediglich für die ‚Toros de Sevilla'", gestand ich meiner Gastfamilie. „Glaubt ihr, der würde auch ein Interview geben?"

„Aber sicher. Wenn er Zicken macht, dann bestell ihm viele Grüße von uns. Moment mal, ich habe doch irgendwo seine Visitenkarte." Pablo stand auf, verschwand in der ‚Schöner Wohnen'-Diele und kam kurz danach wieder zurück.

Angesichts meiner Streitigkeiten mit Gonzalo kam mir diese Visitenkarte wie gerufen. Sofort fing ich an, mir mögliche Fragen für diesen PR-Fritzen zu überlegen. Die restliche Abendunterhaltung ging spurlos an mir vorbei. Ich hoffte, ich konnte zumindest den äußeren Anschein von Höflichkeit wahren. Die Kinder verabschiedeten sich. Wenig später drangen verräterische Computerspieltöne aus ihren Kinder-, ähm, ihren Jugendzimmern.

Pilar und Pablo verabschiedeten mich bald herzlich an der Wohnungstür.

„Dann also bis nächsten Dienstag."

„Sehr gerne und danke für das fantastische Abendessen."

Zu Hause, also bei Lynn, bat ich diesen PR-Fritzen als erstes per E-Mail um einen Gesprächstermin. Gonzalo würde Augen machen, freute ich mich schadenfroh schon im Voraus. Dann köpfte ich zusammen mit Lynn eine weitere Flasche von unserem Lieblingsrotwein.

Das Telefon läutete. Es war José. Während Lynn mit ihrem Staatsanwalt turtelte, ging ich zum Rauchen auf ihren kleinen Balkon. Munter blies ich Wölkchen und ließ den Tag recht zufrieden mit mir und der Welt ausklingen. Als ich auf die Uhr schaute, war es bereits weit nach Mitternacht. So langsam sollte ich mir wirklich in die Horizontale begeben. Ich ging in die Küche zurück und fand eine selig lächelnde Freundin am Tisch sitzend vor.

„Und, wie war es mit deinem Liebsten?"

„Das Telefonat war sehr nett. Und was das Wochenende angeht. Nun ja, ich sag mal so, viel geschlafen haben wir nicht."

Wir grinsten uns an.

„Und das Essen bei deiner Gastfamilie? War Pilar noch immer so freundlich wie früher?"

„Ja, die waren beide nett wie immer, obwohl Pablo schon ganz schön alt aussah. Aber die Kinder haben sich überhaupt nicht mehr an mich erinnert. Egal, war dennoch schön. Allerdings schien der Haussegen etwas schief zu hängen. War irgendwie komisch."

„Vielleicht betrügt Pilar ihn mit einem jüngeren Lover, einem verbotenen Mann?"

„Nein. Niemals, die haben doch Kinder. Außerdem ist Pilar viel zu anständig dafür."

Mit einmal sah Lynn müde und traurig aus. Sie tat mir leid und ich bemühte mich, meinen Fehler schnell wieder gut zu machen.

„Ich werde sie jetzt übrigens wieder regelmäßig besuchen. Ich gebe Juan Privatunterricht. Ach, egal, das erzähle ich dir alles morgen. Ich befürchte, ich muss jetzt ganz schnell ins Bett."

„Und ich erst einmal", warf Lynn kokett ein. Erleichtert, die Stimmung noch gerade gerettet zu haben, verzog ich mich in ihr Gästezimmer. Als letzte Amtshandlung fuhr ich noch einmal mein Mail-Programm hoch. Und tatsächlich wartete da schon eine Mail von der Privatschule Heidelberg auf mich. Machten die Leute dort denn nie Feierabend? Na ja, ich hing ja auch noch vor der Maschine.

„Danke für Ihre Anfrage. Ich erwarte Sie morgen um sechzehn Uhr in meinem Büro in dem Colegio Heidelberg." Adresse folgte. Oh, Mann. Höchste Zeit für meinen Schönheitsschlaf. Morgen würde das erste Presse-Interview meines Lebens stattfinden.

Kapitel 11

S wie Stress

Das Zitat des Tages:

*„Machen Sie Ihren Klienten klar, dass Stress zum Le-
ben dazu gehört. Der positive Eustress etwa sorgt dafür, dass wir uns stark und leistungsfähig fühlen. Nur
der negative Dysstress muss im Auge behalten werden. Wenn der über einen längeren Zeitraum hindurch nicht abgebaut wird, kann das zu schwerwie-
genden Konsequenzen führen.“*

(Ratgeber für angewandte Psychologie, S. 143)

Mein Schönheitsschlaf war diesmal so tief, dass weder
Lynn noch ich den Wecker hörten und wir beide ver-
schliefen. Kein Wunder. Mein normaler deutscher Ta-
ges-Nacht-Rhythmus war durch das späte Abendessen
bei meiner Gastfamilie völlig außer Rand und Band geraten. So kam ich natürlich wieder einmal zu spät. Ich
konnte da nichts für: Die spanische Kultur war schuld!
Während ich mit Bürorock und Stöckelschuhen durch
den Flur trippelte, mochte ich gar nicht daran denken,
welche Form Gonzalos Begeisterung für meine lässige
spanische Zeitauffassung diesmal annehmen mochte.

Big B. ließ mich Platz nehmen. Ich versuchte unauffällig, mein stoßartiges Atmen unter Kontrolle zu bringen. Die letzten drei Blöcke hatte ich im verkappten Dauerlauf hinter mich gebracht. Ich kam mir vor wie in ‚Ewig grüßt das Murmeltier‘. Genauso hatte ich hier am ersten Tag gesessen. Gab es da nicht diese buddhistische Vorstellung, dass sich einem ein altes Problem so lange immer wieder in den Weg stellt, bis man es endlich schaffte, es zu lösen? Ich hatte da auch schon eine Idee.

„Ein Fahrrad.“

„Wie bitte?“

Peinlich, ich hatte laut gesprochen.

Gonzalo schüttelte irritiert den Kopf. Seine Stirn legte sich in Falten und er sah sehr männlich aus. Unverschämt sexy. Aber auch ein wenig unentspannt. Ich konnte ebenfalls arrogant sein: Ob ich ihn auf die ersten Anzeichen einer Burn-Out-Gefahr ansprechen sollte? Wetten, dass er mich dann sofort aus dem Fenster werfen würde? Ich grinste in mich hinein und kam mir ziemlich cool vor.

„Wie weit sind Sie mit dem deutschen Colegio?“

Verwirrt schaute ich ihn an. Waren wir nicht mittlerweile beim Du gelandet? Das schien bei ihm immer wieder wild durcheinanderzugeraten. Sei’s drum, endlich hatte ich in meiner neuen Berufsrolle auch etwas vorzuweisen. Siegessicher legte ich los.

„Gerade gestern erst habe ich mit meinen ... Kontaktpersonen gesprochen.“

Nannte man das so unter Journalisten? Hörte sich etwas billig, so nach Krimi an. Nein, jetzt fiel es mir ein:

Quellen war der Fachbegriff. Klang aber auch bescheuert. Pilar und Pablo waren doch keine Quellen.

„Also, fahren Sie heute dorthin und sammeln ein paar O-Stimmen?“

„Zu welchem Thema?“

„So ein Potpourri, für alle möglichen Artikel, die ganze Latte an Klischees.“

„Wieso Klischees?“

Er reagierte nicht, sondern widmete sich stattdessen irgendwelchen Eingaben in den Computer. Gerade so, als ob er alleine im Zimmer wäre. Ich hasste es, wenn man mich ignorierte!

„Wieso Klischees?“, wiederholte ich stur wie ein Kleinkind, das gerade die W-Fragen für sich entdeckt hatte.

„Ach, Lidias ganze Idee ist so schwachsinnig.“

Ich versuchte, seine schlechte Laune an mir abprallen zu lassen, und gab mich so geschäftsmäßig, wie ich nur konnte.

„Okay, dann legen wir den Schwerpunkt einfach auf die Cross-Culture-Studies. Ich werde herausfinden, in welcher Phase der Assimilation sich meine Interviewpartner befinden. Gibt’s hier so was wie Aufnahmegeräte?“

Wortlos zog Gonzalo eine Schublade auf und nahm eine Art übergroßes Handy heraus.

„Versuchen Sie auch, den Pressesprecher des Colegios auf unsere Seite zu ziehen. Der macht immer Ärger. Aber vielleicht steht er ja auf Pinkhaarige.“

Das konnte ich ihm nicht durchgehen lassen. Die Zeichen standen auf Rache. Rache mit den Waffen einer Frau! Ich tat so, als ob ich ganz locker wäre, und strich mir lasziv langsam das Haar aus meinem Gesicht, fühlte mich wie die deutsche Kim Basinger. An seiner Körpersprache konnte ich ablesen, dass ihn meine kleine Schauspielimprovisation nicht kalt ließ. Die Atmosphäre zwischen uns war aufgeladen. Ich legte ein Bein über das andere, sodass der Saum meines Bürorocks gefährlich hoch rutschte. Seine Augen hüpften an besagte Stelle und sofort wieder zurück.

„Haben Sie auch vor langer Zeit in Deutschland schon einmal den Spruch gehört: Freundlichkeit siegt?"

Breites Grinsen meinerseits, Pokerface seinerseits. Die Spannungen zwischen uns waren unerträglich und es passierte ... nichts. Gonzalo schwieg, setzte sich auf seinen Schreibtischstuhl und schaute aus dem Fenster. Nach einigen Minuten hob er zu sprechen an. Seine Stimme triefte vor Professionalität.

„Hier das Aufnahmegerät. Lassen Sie sich nicht täuschen: Auch, wenn Sie vergessen haben sollten, die Aufnahmetaste zu drücken, der Pegelanzeiger schlägt dennoch aus und wiegt Sie in falscher Sicherheit."

„Alles klar, ich mache mich dann mal auf den Weg zum Colegio."

Als ich Gonzalos Büro mit einem sanften Hüftschwung verließ, fühlte ich körperlich, wie er mir nachschaute. Vor dem Redaktionsgebäude steckte ich mir erst einmal eine Zigarette an. Ich ließ mir mein Gesicht von der Sonne wärmen und wartete, bis sich meine Nervosität etwas gelegt hatte. Dann ging ich in Gedanken noch einmal die vier Phasen der Anpassung durch:

Erstens, die totale Begeisterung für die neue Kultur: Honeymoon-Phase.

Zweitens, die In-Between-Etappe. Man mag das Neue, vermisst aber auch die Heimat.

Drittens, Rejection: Die neue Kultur nervt, die eigene Kultur wird idealisiert.

Zum Schluss viertens, die gelungene Assimilation: In der vierten Phase kann man das Beste aus beiden Kulturen wertschätzen.

Ich drückte meine Zigarette aus und trank einen Kaffee in der Eckkneipe, in die Gonzalo mich einmal zum Mittagessen ausgeführt hatte. Der Typ mit seinen wechselnden Launen regte mich auf, machte mich wahnsinnig. Zu blöd, dass mein Körper so stark auf ihn reagierte. Diese biologischen Instinkte waren überaus hinderlich. Doch ich konnte ebenso professionell wie Big B. handeln. Ich zwang mich, analytisch zu denken und das Cross-Culture-Modell auf mich selbst anzuwenden. Selbstkritisch musste ich zugeben, dass ich mich in Phase drei befand. Ich konnte nur hoffen, dass die Interviews mir die gewünschte Anerkennung als Selfmadejournalistin verschaffen würden und mich direkt in die vierte Phase, das Paradies der Cross-Culture-Theorie, schießen würden.

Eigentlich hatte ich vor, in der Bar das Aufnahmegerät erst einmal ohne Zeugen ganz alleine auszuprobieren und mir dann ein paar kluge Fragen aufzuschreiben. Außerdem beabsichtigte ich, den Zwitter-Namen von diesem Pressesprecher zu googlen. Doch ich war zu aufgeregt für langatmige Recherchen und wollte einfach nur anfangen. Klappe. Action. Und so legte ich das Geld auf den Tresen. Der Kellner zeigte mir beim Verlassen der Bar noch den Weg zur Bushaltestelle. Der Bus kam zum Glück sofort. Mit Herzklopfen stieg ich ein und löste eine Fahrkarte zum Colegio. Ich bat den Busfahrer, mir Bescheid zu sagen, wann ich aussteigen müsste.

Ich starrte konzentriert aus dem Fenster und fragte mich plötzlich, wonach ich eigentlich so eifrig Ausschau hielt. Die ehrliche Antwort ernüchterte mich. Rafa. Ich wusste selbst, dass mein Verhalten grenzwertig war. Der Busfahrer erlöste mich von meinen Selbstzweifeln, indem er blinkte und dann auf einer Autobahn durch ein hässliches Gewerbegebiet raste. Sehr, sehr lange fuhren wir durch dieses unwirtliche Gelände. Nach einer Weile zeigte mir ein Blick auf mein Handy, dass wir schon länger als eine Dreiviertelstunde unterwegs waren. Hatte der Kellner nicht etwas von einer guten halben Stunde Fahrzeit gesagt?

Mit einem unguten Gefühl lief ich breitbeinig zu dem Fahrer hin. Als er mich sah, schlug er mit der Hand gegen die Stirn.

„Ich, nein, Madre mía, ich habe dich ganz vergessen. Wir sind leider schon längst an dem Colegio Heidelberg vorbei."

Er bremste abrupt in der nächsten Haltebucht und ließ mich aussteigen. Zum Glück fuhr gerade ein Taxi in der entgegengesetzten Richtung auf uns zu. Ohne groß nachzudenken, wirbelte ich meine Arme auf und ab. Im Land von Don Quijote verstand der Taxifahrer meine Geste ganz richtig als Mitfahrwunsch. Er ließ seine Lichtanlage so hell wie die Cranger Kirmes blinken und wartete auf mich. Dankend ließ ich mich auf dem Beifahrersitz plumpsen, befestigte ängstlich den Gurt und gab dem Taxista atemlos mein Ziel an.

Zehn Minuten später erreichten wir das deutsche Colegio. Ich bezahlte den Taxifahrer und machte mich auf die Suche nach dem PR-Sprecher. Es gab so viele Lagepläne und Wegweiser wie beim Arbeitsamt, aber Herrn Kleins Büro konnte ich nicht entdecken. Mist, es war mittlerweile schon 16:05 Uhr. Doch just in diesem Augenblick kam ein mittelalter, stämmiger Mann auf mich zu. Anthrazitfarbener Anzug, ein mittlerweile schon etwas zerknittertes weißes Hemd und als modischer Blickfang eine rote Krawatte. Ganz schön gewagt, Genosse Klein. Der Typ war mir sofort unsympathisch. Jemand, der es allen recht machen wollte. Nomen est omen, kleiner Mann.

„Usted es la …"

„Señora Fichtner. Encantada, Herr Klein Rodríguez", kam ich ihm zur Hilfe.

„Klein Fernández", verbesserte er mich. „Encantado. Sind Sie Deutsche?"

Der Mann machte auf Seebär und zerquetschte meine Hand, als wäre sie eine gekochte Kartoffel.

„Bin ich. Und Sie sind der offizielle Sprecher des Colegios, nicht wahr?", eröffnete ich ungeschickt das Gespräch. Sofort blitzte Misstrauen in seinen Augen auf.

„Ja."

„Ich habe Ihre Visitenkarte von Pablo und Pilar. Die beiden sind gute Freunde von mir. Ihre Kinder Juan und Mercedes gehen hier auf das Colegio."

Der PR-Sprecher schien sich zu entspannen.

„Zu gerne würde ich etwas mehr über das Heidelberg erfahren. Ob ich wohl unser Gespräch aufnehmen dürfte?"

„Ja, natürlich, bitte folgen Sie mir doch in mein Büro."

Das Büro wirkte stylish: Glas, Aluminium und viele gerahmte Auszeichnungen an den Wänden.

„Vielleicht stellen Sie sich erst einmal kurz vor und erklären unseren Lesern, was Sie machen", schlug ich Herrn Klein aufgeregt vor.

Ziemlich hyperaktiv platzierte ich das Aufnahmegerät vor dem Pressesprecher, versuchte dabei panisch, die richtigen Knöpfe zu erwischen. Warum hatte ich mir nur nicht die Zeit für einen Testlauf in der Eckkneipe genommen? Der Pegel im Fenster schlug erschreckend weit aus, aber das konnte ich auf die Schnelle nicht mehr rückgängig machen.

Herr Klein dachte kurz nach und legte los. Die Sätze saßen. Richtige Betonung, dramatische Pausen. Diesen Vortrag hielt er nicht das erste Mal. Die Antwort auf meine Frage zum Colegio klang ebenfalls so wohlformuliert, dass sie ohne Weiteres aus einer dieser überall rumliegenden Hochglanzbroschüren der Schule hätte stammen können.

Etwas später brachte uns jemand ein Tablett mit einer Kanne Filterkaffee, einem silbernen Milchkännchen und einem edlen Zuckertopf samt Zange. Auf einem Unterteller lagen dekorativ angeordnet ganze drei Schokoladenplätzchen. Während Herr Klein, ganz der zuvorkommende, höfliche Gastgeber, mir eine Tasse einschenkte, versuchte ich, ihn aus der Reserve zu locken.

„Das hört sich alles sehr schön an. Ehrlich gesagt fast ein bisschen zu schön, um wahr zu sein. Mit Sicherheit gibt es bei Ihnen, wie bei allen Institutionen des öffentlichen Lebens, auch Schwierigkeiten. Was glauben Sie, sind die größten Probleme Ihrer Schüler?"

Ich rechnete mit einer Antwort voller Zahlen. Schließlich hatte ich mir vor dem Interview die Preise für Einschreibung, Kursbelegung, AGs, Bücher, Hausaufgabenbetreuung, Schulbus und Uniform angeschaut. Dreistellig. Jeden Monat.

„Wir würden unseren Schülern und Schülerinnen", aalglatt der Typ, natürlich benutzte er politisch korrekt auch explizit die weibliche Form, „gerne noch mehr Möglichkeiten bieten. Jeder, der unseren Förderverein unterstützen will, ist herzlich willkommen."

Raffiniert. Meine Frage nach Problemen hatte sich der Profi mal eben im Handumdrehen zunutze gemacht, um ein wenig Fundraising zu betreiben. Herr Klein war gewiefter, als es sein Auftreten auf den ersten Blick vermuten ließ.

Ich unterbrach ihn höflich und lenkte unser Gespräch auf das Verhältnis zwischen den deutschen und spanischen Schülern, da Gonzalo und ich O-Töne zum Thema interkulturelles Lernen brauchten.

„Ach", seufzte er theatralisch und nahm einen Schluck Kaffee. „Wissen Sie", jetzt nahm er mit gespreizten Fingern einen Schokoladenkeks vom Tellerchen – wollte er Bedenkzeit gewinnen? „Wenn sich alle mehrsprachigen Gruppen so gut untereinander verstünden wie unsere Schulgemeinde, dann wäre die Welt ein besserer Ort zum Leben."

Ich verschluckte mich an meinem Kaffee. *Das war aber deutlich unter Ihrem Niveau, lieber Herr Klein,* dachte ich. Nach so viel Pausieren hätte ich etwas anderes als diese Schönheitsköniginnen-Phrase erwartet.

Der Referent schaute auffällig unauffällig auf seine Armbanduhr.

„Wäre das alles, Frau, ähm, Frau …“

„Fichtner. Ja, im Prinzip schon. Vielen Dank, dass Sie mir so kurzfristig ein Interview mit Ihnen ermöglicht haben.“

Dass ich unhöflich wäre, wollte ich mir nun wirklich nicht vorhalten lassen. Dafür war Gonzalo zuständig.

„Ach, zwei kleine Fragen hätte ich noch zum Schluss.“ Ich kam mir vor wie Detektiv Columbo.

Herr Klein wippte ungeduldig mit dem Fuß. Es sah so aus, als würde er mich am liebsten mit einem Tritt hinaus befördern.

„Pablo meinte, Sie hätten die Adresse von einem Makler, mit dem Sie gute Erfahrungen gesammelt hätten? Ich suche nämlich recht kurzfristig ein kleines Apartment für mich.“

Sofort rutschte Herr Klein in die Rolle des hilfsbereiten Geschäftsmannes zurück.

„Aber natürlich, ich notiere Ihnen gleich die Telefonnummer unseres Haus- und Hofmaklers.“ Er schrieb etwas gut leserlich in ordentlichen Großbuchstaben auf eine Karteikarte. Ich verstaute das gelbe Stück Pappe sorgfältig in meiner Handtasche und setzte dann an, meine letzte Bitte zu äußern.

„Das Colegio hat doch sicherlich nichts dagegen, wenn ich in den kommenden Tagen für die ‚Toros de Sevilla‘ ein paar kurze Interviews auf dem Schulhof führen würde, oder?“

Sein Stirnrunzeln ließ mich meine Suggestivfrage durch einen weiteren Weichspülgang jagen.

„Es geht hauptsächlich um Stimmungsbilder, kurze Momentaufnahmen für die *Atmo* des Artikels.“

Ich sah ihm an, dass er eigentlich Nein sagen, erst die Erlaubnis der Eltern, des Schulleiters, sämtlicher Politiker und von Amnesty International einholen wollen würde, doch dann betrat die Frau, die das Kaffeetablett gebracht hatte, erneut sein Büro und lenkte ihn ab.

„Kann ich abräumen?", fragte sie freundlich.

Ich nickte überschwänglich, gab Herrn Klein die Hand.

„Ich wollte sowieso gerade gehen. Nochmals vielen Dank für alles."

Ich strahlte ihn ein letztes Mal an und machte mich vom Acker, bevor er mir ein Veto hinterherbrüllen konnte. Ein fehlendes Nein ließ sich großzügig als Zustimmung interpretieren, fand ich.

An der Bushaltestelle setzte ich mich hin und schnappte nach Luft. Das also war meine erste Praxiserfahrung als Journalistin gewesen. Ich war völlig fertig und wollte nicht wissen, wie ramponiert ich aussah. Doch das zählte im Moment nicht. Das Wichtigste waren die Aufnahmen. Neugierig kramte ich das Aufnahmegerät aus meiner Tasche. Ich drückte die Rückspultaste, doch das Band befand sich bereits am Anfang. Merkwürdig. Ich ging auf die „Play"-Taste. Nichts. So ein Mist! Irgendetwas hatte ich falsch gemacht. Ich presste noch einmal den Daumen mit aller Gewalt auf das Pfeilsymbol. Nichts. Da gab es nichts schönzureden, ich hatte die Aufnahme versaut. Obwohl der Taschenrekorder die ganze Zeit gelaufen war, hatte er nichts, aber auch gar nichts aufgezeichnet. Ich konnte mir Gonzalos schadenfrohes Gesicht schon vorstellen. Zum anderen war mein Malheur vielleicht nur halb so wild. Der Typ hatte wie gedruckt gesprochen, ein wenig copy & paste-Bearbeitung der Werbetexte für das Heidelberg im Netz und schon müssten sich die Statements des Privatschulsprechers eigentlich überzeugend rekonstruieren lassen.

Ich stand auf, lief hin und her und hielt Ausschau nach dem Bus, wollte bloß weg vom Colegio. Ungeduldig kramte ich schon einmal etwas Kleingeld für die Fahrkarte aus meinem Portemonnaie. Dabei fiel mir auch wieder die Karteikarte vom Makler in die Hände. Plötzlich fing ich an zu zittern. Auf dem Papier stand unter ‚Inmuebles y Propiedades‘ in Blockbuchstaben ein Name, der mir nur allzu vertraut war: Rafael Montero.

Oh my God! Rafa! Ich hatte ihn gefunden!

Kapitel 12

Zwei Traummänner

Das Zitat des Tages:

„Die meisten Frauen schwanken in der Wahl ihres Partners zwischen zwei Polen hin und her, dem erfolgreichen, supersexy Karrieristen auf der einen und dem familienorientierten romantischen Mann auf der anderen Seite. Alpha-Softie haben Soziologen dieses widersprüchliche Modell getauft.

(Ratgeber für angewandte Psychologie, S. 166)

In dieser Nacht schlief ich so gut wie gar nicht. Immer wieder flackerten Bilder von früher durch meinen Kopf. Um sechs Uhr stand ich auf und bereitete das Frühstück vor. Ich fuhr meinen Compi auf dem Küchentisch hoch, da ich dort den besten Empfang hatte, und ging auf Facebook, um Rafas Seite zu suchen. Doch natürlich fand ich wieder nichts. Wie sollte sich das auch geändert haben, nur weil ich jetzt seine Adresse in der Hand hielt? Der Name des angegebenen Stadtteils sagte mir nichts. Vermutlich ziemlich weit draußen. Entweder in einer schönen, reichen Gartenstadt oder auch ganz im Gegenteil in einem Barrio, in dem sozialer

Wohnungsbau vorherrschte. Nein, eher nicht. Unwahrscheinlich für einen Makler.

Ich ging auf eine Internetseite, mit deren Hilfe man sich Fotos von Straßenblöcken zeigen lassen konnte und versuchte mich an das Haus, in dem er jetzt wohnte, heranzuzoomen. Saureiche Gegend, englischer Rasen, Golfplatz in der Nähe. Das konnte doch nicht mein Rafa von früher sein, der immer sehr kritisch der Lebensart seiner wohlhabenden Eltern gegenübergestanden hatte. Ich gab seine Berufsdaten ein und hoffte, etwas über seine Maklertätigkeit zu erfahren. Als der Informatikfreak, der er früher gewesen war, musste er sich doch irgendwo im World Wide Web herumtreiben. Dann fiel mir ein, dass mir letztens Bekannte gesagt hatten, dass viele Informatiker nicht erst seit Dave Eggers ,Circle‘ alles dafür taten, im Netz gerade nicht auffindbar zu sein. Nun denn, kein Grund zur Panik. So oder so würde ich ihn bald wiedersehen. Ich lächelte und zerdrückte aufgeregt die Ränder des gelben Kärtchens. Wer hätte das für möglich gehalten, dass ich eines Tages wieder seine Telefonnummer in meiner Hand halten würde?

„Mia, was machst du denn hier so früh am Morgen? Ist doch noch ganz dunkel.“

„Entschuldige, Lynn“, meine Finger gingen schnell auf irgendwelche Buchstaben, die ich anschließend mit der Enter-Taste bestätigte. Ein Trick, um ungewolltes Mitlesen zu verhindern.

„Wollte dich nicht wecken.“

„Schon gut, kann jetzt eh nicht mehr einschlafen.“

Lynn plumpste auf den Stuhl, stützte ihren schweren Kopf mit den Händen ab.

„Ist noch Kaffee da?“

Eine Stunde später, die Sonne ging gerade auf, war sie so weit aufgewacht, dass ich die Bombe platzen lassen konnte.

„Ich habe Rafas Adresse.“

Sie reagierte nicht.

„Glaubst du mir etwa nicht?“ Hektisch stand ich auf, suchte mein Heiligtum auf dem Küchentisch neben dem Computer und wollte dann siegesbewusst mit der gelben Karte in der Hand auf sie zu stürzen. Doch als ich die Karte endlich unter dem Stadtplan von Sevilla gefunden hatte, lag Lynns Kopf auf der anderen Seite des Küchentisches und gab regelmäßige Laute von sich. Ihr rhythmisches Atmen steckte mich an. Plötzlich wurde ich auch ganz müde. Ich ließ mich solidarisch neben Lynn nieder, merkte, wie mir ebenfalls die Augen zufielen.

„Mia, nicht einschlafen, du musst los!“ Lynn stand frischgeduscht neben mir, schüttete den Rest kalten Kaffees in meinem Becher erst aus und schenkte mir danach wieder Frischen ein.

„Runter damit und dann raus mit dir, sonst sieht dein Bruder-Bulle wieder rot.“

Ein Blick auf die Küchenuhr und jedes weitere Gespräch erübrigte sich. Ich verbrannte mich an meinem Kaffee und sprang auf, griff nach Rafas Adresse und verabschiedete mich flüchtig im Eilschritt von Lynn.

„Mist, ich muss jetzt los. Bis später!“

Doch vor der Haustür verlangsamten meine Beine das Lauftempo. Ich war so kurz vor dem Ziel, hatte endlich meine große Liebe wiedergefunden. Jetzt würde alles gut werden. Rafa war nur eine Telefonnummer entfernt von mir.

Ein kurzer Schulterblick. Ich war allein. Anas Bruder konnte mir den Buckel runterrutschen. Statt zur Redaktion zu rasen, nahm ich behutsam mein Handy aus der Tasche, fuhr mit dem Zeigefinger Rafas Festnetznummer entlang und gab sie mit zitternder Hand ein. Nervös wartete ich das Tuten ab, rechnete mit einem Spruch vom Anrufbeantworter und fuhr zusammen, als sich tatsächlich jemand am anderen Ende meldete. Allerdings gehörte die Stimme nicht der Person, die ich erwartet hatte, sondern einer Frau.

„Dígame."

„Hola, ich bin Mia und suche eine Wohnung. Könnte ich wohl mit Herrn Montero sprechen?"

„Tut mir leid, Herr Montero ist zurzeit nicht im Büro."

Sie versuchte, mich abzuwimmeln. Wollte so schnell wie möglich das Gespräch beenden.

„Er wurde mir als Makler von der Deutschen Privatschule, dem Colegio Heidelberg, empfohlen."

„Ach so." Die Stimme der Sekretärin klang viel freundlicher. Dieses Colegio schien so eine Art Sesamöffne-dich zu sein.

„Herr Montero ist gerade im Heidelberg."

Mir wurde schwindlig.

„Das trifft sich ja gut, da wollte ich auch gerade hin."

„Ich versuche, ihn gerade einmal zu erreichen. Wann könnten Sie denn dort sein?"

Was sollte ich sagen? Ich hatte keine Ahnung, wie ich mich bei der Zeitung, also bei Gonzalo, abmelden sollte. Und dann die Fahrzeit ... Ich musste unbedingt Zeitpuffer mit einberechnen.

„In anderthalb Stunden."

„Das dürfte gehen. Welchen Namen soll ich durchgeben?"

Jetzt zitterte meine Hand so stark, dass ich kaum noch den Hörer halten konnte. Für eine Sekunde spielte ich mit dem Gedanken, mich als Lynn vorzustellen, doch dann beschloss ich, bei der Wahrheit zu bleiben.

„Mia Fichtner."

Ich hörte, wie sie an einem anderen Apparat telefonierte. Sie wiederholte meinen Nachnamen so dermaßen falsch ausgesprochen, dass Rafa ihn sowieso niemals mit mir in Verbindung bringen würde.

Ich wartete ungeduldig auf ihre nächste Durchsage.

„Vale", bestätigte sie. „Herr Montero trifft sich mit Ihnen in neunzig Minuten vor dem Sekretariat des Colegios."

„Danke", flüsterte ich überwältigt. Ich wäre der Sekretärin am liebsten um den Hals gefallen. Mit kräftigerer Stimme wiederholte ich meine Worte.

„Vielen Dank. Sie haben mir wirklich sehr geholfen."

„Bitte. Gern geschehen. Und seien Sie pünktlich. Mein Mann wartet nicht gern. Ich hoffe, er kann Ihnen etwas zeigen, was Ihren Vorstellungen entspricht."

Ich gaffte mein Handy an, obwohl die Verbindung schon längst unterbrochen war. Bitte? Was war das gewesen? Mein Mann? Rafa war verheiratet? Das konnte nicht sein! Mein Bauchgefühl sagte mir, dass er genauso auf mich gewartet hatte wie ich auf ihn. Vermutlich hatte ich mich nur verhört und die Sekretärin hatte etwas gesagt, was so ähnlich klang. Beispielsweise *der* oder *dieser* Mann wartet nicht gerne. Telefonieren in einer Fremdsprache hatte so seine Tücken. Oder es war ein interkultureller Witz gewesen. So von wegen Pünktlichkeit ist die Zier der Deutschen.

Ich rannte zur Bushaltestelle und während ich dort wartete, meldete ich mich mit der Entschuldigung, ich wäre auf dem Weg zum Colegio, bei Gonzalo ab. Ich hatte Glück, er nahm das Telefonat nicht persönlich entgegen. Stattdessen konnte ich eine Nachricht auf seiner Mailbox hinterlassen.

Ich hielt nach dem Bus Ausschau, lief ungeduldig auf und ab und versuchte, mir jedes Detail von Rafas Gesicht zu vergegenwärtigen. Ob er sich auch so stark verändert haben würde wie Pablo? Ich kicherte hysterisch laut auf. Hoffentlich war er so richtig hässlich geworden, trug einen Ehering so dick wie ein Collier und quatschte mir die Ohren ab von seinen süßen Fünflingen. Meine albernen Ideen schlugen immer wildere Purzelbäume: Oder er sah aus wie ein Clochard, Knoblauch und Bierfahne inklusive. Ich grinste. Dann wäre ich sofort geheilt, könnte zurück nach Köln fliegen, mir einen Ehemann via Onlinebörse, welche Kuppelagentur dort im Moment auch immer angesagt war, angeln. Und, wenn ich mich beeilte, könnte es sogar vielleicht noch mit einer Doppeltaufe zusammen mit Sophias Brut, die sicherlich auch schon in der Mache war, klappen.

Der Bus kam in Sichtweite und lenkte meine Überlegungen in eine viel bodenständigere Richtung. Was sollte ich tun, wenn ich am Colegio ankäme? Sollte ich denn jetzt noch Interviews aufnehmen? Doch, beschloss ich, gerade! Wäre es nicht cool, vor Rafael die souveräne Journalistin raushängen zu lassen? Ich stieg ein, kaufte eine Fahrkarte. Wenn das so weiterging, könnte ich mir demnächst ein Monatsticket zum Heidelberg anschaffen! Es war derselbe Fahrer wie das letzte Mal. Er zwinkerte mir zu, hatte mich auch wiedererkannt. Ich drängte mich schnell nach hinten durch, wollte einem möglichen Gespräch aus dem Wege gehen. Also auf coole Journalistin machen, knüpfte ich an meine vorherige Strategieplanung an, während ich mich hinsetzte. Mittlerweile fand ich die Vorstellung doch nicht mehr so glamourös. Weder hatte ich mich inhaltlich vorbereitet, noch irgendwelche Fragen aufgeschrieben und diesem Klein wollte ich erst recht nicht noch einmal begegnen.

Der Bus stoppte, der Fahrer machte mir ein Zeichen und ich stieg mit Herzklopfen aus. Als ich den Schulhof betrat, sah ich ihn schon von Weitem in wartender Haltung vor dem Sekretariat stehen. Unverkennbar er. Er steckte zwar in einem Anzug, aber sein Körperbau und die typische Art sich zu bewegen, verrieten ihn.

Rafa, mi amor.

Ohne nachzudenken wollte ich mich auf ihn stürzen. Aus mir würde nie ein zurückhaltendes Burgfräulein werden, ganz im Gegenteil, ich lief noch immer im aufgedrehten Don-Quijote-Winke-Modus vom Vortag. Nur mit allergrößter Selbstkontrolle konnte ich meine Impulse unterdrücken.

Rafa schlenderte gemächlich auf mich zu. Unter seinem Arm eine lederne Aktentasche. Er schaute geschäftig auf den Boden, schien konzentriert seinen Gedanken nachzuhängen. Offensichtlich hatte er mich noch nicht erkannt, sah in mir lediglich eine neue Kundin. Er war mittlerweile so nah, dass ich sein Gesicht gut sehen konnte. Scheiße, er sah verdammt gut aus, besser denn je. Ich sollte auf der Stelle umkehren und gehen. Täte ich das nicht, würde ich den berühmten Point of no Return überschreiten. Dann stand Rafa vor mir und deutete noch immer gedankenverloren zwei Küsschen an.

„Buenos días", grüßte ich ihn.

Sofort erkannte er meine Stimme, schreckte auf und schaute hoch. Seine Augen wurden groß. Spontan griff er nach meinem Arm.

„Mia, tú?"

„Hola, Rafa".

Nichts mehr von wegen höflich-distanzierter Begrüßung. Diesmal umarmte er mich leidenschaftlich, drückte mich fest an sich. Als er mich losließ, strahlte er. Bedingungslos. Er wusste, dass wir zusammen gehörten. Ich wusste, dass wir zusammen gehörten. Wir wussten es, fühlten es. Es war so wie immer. Endlich war ich da angekommen, wo ich hingehörte. Von mir aus hätten wir die Begrüßung gleich wiederholen können. Und noch mal und noch mal. Dutzende von Malen. Leider zerstörte Herr Klein diesen kosmischen Moment. Ich hatte ihn gar nicht auf uns zukommen gesehen, fühlte mich völlig aufgelöst, aber Rafa fing sich schnell und stellte mich dem Pressesprecher souverän vor.

„Maximilian, das ist Frau Fichtner. Sie sucht eine Wohnung."

Gebannt beobachtete ich Rafaels weiteres Verhalten. Würde er Herrn Klein zu verstehen geben, dass wir uns bereits kannten? Musste er vermutlich, denn sonst wäre unsere stürmische Begrüßung völlig unverständlich für Außenstehende. Ach, Unsinn. Alles nur vorgeschoben. In Wirklichkeit wollte ich, dass Rafa sich zu uns bekannte. Ich erhoffte mir so etwas wie: Das ist sie, die Frau meines Lebens.

Doch dann schaltete sich mein Verstand, spät aber gründlich, endlich wieder ein und ließ meinen Blick auf seinen Ringfinger fallen. Dicker, klobiger Ehering. Gleichzeitig hörte ich in meinem Kopf erneut die Stimme am Telefon. „Mein Mann legt großen Wert auf Pünktlichkeit." Ganz eindeutig: „mein" und nicht „dieser" Mann. Die *Sekretärin* hatte mich vorgewarnt, mir genau dieselbe Botschaft zukommen lassen, die alle Eheringe weltweit zu signalisieren pflegen: „Finger weg, meiner."

Rafael zögerte, schluckte jede Erläuterung hinunter und sagte kein Wort mehr. Die ganze Situation war allen Beteiligten sichtbar unangenehm. Es war Klein, der die Stille durchbrach.

„Danke, Rafa. Frau Fichtner und ich kennen uns bereits."

Etwas steif wandte sich der Pressesprecher an mich, ob ich noch Fragen hätte.

„Nein."

Gelogen. Millionen von Fragen. Trillionen.

„Gut, dann wird Ihnen Herr Montero einige Wohnungen zeigen, nehme ich an."

Rafael reagierte nicht. Er stand ebenso unter Schock wie ich.

„Nicht wahr, Rafa?"

„Ja, natürlich. Wenn du mir zu meinem Wagen folgen würdest."

Herr Klein verabschiedete sich nüchtern und ging in das Gebäude zurück.

Oh my God. Wie sollte ich das überleben, mit Rafa in demselben Auto zu fahren? Ich würde an Herzschlag sterben. Ich hatte Angst. So große, dass ich am liebsten sogar den Klein zurückgehalten hätte, um noch länger mit ihm zu reden. Er konnte mich doch nicht einfach mit Rafa alleine lassen. Ich benötigte einen Bodyguard. Jemanden, der mich vor meinen eigenen Gefühlen beschützte. Auch Rafa blickte dem Klein etwas verwirrt hinterher. Ich folgte Rafael zu seinem Auto und stieg ein. Dann redete ich ohne Punkt und Komma hysterisch auf ihn ein.

„Rafa, ich suche ein kleines, preiswertes Apartment. Möglichst bald beziehbar. Herr Klein hat mir deine Telefonnummer gegeben."

Er ging dankbar auf meine Taktik ein, Wörter herauszupressen, als ob sich eine Falltür, die zur Hölle führt, unter uns öffnen würde, wenn wir mehr als drei Atemzüge Ruhe zwischen uns kommen lassen würden.

„Jaja, das Colegio Heidelberg. Hast du noch Kontakt zu deiner Gastfamilie? Wie hießen sie noch?"

Dankbar für ein unverfängliches Gesprächsthema hielt ich den Ball im Spiel.

„Pablo und Pilar. Erinnerst du dich noch? Wir haben sie Doppel-P, die ‚P's genannt …"

„Richtig. Also, ich habe schon Ewigkeiten nichts mehr von den beiden gehört. Allerdings sehe ich manchmal ihre Kinder auf dem Schulhof. Wie hießen die denn noch gleich?" Kurzatmig sagte ich es ihm und im selben Atemzug blubberte ich weiter:

„Ehrlich gesagt, habe ich nur Weihnachtskarten mit Pilar ausgetauscht, mehr auch nicht. Doch jetzt, seitdem ich wieder in Sevilla bin, habe ich mich bei ihnen gemeldet und sie haben mich vorgestern zu einer Paella eingeladen."

Als ich ihm gerade jede einzelne Zutat der Paella aufzählen wollte, entdeckte ich Rafas Familienfotos über dem Autoradio. Die Falltür hatte sich geöffnet. Ich schwieg. Rafa folgte meinem Blick.

„Meine Familie: Micaela, unsere beiden Töchter."

Ich sagte immer noch nichts. Eifersucht und Wut verschlugen mir die Sprache. Das war sie also. Und Kinder hatte er auch. Gleich zwei.

Jetzt verstummte auch Rafael.

Plötzlich stiegen mir Tränen in die Augen. Ich schluckte, räusperte mich und warf meinen Autopilot an.

„Welche Wohnung würdest du mir empfehlen?"

„Ich wollte dir drei vorschlagen. Also, du bist, soweit ich weiß, Journalistin geworden."

Wie kam er denn darauf?

„Nicht so wirklich."

Dann erinnerte mich an das Telefonat mit Rafas Sekre... Ehefrau. Stimmt, ich hatte kurz erwähnt, was ich zurzeit beruflich machte. Natürlich hatte ich ihr verschwiegen, dass es sich genau genommen um ein unterbezahltes Praktikum unter miesesten Arbeitsbedingungen handelte.

Meine Gedanken schweiften ab, ich kämpfte mit den Tränen. Kein Glück im Beruf und noch weniger in der Liebe. Acht Jahre mit Warten vergeudet.

Ich verbat mir, weiter nachzudenken. Hilfe zur Selbsthilfe. Wir Psychologen hatten für solche schmerzlichen Situationen so einige Tricks parat. Bei mir funktionierte üblicherweise die mentale Masche mit dem gelben Postpaket am besten. Ich stellte mir vor, wie ich alle meine Ängste, Sorgen und unerträglichen Gefühle in eine braune Medizinflasche einfüllte. In meiner Phantasie drehte ich den roten Deckel anschließend ganz fest zu und versah das Gift mit einem Totenkopf-Etikett. Als Letztes ließ ich das Bild in meinem Kopf entstehen, wie ich das Fläschchen in einen kleinen gelben, rechteckigen Postkarton aufrecht hinstellte, diesen dann mehrfach mit einer Kordel umwickelte und das hochexplosive Gebräu zu guter Letzt ganz oben auf einem imaginären Kellerregal ablegte.

Während Rafa von der Stadtautobahn in Richtung Barrio Santa Cruz abbog, schloss ich die Augen und füllte Giftfläschchen um Giftfläschchen ab und platzierte sie anschließend auf Unmengen von Kellerregalbrettern. Sobald ich meine gedankliche Schufterei nur für eine Sekunde unterbrach, hörte ich innerlich sofort die sich immer wiederholenden Worte: Familienvater mit Kindern, Töchtern, glücklich verheiratet. Mit einer Landsmännin. Diese Brainwash-Folter war kaum zu ertragen. Und dieser Scheißkerl sah immer noch so verdammt gut aus!

Wie ein Roboter folgte ich Rafael stundenlang durch irgendwelche Wohnungen. Ich nahm sein Verkaufsgerede nur matt im Hintergrund wahr. Gut in Schuss. Verkehrstechnisch günstig gelegen. Monatsanfang unterschreiben. Unmöbliert. Maklerprovision. Ich hatte Kopfschmerzen, konnte mich kaum auf seine Erklärungen konzentrieren. Ich bekam gar nicht mehr richtig mit, was ich machte und was ich sagte. Ich hatte alle meine Gefühle von mir abgespalten, funktionierte nur noch mechanisch. Doch, zwei vernünftige Sätze brachte ich trotz meines traumatisierten Zustandes doch noch ganz am Ende heraus.

„Wie teuer ist die Miete?"

Rafael nannte einen angemessenen, aber ziemlich hohen Betrag.

„Ich schlafe noch einmal drüber, bevor ich den Mietvertrag unterschreibe." Meine Gedanken überschlugen sich: *Eigentlich übersteigt die Miete meine finanziellen Mittel,* überlegte ich, *aber andererseits habe ich auch noch Reserven aus dem Erbe, die ich für die Wohnung nutzen könnte ... Genau, das mache ich! Das ist eine gute Investition, durch die ich jede Menge Konfrontationen elegant umschiffen kann!*

Mit einer letzten Anwandlung an Stolz wollte ich aus dem Auto steigen, um mich von einem Taxi zu Lynns Wohnung bringen zu lassen. Doch meine Knie zitterten so sehr, dass ich mir nicht einmal mehr das zutraute. Mir blieb nichts anderes übrig als mein letztes bisschen Würde zu verraten, ihm Lynns Adresse preiszugeben und mich von ihm dorthin kutschieren zu lassen. Zum Glück gab es in Triana keine Parkplätze. Aber ein Blick in Rafas Augen zeigte mir, dass er sehr wohl wusste, was sich in mir abspielte. Ich hatte guten Geschmack, attestierte ich mir. Ich verliebte mich nicht in die Lukasse dieser Welt, ich bevorzugte sensible Männer. Ob das unbedingt der glücklichere Griff in der Liebe war, mit dieser Frage wollte ich mich an diesem Abend lieber nicht mehr beschäftigen.

Als Rafa vor Lynns Haus anhielt, beugte er sich vorsichtig zu mir hinüber, um mich zum Abschied zu küssen. Ich schloss die Augen und stellte mich tot. Das, was als höflicher Wangenkuss begann, endete gefährlich nah an meinem Mund. Doch dann schnellte Rafas Oberkörper wie eine Sprungfeder mit einem Ruck zurück zu seinem Fahrersitz und auch meine Finger lagen bereits auf der Tür.

„Mia, was für ein Glück, dass wir uns wiedergefunden haben!"

Oh, nein, Rafa, dachte ich. *Ich sehe das genau anders herum: Was für ein Pech! Was für eine Verschwendung von Lebenszeit!* Doch um es nicht noch schlimmer zu machen, schluckte ich meine Antwort hinunter und lief benommen zur Haustür, während Rafa mit einem Kavaliersstart davonschoss.

Mein Herz tat weh, mein Kopf auch. Ich fühlte mich krank. Schwerkrank. Als Lynn hörte, wie ich versuchte, die Wohnungstür aufzuschließen, öffnete sie mir von innen. Ich hatte auch ein gutes Händchen bei Freundinnen. Lynn fragte nicht viel, nahm mich einfach in den Arm. Ich weinte und weinte und hörte nicht mehr auf. Sie half mir in mein Zimmer, setzte mich auf dem Bett ab, stellte klare, simple Fragen.

„Schokolade?"

Kopfschütteln.

„Essen oder trinken?"

Erneutes verneinen.

„Du hast Rafa wiedergesehen." Sie hatte heute Morgen also doch mehr als vermutet mitbekommen.

Nicken.

„Willst du alleine sein?"

„Ja."

„Gute Nacht."

„Gute Nacht."

Es war neunzehn Uhr.

Kapitel 13

K wie Krankheit

Das Zitat des Tages:

„Bei schweren seelischen Problemen neigen viele Menschen dazu zu somatisieren, innere Probleme unterbewusst durch äußerliche Symptome auszudrücken."

(Ratgeber für angewandte Psychologie, S. 39)

Am nächsten Morgen stand mein Körper auf, duschte sich und zog sich an. Mein Mund knabberte lustlos am Baguette, meine Augen ruhten auf der Uhr. Das Denken hatte ich aufs Notwendigste reduziert, das Fühlen ganz ausgeschaltet. Für einen nichtsahnenden Beobachter wäre kein Unterschied zwischen dem Morgenmuffel Lynn und meinem Liebeskummermodus zu bemerken.

Erstaunlicherweise funktionierte ich so gut, dass ich sogar fünf Minuten zu früh in der Redaktion ankam. Vielleicht war Herzschmerz gar keine so schlechte Arbeitsgrundlage. Für viele Jobs war es nur von Vorteil, die Umwelt stumpf und abgehärtet an sich abgleiten zu lassen.

Als ich Gonzalos Büro betrat, kniete er vor einem antik aussehenden Stuhl und bearbeitete dessen Beine mit Schmirgelpapier.

„Muy buenos días".

Mein Vorgesetzter zuckte erschrocken zusammen, so als ob ich ihn in flagranti erwischt hätte.

„Hallo, Mia. Was machst du denn schon so früh hier?"

Ich wollte ihn mit arroganten Blicken strafen oder mit einem flapsigen Spruch à la: Das sollte ich wohl besser dich fragen. Stattdessen ließ ich mich auf den Bürostuhl fallen und fing an zu schluchzen. Schöne Scheiße. Von mir selbst geschockt, schnellte ich in die Höhe und floh in Richtung Toilette. Eine halbe Rolle Klopapier und viele Minuten voller Getupfe mit meinem hautfarbenen Abdeckstift später betrat ich erneut das Büro. Ich hoffte, dass ich meine roten Augen überzeugend genug restauriert hatte. Kämpferisch dachte ich: *Okay, Gonzalo, komm schon, mach deiner Deutschlandphobie so richtig Luft!*

Doch es kam ganz anders. Statt mir Überempfindsamkeit vorzuwerfen, begrüßte er mich überaus freundlich.

„Setz dich doch." Er saß bereits auf dem abgenutzten Zweisitzer ganz hinten in seinem Büro und klopfte einladend auf den Platz neben sich.

Ich war zu schwach, um mich zu widersetzen, obwohl es komisch war, ihn so nah neben mir zu spüren. Ich nahm den Hauch eines Herrenduftes wahr, etwas, was mir vorher noch nie an ihm aufgefallen war. Sehr angenehmer Geruch. Obwohl er wie immer tipptopp gepflegt war, bemerkte ich, dass er sich an diesem Morgen, so wie auch damals bei unserer allerersten Begegnung, nicht rasiert hatte. Sollte er ruhig häufiger unterlassen. Der sich trotzig ausbreitende schwarze Schatten stand ihm.

„Alles okay?" Ich riss mich zusammen, um nicht sofort wieder loszuheulen.

„Nein", antwortete ich wahrheitsgemäß. „Mir geht es nicht gut und mein Kopf explodiert gleich."

„Hör mal, am besten gehst du für heute nach Hause", schlug er mit einer mir völlig fremden sanften Stimme vor. Mein Misstrauen war geweckt. Der Typ wollte mich loswerden. Mein Krankwerden passte ihm wunderbar in den Plan.

„Nein, geht schon", behauptete ich mit fester Stimme. „Ich wollte noch das Interview mit dem Sprecher des Colegio Heidelberg in meinen Artikel einbauen."

Gonzalo war bereits wieder zu seinem Schreibtisch gegangen.

„Wie Sie meinen."

Gonzalo wie er leibt und lebt. Er war wieder so, wie ich ihn kannte, das alte Ekel, herablassendes Siezen inbegriffen. Seine Methode, das immer wieder aus der Schublade zu holen, um Distanz zwischen uns herzustellen, war mir bereits allzu vertraut. Eine durchschaubare Taktik, aber sie zog bei mir nicht mehr. Sollte er doch seine Nähe-Distanz-Probleme ausleben, mich ließ das kalt. Oder besser gesagt: Ich konnte jetzt selber eine ordentliche Dosis coolen Geschäftsgebarens vertragen. Gefühle aus, Fassade an. Bloß keine seltsamen Überraschungen. Mir fiel auch gleich eine fiese Bemerkung ein, um ihn runterzumachen und auf Abstand zu halten.

„Wo haben Sie denn diesen alten Krempel aufgelesen?“ Ich nickte in Richtung Stuhl.

„Granada.“

Aha. In der nächsten Stunde fiel kein weiteres Wort mehr zwischen uns. Meine neue Strategie bestand darin, keine Giftfläschchen mehr auf Kellerregalen zu verstauen, sondern mich in Arbeit zu verbuddeln. Und so laborierte ich an meinem Artikel herum, versuchte, gefakte Zitate vom Klein einzuflechten. An den genauen Wortlaut konnte ich mich nicht mehr so richtig erinnern, aber das machte nichts. Ich bog die Slogans, die ich auf der Webseite des Colegios fand, einfach so lange um, bis sie zum Stil des Artikels passten.

Als ich das erste Mal auf die Uhr guckte, hatte die Mittagspause schon angefangen. Die Redaktion war so gut wie leer. Wunderbar. Ich arbeitete weiter, schrieb mir alle Enttäuschung, allen Hass auf dieses dreckige Sevilla und das spießige Deutschland von der Seele. Ein mitreißender Artikel. Kurz bevor ich ging, verteilte ich abschließend noch eine Prise Häme über allem. Ein wenig Würze hatte noch keinem Essen geschadet! Von Gonzalo war nichts mehr zu sehen. Auch gut, seine boshaften Kommentare bei der Zweitkorrektur stanken mir sowieso. Und so lud ich äußerst zufrieden meine Zeilen in der Onlineversion unserer Zeitung im Internet hoch.

Ich packte meinen Kram zusammen und ging zu Lynn, um dort meine Wunden zu lecken. Die Arbeit hatte mir gutgetan, mich ein wenig abgelenkt. Doch als ich Lynn an dem Küchentisch gegenüber saß, fing mein Kopf so stark zu brummen an, dass ich mir, obwohl es unlogisch war, die Ohren zuzuhalten versuchte.

„Meine Liebe, ich habe extra etwas Leckeres für dich gekocht. Du hast noch nichts gegessen, oder?"

„Nein. Ich habe auch so gut wie nichts getrunken. Das sollte ich dringend nachholen, denn es hilft mir immer, wenn ich Kopfschmerzen bekomme. Mir ist schon ganz schwindlig. Es riecht köstlich. Du bist echt ein Schatz! Was hast du denn da Schönes gebrutzelt?"

Lynn bugsierte mit dem Pfannenheber geschickt ein Gemüse-Omelett auf meinen Teller. Meine Flüssigkeitsversorgung stellte sie mit Rotwein sicher.

Die warme Mahlzeit tat mir gut. Während ich aß, versuchte Lynn, mich mit kurzen Anekdoten zu unterhalten, wofür ich ihr sehr dankbar war. Ich nickte schmatzend und giggelte dabei so anerkennend, wie es mit vollem Mund vor Herrn Knigge vertretbar war. Lynn erzählte gerade sehr amüsant über den Kauf eines zu engen Kleides, als es klingelte. Daraufhin schob sich Lynn noch ein Stückchen Baguette in den Mund und schlurfte zur Tür.

Ich nahm noch einen großen Schluck Rotwein und als ich wieder hochschaute, stand da plötzlich Rafa im Türrahmen.

„Guten Abend. Entschuldigt, ich wollte nicht beim Essen stören. Guten Appetit!"

Lynn wollte mir mit Blicken irgendetwas zu verstehen geben. Ich begriff aber nicht was. Stattdessen blieben meine Augen bei meiner großen Liebe hängen. Ich spürte den Puls in meinen Schläfen rasen. Man sah Rafael an, dass ein langer Arbeitstag hinter ihm lag, ein Knopf seines Hemdes hatte sich geöffnet. Ich hatte schon immer ein Faible für nackte Männeroberkörper. Seiner war leicht behaart, was ich sehr erotisch fand und deshalb konnte ich mich auch jetzt dem unverhofften Einblick kaum entziehen. Lynn zögerte einen Moment, entschied sich dann aber doch, die minimalsten Höflichkeitsregeln zu wahren.

„Mann, Rafael. Wie lange haben wir uns schon nicht mehr gesehen? Geht es dir gut?" Beide umarmten sich herzlich. Ich deutete ein Winken an. Lynn lud ihn freundlich ein, sich zu uns zu setzen.

„Komm, setz dich doch, trink ein Glas Wein mit uns."

Wollte ich, dass er die Einladung annahm oder ablehnte? Ich wusste es nicht. Beides.

Rafael setzte sich. Ich bräuchte nur meinen Arm ausstrecken, um ihn zu berühren. Der Presslufthammer in meinem Kopf arbeitete auf Hochtouren.

„Danke, für das Angebot, aber nein, keinen Wein für mich. Bin mit dem Auto da."

Er suchte mit den Augen nach mir.

„Also, Mia, ich wollte noch einmal wegen der Wohnung nachfragen. Wenn du Interesse hättest, also, schau mal, ich habe einen Vertrag mitgebracht. Weil du doch so bald wie möglich einziehen willst. Aber, natürlich möchte ich dich nicht drängen."

War er einfach nur ein gwiefter Geschäftsmann, der nichts anbrennen ließ? Oder sehnte er sich ebenso nach mir, wie ich nach ihm, und nutzte jeden Vorwand aus, um mich wiederzusehen? Mein Gehirn bekam diese seltsame Funktion, die man logisches Denken nennt, eh nicht mehr hin. Und so beschloss ich, dass ich auch keine Bedenkzeit mehr bräuchte, da ich auch in den nächsten Tagen genauso wenig in der Lage sein würde, einen klaren Gedanken zu fassen. Einfach unterschreiben, dann ginge er und meine Kopfschmerzen würden vielleicht endlich aufhören.

„Nein, nein. Ist schon okay. Lynn, hast du einen Stift?"

Lynn zeigte sich besonnener.

„Willst du es dir nicht noch einmal überlegen? Ich könnte mir auch die Wohnung noch einmal mit dir zusammen ansehen, wenn du magst."

Natürlich hatte sie recht. Ich sollte auf sie hören, doch ich wollte das Ganze einfach nur hinter mich bringen und Rafa aus meinem Leben katapultieren.

„Ich vertraue dir, Rafa. Wenn du sagst, die Wohnung ist in Ordnung, dann ist sie das."

Blindes Vertrauen. Apropos blind. Ich hatte tatsächlich nichts von der Wohnungsbesichtigung mitbekommen, aber auch bei einer erneuten Besichtigung würde ich neben mir stehen. Rafa könnte mich durch ein verschimmeltes, besetztes Haus voller Drogenabhängiger führen und ich würde es einfach nur toll finden. Was soll's, dann könnte ich wenigstens Lynn unterstützen, indem ich ihre Gastfreundlichkeit nicht überstrapazierte. Mit gespielter Entscheidungsfreude forderte ich ihn auf, mir die Papiere auszuhändigen.

„Wirklich, ich möchte jetzt hier vor Ort unterschreiben. Sofort. Ganz sicher."

Rafa zog einen silbernen Kugelschreiber aus seiner Ledertasche. Als er ihn mir anreichte, berührten seine warmen, schmalen Finger meine Hand. Ich könnte schwören, dass Funken flogen. Rafa streichelte ganz kurz meinen Handrücken. Mein Herz raste. Ich entzog ihm meine Hand, bevor ich für nichts mehr garantieren konnte.

Dann unterschrieb ich im Blindflug. Da wir keinen Sekt vorrätig hatten, schenkte Lynn uns allen Rotwein ein. Wir lachten und stießen ausgelassen mit unseren bauchigen Weingläsern auf meine neue Bleibe an. Einen wertvollen Moment lang hatten wir die Zeit angehalten. Wie früher brüllten wir unseren Trinkspruch mit den dazugehörigen Bewegungen unserer Gläser heraus.

„Arriba!" Auf Lynns Befehl hoben wir die Gläser an.

„Abajo!" Rafa führte zeitgleich zu seinem Kommando sein Glas als erster nach unten.

„Al centro", befehligte ich unsere Getränke in die Mitte und zum Schluss trompeteten wir alle zusammen „A dentro" und ließen den Wein in uns hineinrinnen. Zumindest Lynn und ich. Rafa nippte nur ein symbolisches Schlückchen. Als ich das sah, schlug meine Stimmung sofort wieder um. Was für eine Maskerade! Es fühlte sich alles so falsch an.

Kapitel 14

V wie Verdrängung

Das Zitat des Tages:

„Ein Abwehrmechanismus, mit dessen Hilfe der Schmerz bedrohlicher Affekte gehemmt werden soll, indem die Schwelle der bewussten Wahrnehmung in einem aktiven Vergessensprozess nach oben gesetzt wird. Der Berater muss bei der Auflösung von Verdrängungskomplexen ausgesprochen behutsam vorgehen und deren Schutzfunktion durch andere, gesündere psychodynamische Mechanismen ersetzen."

(Ratgeber für angewandte Psychologie, S. 179)

Pilar verschüttete den Kaffee bei dem Versuch, mir den Becher anzureichen. Mit schnellen ruckartigen Bewegungen wischte sie die Brühe auf.

„Juan wartet bereits auf dich."

Das konnte ich nicht ganz glauben. Die Stimmung war angespannt und ich fühlte mich alles andere als willkommen. Ich balancierte meinen Kaffeebecher den Designer-Flur entlang und versuchte vorsichtig, an Juans Zimmertür zu klopfen. Diese alltägliche Handlung erwies sich wegen des zu gut gemeinten Becher

Kaffees in der einen Hand als unerwartet schwierig. Ich wartete ein wenig, wollte gerade mein akrobatisches Eine-Hand-Kunststück wiederholen, als ich auf der anderen Seite schlurfende Schritte hörte. Kurz darauf wurde die Tür mit einem Ruck aufgerissen.

„Hallo, Juan." Ich lehnte, so gut es mit dem Becher ging, meinen Oberkörper nach vorne und er begrüßte mich halbherzig auf spanische Art.

„Okay, das also ist dein Reich."

Ich hatte ein chaotisches Jungenzimmer erwartet. Ungelüftet und unaufgeräumt. Doch zu meiner Überraschung war alles picobello hergerichtet.

Der Teenager scheute den Augenkontakt mit mir und räumte einen sauber Eck-auf-Eck angeordneten Stapel Zeitschriften von einem Beistelltisch. Neben dem Tisch stand ein schicker Sessel.

„Ist es okay für dich, wenn ich mich dorthin setze?" Endlich konnte ich meinen heißen, bis zum Rand vollen Kaffee auf dem kleinen Beistelltisch in Sicherheit bringen.

„Klar." Er selbst hangelte sich mit seinem ausgestreckten rechten Bein einen Bürostuhl auf Rollen zu sich heran und brachte ihn schräg gegenüber vom Sessel zum Stehen.

„Als ich noch canguru bei dir und deiner Schwester war, habt ihr euch ein Zimmer geteilt", begann ich das Gespräch mit einem Eisbrecher. Schließlich fiel es einem oft leichter, über Vergangenes als über Gegenwärtiges zu sprechen. Ich hatte Glück, er sprang darauf an.

„Oh, Mann, war das nervig! Mercedes hat damals immer meine Sachen zerstört und dann fing sie laut zu brüllen an. Ganz so, als ob ich derjenige gewesen wäre, der ihr etwas angetan hat.“

Juan setzte sich auf seinen Drehstuhl und entspannte sich offensichtlich ein wenig.

„Ich erinnere mich auch noch“, fuhr ich fort, „dass zu meiner Zeit Playmobilspielzeug ganz weit vorne war.“

Ich ließ ihn sich ein wenig warmreden. Er zeigte mir seinen Status auf LoL und ich lenkte unser Gespräch vorsichtig auf das Thema Auslandsaufenthalt.

„Cool, soweit ich weiß, kannst du ja sogar vom Ausland aus mit deinen spanischen Freunden ‚League of Legions‘ spielen.“

„Was soll ich in Deutschland? Ich verstehe nicht, warum das meinen Eltern so wichtig ist. Ich fühle mich hier wohl und verstehe das ganze Getue überhaupt nicht.“

Er schwieg kurz. „Habe fast ein wenig das Gefühl, als würden sie mich loswerden wollen.“

Ich wartete. Als nichts mehr kam, wiederholte ich seinen Gedanken noch einmal in einer etwas anderen Formulierung.

„Du fühlst dich abgeschoben?“

„Auch nicht wirklich, sie sagen, da gäbe es später Arbeitsplätze und das würde sich gut in meinem Lebenslauf machen, da ich so gut deutsch spräche, aber ich will nicht weg.“

„Dir gefällt dein Leben so, wie es ist?“

„Nein, das auch nicht gerade. Das Colegio Heidelberg ist der Horror!“

„Ah, ja?“

„Teure Studiengebühren, alle zehn Tage Tests, Wettbewerbe, Referate. Den Druck kann kein Mensch aushalten."

„Und, was machst du, um mit dem Stress dennoch irgendwie zurechtzukommen?"

Juan lachte vor sich hin und schwieg.

Ein Schweigeduell.

Das kam oft in einer Sitzung vor. Darin war ich unschlagbar. Ungekrönter Champion. Er checkte mich mit einem Blick ab. Ich zuckte nicht mit der Wimper. Das war wichtig, denn Juan testete mich. Er wollte herausbekommen, ob ich fähig wäre, auch schwere Lasten zu tragen. Ein Lächeln und ich hätte ihn als jemand, der kneift, wenn es ernst wird, verloren. Nach gefühlten zehn Jahren antwortete er mir.

„Crystal Meth."

Ich zeigte keine Reaktion, zuckte aber innerlich zusammen. Crystal Meth, ein halbsynthetisches Methamphetamin, das der Klasse der Amphetamine zugeordnet wird. Scheißzeug, machte hochgradig süchtig.

Ich ließ mir meine Überlegungen nicht anmerken, schwieg weiterhin.

„Nehmen wir alle."

In meinem Hirn rumorte die Frage, ob Pablo und Pilar Bescheid wussten. Natürlich wussten sie es, oder ahnten zumindest etwas. Darum war ich hier. Darum sollte er nach Deutschland.

„Ich meine am Colegio."

Ich nickte. Das machte Sinn.

Wie bei Sherlock Holmes erschienen meine Uni-Mitschriften vor meinem inneren Auge:

Schon früher in den Blitzkriegen des Zweiten Weltkriegs wurde Crystal unter dem Namen Pervitin, im Volksmund besser bekannt als ‚Panzerschokolade‘ oder ‚Hermann-Göring-Pille‘, verwendet, um die Angst der Soldaten zu verringern und deren Leistungs- und Konzentrationsfähigkeit zu fördern. Man vermutet sogar, dass Hitler ungefähr ab 1943 selbst pervitinabhängig war.

„Ihr wollt gute Noten am Colegio erzielen.“

„Frag meine Eltern. Ich bin einer der Besten. Darum habe ich das Stipendium für Deutschland bekommen. Tag und Nacht habe ich geackert.“

Ich ergänzte innerlich: *Habe kaum geschlafen, nichts gegessen und dennoch Höchstleistungen gebracht.*

Ich musterte sein Aussehen, sein Gebiss, sein Haar. Noch hatte die Droge keine sichtbaren Spuren hinterlassen, obwohl Crystal als eine der am schnellsten zerstörenden Drogen galt. Das hing mit der illegalen, oft fehlerhaften Herstellung zusammen, bei der Crystal nicht selten durch Streckmittel verunreinigt wurde. In meinem Praktikum als Streetworkerin hatte ich den berühmt-berüchtigten verunstalteten Crystal-Mund schon einige Male selbst zu Gesicht bekommen.

Ich hörte, wie Juan unruhig auf seinem Stuhl hin und her rutschte.

„Ich weiß, dass das Mist ist, aber Sportler nehmen es auch.“ Er deutete auf ein Poster hinter sich.

„Ja, da hast du recht. Sogar Andre Agassi hat sich öffentlich zum Doping mit Meth bekannt.“

Ich war in einem Dilemma, natürlich unterlag unser Gespräch der Schweigepflicht, was auch dringend nötig war, um ein Vertrauensverhältnis zu Juan aufzubauen. Zum anderen war Juan noch minderjährig und es lag der Tatbestand der Selbstgefährdung vor.

„Und Crystal Meth ist Mist, ein Scheißzeug", bestätigte ich Juan kurz und knapp.

Ich erinnerte mich an die fünfzehnjährige Userin Berna, die wir zwangseinweisen mussten, da sie wegen Meth eine Psychose erlitten hatte. Doch jetzt war nicht der Zeitpunkt, Juan über chemische Details zu belehren oder zu moralisieren.

„Sol und ich versuchen, wieder von dem Zeug loszukommen. Sol ist schon so gut wie clean."

Ich hätte ihn am liebsten umarmt und einen tiefen Seufzer ausgestoßen. Juan schien mir mit seinen sechzehn Jahren schon einsichtsfähig und mündig zu sein. Mir wurde immer klarer, wie ich vorgehen wollte. Ich müsste ihn diskret an eine erfahrene Beratungsstelle weitervermitteln.

„Sol scheint verantwortungsbewusst zu sein."

Er strahlte mich stolz an.

„Meine Freundin, aber sag meinen Eltern nichts."

„Mach dir keinen Kopf! Das fällt wie viele, wenn auch nicht alle Punkte unseres Gesprächs sowieso in die Rubrik Schweigepflicht." In Liebesdingen konnte ich sie ihm recht uneingeschränkt garantieren. Falls Sol nicht gerade der Name seiner zwanzig Jahre älteren Klassenlehrerin war.

„Aber, es ist hart. Oft ist mir alles zu viel. Und dieser Dealer hängt immer öfter am Schultor herum, das macht mich ganz krank. Letztens hat er sogar mit Mercedes gesprochen. Ich hätte ihn am liebsten verprügelt."

Die so ehrenhafte deutsche Privatschule Heidelberg, sieh mal einer an.

„Was hält Sol denn von deinem Auslandsaufenthalt?"

„Sie findet es nicht so schlimm. Es sei ja nur ein knappes Jahr. Aber ich würde es nicht aushalten. Eine so lange Zeit ohne sie, einfach unmöglich. Alleine gehe ich vor die Hunde."

Hörte sich danach an, als ob ‚Selbstbewusstsein' Juans großes Thema wäre. Aber ich konnte ihn nicht mehr länger beschützen, die Kindermädchenzeit war vorbei, auch als Coach war ich die Falsche für ihn, zu befangen und nicht mehr genug im Thema drin. Mit der Droge war nicht zu spaßen. Crystal brachte, wie andere Drogen auch, diese schleichende Dosierungssteigerung mit sich. Man musste immer mehr konsumieren, um auch später noch die gewünschte aufputschende Wirkung zu erzielen. Wie viele Jugendliche schafften den Absprung nicht!

Doch für Juan sah es meiner Meinung nach ausgesprochen gut aus. Pilar und Pablo konnten stolz auf ihren Sohn sein, dass er den Entzug noch in der Anfangsphase ernsthaft angehen wollte. Ich kämpfte die Erleichterung in meiner Stimme herunter, wollte Juan nicht mit moralischen Urteilen überrollen.

Es klopfte. Pilar bat mich, völlig en passant natürlich, ihr in der Küche zur Hand zu gehen. Juan schaute mich ängstlich an, doch ich schüttelte leicht den Kopf und legte den Zeigefinger auf meinen Mund, bevor ich seiner Mutter folgte.

„Und?", überfiel mich Pilar, sobald ich die Küche betrat.

Für einen kurzen Moment wünschte ich mir die harmlosen Flirtkurse im Bildungsinstitut zurück.

„Ihr habt einen tollen Jungen zum Sohn."

„Sag schon, will er nach Deutschland?"

„Nein, im Moment nicht."

„Aber es wäre das Beste für ihn."

„Vielleicht."

Pilar wurde misstrauisch.

„Wie vielleicht?"

„Mein Eindruck ist, dass Juan erst einmal hier ein wenig Unterstützung guttun würde, um seinen eigenen Weg stolz und selbstbewusst weitergehen zu können."

Pilar schätzte mich ab. Das Wort ‚Drogen‘ stand im Raum, doch weder sie noch ich sprachen es aus.

„Hör mal, wie sprichst du denn? So verklausuliert kenne ich dich gar nicht. Willst du sagen, dass du also wie besprochen jetzt regelmäßig kommen möchtest?"

„Klar möchte ich euch alle regelmäßig sehen, sehr gerne sogar", versuchte ich, das Ganze ins Lustige zu ziehen und nippte an meinem inzwischen kalt gewordenen Becher Kaffee. „Aber für Juan bin ich nicht die Richtige, wir stehen uns zu nah. Ich war schließlich sein canguru und bin zudem mit euch befreundet. Aber ich höre mich gerne nach einem fähigen Coach um. Wir finden sicherlich jemanden, den Juan sympathisch findet und mit dem er ganz in Ruhe über die Schule, sein Selbstbewusstsein und den Deutschlandaufenthalt reden kann. Vermutlich ist in Juans Alter eine männliche Bezugsperson sowieso die bessere Wahl."

Meine Worte schienen Pilar dabei zu helfen, sich mir gegenüber ein wenig zu öffnen.

„Da magst du recht haben. Ich komme überhaupt nicht mehr an ihn ran und sein Vater ist nur selten zu Hause, arbeitet sich halbtot. Schade, wir dachten eigentlich, dass wir mit dir das Problem gelöst hätten."

Das Problem. Sie wussten offensichtlich Bescheid. Hatte ich es doch geahnt.

„Wird schon. Sag mal ehrlich, Pilar, du an Juans Stelle hättest doch auch nicht so gerne deine ehemalige Babysitterin als Beraterin, oder?"

Pilars Gesichtszüge wurden etwas weicher. Sie trank ihren Kaffee und sah mich fragend an, wollte wissen, was ich wusste.

„Pilar, ich möchte dir jetzt gar nicht alles sagen, was Juan mir anvertraut hat. Aber, die Details sind im Moment vielleicht auch gar nicht so wichtig. Wichtig ist, dass Juan Hilfe braucht und dass er dann seinen Weg gehen wird. Ich hör mich um und ruf dich an, sobald ich Genaueres in Erfahrung gebracht habe."

Pilar begleitete mich zur Tür. Tränen standen in ihren Augen. Ich verabschiedete mich von ihr und von meiner Einschätzung, dass ich damals bei einer paradiesischen Bilderbuchfamilie gewohnt hatte.

Als ich noch in ziemlich nachdenklicher Stimmung bei Lynn ankam, gab sie mir das Gefühl, als wäre der dritte Weltkrieg ausgebrochen. Sie war leichenblass und umarmte mich zur Begrüßung so, als wäre ich neben ihr die letzte Überlebende.

„Gut, dass du wieder zurück bist. Stellst du eigentlich dein Handy auch mal an? Hier ist der Teufel los."

„Ah ja, warum denn?"

„Die ‚Toros' ruft hier nonstop an, fragt, wo du wärst. Diese Lidia ist schier ausgetickt."

Dieses Boulevardblatt schien mir so weit weg. Meine Welt bestand im Moment aus Juan, meiner Gastfamilie und dem geselligen weinseligen Abend mit Rafa und Lynn. Der Artikel? Welcher Artikel? Ganz kurz überlegte ich, ob ich den Stier bei den Hörnern packen sollte. Vielleicht wäre es das Vernünftigste, meine Jacke anzulassen und mich schnurstracks zur Redaktion zu begeben. Meist war man gut beraten, Missverständnisse gleich vor Ort in einem persönlichen Gespräch aufzuklären. Was hatte mir noch meine Psycho-Bibel heute Morgen geraten? Ich erinnerte mich nicht mehr. Unentschlossen schaute ich auf die Uhr. Es war bereits nach acht Uhr abends. Vermutlich würde ich Lidia eh nicht mehr in ihrem Büro antreffen. Ehrlich gesagt hatte ich auch keine Kraft mehr, mir jetzt noch ein Problemgespräch anzutun. Der Tag war lang und belastend genug gewesen. Ich entschied mich dafür, alles Berufliche auf Abstand zu halten, und hoffte, dass sich bis zum nächsten Tag alle schon wieder etwas abgeregt haben würden.

Weit gefehlt. Als ich am nächsten Tag die Redaktion betrat, hatte sich nichts geklärt und niemand sich beruhigt. Ganz im Gegenteil. Meine bloße Anwesenheit fungierte als feuerrotes Stiertuch. Und es sah nicht danach aus, dass ich die Arena lebendig würde verlassen können.

Kapitel 15

K wie Konfliktfähigkeit

Das Zitat des Tages:

„Konflikte sind unvermeidbar, können aber gelöst werden. Konfliktfähigkeit und Selbstbehauptung können erlernt, alte Kindheitsmuster dementsprechend verlernt werden. Insgesamt gehört zur demokratischen Streitkultur die Suche nach Lösungen auf der Basis einer vertrauensvollen Zusammenarbeit unbedingt mit dazu.“

(Ratgeber für angewandte Psychologie, S. 179)

Lynn hatte nicht übertrieben: Als ich das Redaktionsgebäude betrat, war die Hölle los. Alle rannten durcheinander, aber als sie mich sahen, so kam es mir zumindest vor, hielten sie inne, wichen meinem Blick aus und machten in Zeitlupe einen großen Bogen um mich. Als wäre ich eine Aussätzige, eine Selbstmordattentäterin oder so etwas. Als ich auf Lidia stieß, war mir klar, dass ich mit meiner letzten Vermutung genau ins Schwarze getroffen hatte.

„Mia, bist du wahnsinnig?“, schrie sie mir zur Begrüßung entgegen. „Willst du uns alle arbeitslos machen?

Komm sofort in mein Büro, der Rechtsanwalt ist schon da.“

Plötzlich bekam ich es mit der Angst zu tun. Bis jetzt waren meine Beiträge für die ‚Toros‘ eher so eine Art Hobby für mich gewesen, ein Spiel, eine Mischung aus kreativem Schreiben, Brigitte-Leserbrief und Schülerzeitung. Doch mit einem Mal wurde mir bewusst, wie ernst das Ganze war. Ein Rechtsanwalt! Anzeige erstatten. Oh, Mann, das klang nicht gerade nach Ponyhof. Und was hatte Lidia da von Jobs gesagt? Arbeitsplätze gefährden? Ehrlich gesagt, hatte ich bislang nicht angenommen, dass ich die Macht dazu besäße. Ein wenig Psycho-Rubrik, Freud in populär zur familientauglichen Unterhaltung, ein bisschen Feuilleton mit Gonzalo, ein paar Klischees verballhornen, beste Kölner Karnevalstradition, Tünnes und Schäl… wem konnte ich damit schon zu nahe treten?

Lidia.

Eindeutig.

Ihr Gesichtsausdruck ließ keinen Zweifel an der Tatsache, dass mit ihr nicht zu spaßen war. Ihr Büro war voll. Vielerlei Augenpaare durchbohrten mich zur Begrüßung mit Blicken. Kurz bevor ich eintrat, streifte mich jemand am Ärmel. Gonzalo.

„No es para tanto, alles halb so wild.“ Mit diesen Worten drängte er sich an mir vorbei in die Folterkammer. Hatte ich das gerade richtig verstanden? Der Einzige, der mir etwas Aufmunterndes zuzischte, war ausgerechnet Mr. Hau-Drauf, Big-mach-sie-fertig-Brother? Sein Duft hing noch immer in der Luft. Wieder dieses männliche Aftershave oder was auch immer er benutzte.

„Du kannst die Tür hinter dir schließen, es kommt keiner mehr", wies mich Lidia an.

Ein Platz war frei geblieben, Stirnseite, genau ihr gegenüber. Leise ließ ich mich auf den mir zugedachten Stuhl rutschen. Ich ging die Gesichter durch, während Lidia mit den Papieren vor sich raschelte. Mar, Oscar, ansonsten kannte ich so gut wie niemanden. War ja auch nie richtig eingeführt worden, dachte ich trotzig.

„Liebe Kollegen", fing Lidia an, „wie ihr wisst, geht es um den Pressesprecher des Colegio Heidelberg, der behauptet, unsere Zeitung habe seine Persönlichkeitsrechte verletzt."

Der Mann rechts neben Lidia räusperte sich. „Es ist fraglich, ob Herr Klein Fernández damit durchkommen könnte, immerhin bewegt er sich als PR-Sprecher in der sogenannten Sphäre der Öffentlichkeit. Wir könnten eine Verhältnismäßigkeitsprüfung im Einzelfall verlangen."

Ich verstand kein Wort. Das war vermutlich der Anwalt, von dem Lidia gesprochen hatte.

„Wie dem auch sei, Herr Fernández verlangt eine Gegendarstellung."

Jetzt meldete sich Gonzalo zu Wort.

„Das kann ich gerne machen. Eine gar nicht so schlechte Vorgehensweise. Es würde sogar zu der Struktur unserer Pro- & Kontra-Artikel passen, sodass wir den Schaden minimieren könnten. Hauptsache, Herr Klein verlangt keinen Widerruf."

Ich wusste nicht mehr, was ich denken sollte. Ganz langsam:

Also erstens: Die Person, die Lidia immer Fernández nannte, war für Gonzalo Herr Klein. Das ging ja gerade noch in mein kleines Hirn. In beiden Fällen handelte es sich um denselben Mann, den Sprecher vom Colegio Heidelberg.

Zweitens hörte es sich so an, als würde mein Intimfeind gerade anbieten, die Karre für mich aus dem Dreck zu ziehen.

Drittens schien er nicht nur des Deutschen und Spanischen, sondern auch der Juristensprache mächtig zu sein. Etwas, was sich für mich immer nur wie Chinesisch anhörte. Mir schwirrte der Kopf nur so vor Persönlichkeitsrechten, Öffentlichkeitssphäre, Gegendarstellung und Widerruf. Gonzalo hingegen wusste in der Debatte fröhlich mitzumischen.

Lidia runzelte die Stirn, beriet sich mit ihren Tischpartnern rechts und links im Flüsterton, hustete und ließ dann ihren Entschluss verlauten.

„Gut, so machen wir das. Ich verlass mich auf dich, Gonzalo, dass es bei einer Gegendarstellung ohne Geldentschädigung und Löschansprüche bleibt."

Gonzalo antwortete mit fester Stimme: „Das kannst du."

Er strahlte bei den Worten solche Souveränität aus, dass er mich unweigerlich an Dumbledore erinnerte. In jung natürlich, ohne Bart, als attraktiver Mann. Immerhin hatte Gonzalo für mich gezaubert und die Todesser von mir abgehalten, wie ich ungläubig anerkennen musste. Andererseits fand ich es auch mehr als seltsam, dass ich in dem Prozess gerade, überhaupt nicht zu Wort gekommen war. Weder konnte ich eine Stellungnahme abgeben, noch wusste ich, was man mir eigentlich ganz genau vorwarf. Mehr denn je kam ich mir wie eine Außerirdische in Sevilla vor. Doch angesichts der

Katastrophe, die Anas Bruder soeben von mir abgewendet hatte, durfte ich mich wohl nicht beklagen.

Lidias Büro leerte sich. Schließlich blieben wir nur noch zu dritt übrig. Lidia verließ unser Trio als erste, nicht ohne mich vorher noch böse anzufauchen: „Mach das nie wieder!" Dann erhob sich Gonzalo. „Komm mit", wies er mich an und ich folgte ihm wie ein Hündchen, ein ausgesprochen dankbares Hündchen, zu seinem Büro. Er schloss die Tür hinter sich und forderte mich durch ein Handzeichen auf, ihm gegenüber Platz zu nehmen.

Bevor er etwas sagen konnte, sprudelte es bereits aus mir heraus: „Danke, Gonzalo. Damit habe ich echt nicht gerechnet, dass du vor Lidia Partei für mich ergreifst, vielen ..."

Noch während ich das sagte, fiel mir selbst auf, dass ich meine Gedanken nicht gerade taktvoll formuliert hatte, dennoch traf mich die Heftigkeit von Gonzalos Reaktion völlig unerwartet. Er schlug mit der Faust auf den Tisch und brüllte mich an: „Was war denn das? Wie konntest du erst all diese vagen, merkwürdigen Urteile und Halbzitate aneinanderreihen und dann noch die Dreistigkeit besitzen, diesen unsäglichen Schmähartikel, der fast schon an Rufmord grenzt, einfach ohne mit jemandem Rücksprache zu halten im Internet hochzuladen?"

Ich zuckte zusammen und machte mich ganz klein. Er hatte recht, mein Verhalten war durch und durch unprofessionell. Was hatte mich da nur geritten? Ich war von Anfang an dazu angehalten worden, meine Artikel gegenlesen zu lassen. Übrigens eine Methode, die, wie ich mittlerweile in meinem kurzen Journalistenleben erfahren hatte, für alle Beiträge galt. Es gab keinen einzigen Artikel, der ohne Zweitkorrektur rausging. Aus gutem Grund, wie ich jetzt am eigenen Leib erfahren musste. Mein Wutanfall darüber, dass Rafael mich zurückgewiesen hatte, war die Ursache für meine Zeitungsattacke auf das Colegio gewesen. Ich schämte mich, meine Kollegen da mitreingerissen zu haben.

„Ich hätte dir diesen Artikel nie und nimmer durchgehen lassen, ich hätte ihn dir niemals abgenommen. Wie konntest du nur?"

Ich stützte meine Stirn auf meine Handinnenfläche, vermied es, auch nur in seine Richtung zu schauen.

„Und diese Sprache!"

Ich wollte nur noch fliehen, die Situation war mir so peinlich. Vermutlich sollte ich von selbst kündigen.

„Obwohl genauer betrachtet eben diese vielen Fehler und deine merkwürdige Syntax dich vermutlich gerettet haben. Unsere Leser haben es gar nicht richtig verstanden, was für einen Unsinn du dir da zusammengeschrieben hast. Das Mindeste ist, dass du dich bei dem Mann entschuldigst, am besten sofort."

Er nahm sein Handy, drückte ein paar Tasten und gab es mir. Das war Erpressung, aber was sollte ich dagegen tun? Es war der falsche Moment, um gegen ein Zwangstelefonat aufzubegehren.

„Was soll ich denn sagen?", fragte ich kleinlaut.

„Sei froh, wenn er dich überhaupt zu Wort kommen lässt und nicht gleich aufhängt! Heute Morgen ist er ausgerastet, sobald dein Name fiel. Immer wieder hat er dich als Nestbeschmutzer beschimpft. Ich habe Herrn Klein noch nie so wütend erlebt. Das hat er echt nicht verdient. Und das Colegio hat so einen guten Ruf, eine der besten Schulen.“

Ich überlegte, ob ich ihm etwas von Juans Anspielungen auf das Dealen mit Crystal auf dem Schulhof sagen sollte, unterließ es aber. Es hätte nur wie einige billige Ausrede geklungen.

Als mein Gegenüber sich meldete, verließ Big B. taktvoll das Büro, womit er mir zumindest ersparte, einen Zeugen bei meinem Gang nach Canossa zu haben.

„Dígame.“

„Spreche ich mit Herrn Klein Fernández?“

„Wer will das wissen?“

„Mia Fichtner.“ Bevor der Pressesprecher auch nur Luft holen konnte, sprach ich weiter. „Der Artikel tut mir leid. Ich habe sehr unprofessionell gehandelt und ihn im Alleingang ins Netz gestellt, ohne jemanden gegenlesen zu lassen. Ich bin die alleinige Verantwortliche dafür, die Zeitung trifft keine Schuld. Ich habe etwas vorschnell formuliert.“

„Etwas?“

Ich schluckte meinen Stolz hinunter.

„Tut mir wirklich leid, Herr Klein. Ich bin nicht stolz darauf.“ Obwohl ich mich ehrlich gesagt noch nicht einmal ganz genau an den Wortlaut erinnerte. Ich würde nie wieder unter dem Einfluss von Liebeskummer einen Artikel ungeprüft online stellen. Falls ich überhaupt noch einmal die Chance bekäme, irgendetwas zu veröffentlichen.

„Gut.“ Dann hängte er ein.

Klug wurde ich nicht aus dem Telefonat. Gut im Sinne von vergessen und vergeben? Oder gut im Sinne von

Schuld eingestanden, kann dem Henker überführt werden?

Mir wurde es kühl im Rücken. Erst jetzt bemerkte ich, dass ich komplett nassgeschwitzt war. Der Luftzug wurde von der offenen Bürotür verursacht. Gonzalo war zurückgekehrt.

„Und?"

„Erledigt."

Schon wieder wusste ich nicht, woran ich bei Gonzalo war. Ich beschloss, die Karten auf den Tisch zu legen und ihn direkt zu fragen. Ich mochte keine Spielchen und hatte nichts mehr zu verlieren. Schlimmer ging nimmer.

„Gonzalo, eine Frage habe ich noch."

„Für mehr habe ich auch keine Zeit."

„Warum haben Sie mich eben vor Lidia in Schutz genommen?"

Er schaute nicht einmal hoch.

„Ist doch klar. Ich bin Ihr Mentor und somit offiziell verantwortlich für Sie. Ihre Fehler fallen auf mich zurück und darum habe ich wie jeder vernünftige Mensch in meiner Position Schadensbegrenzung betrieben. Sonst noch was?"

In mir schrie alles nach Antworten.

War ich jetzt meinen Job los?

Was sollte ich nur machen?

Was erwarteten er, Lidia und die Zeitung von mir?

Doch ich brachte keinen Ton über die Lippen.

Gonzalo beobachtete mich seelenruhig und schien dabei schon wieder meine Gedanken lesen zu können. Vielleicht war er in einem Paralleluniversum doch der Direktor einer Zauberschule.

„Sie haben doch noch das Aufnahmegerät, oder? Warum sammeln Sie nicht ein paar O-Töne für Ihre Freud-Rubrik?"

Im Klartext hieß das vermutlich, ich sollte mich besser heute bei den ‚Toros‘ nicht mehr blicken lassen.

„In Ordnung, geht klar, mache ich gerne." Auch, wenn ich immer noch nicht wusste, wie man dieses blöde Gerät bediente. Plötzlich überkam mich wieder dieses tiefe Gefühl von Dankbarkeit, dass Gonzalo mich, warum auch immer, aus dieser selbstverschuldeten Scheiße rausgehauen hatte. Und bevor ich es mir noch anders überlegen konnte, machte ich ihm ein Angebot.

„Gonzalo, das mit den O-Tönen nehme ich jetzt in Angriff, aber darüber hinaus möchte ich mich unbedingt auch dankbar für Ihre Verteidigung erweisen." Auch, wenn mir die Hintergründe nach wie vor unverständlich geblieben waren.

„Was halten Sie davon, wenn ich mich dafür erkenntlich zeige, indem ich Sie heute Abend auf ein Glas Wein in einer Bodega einlade?" Am liebsten hätte ich meinen Vorschlag gleich wieder zurückgenommen. Es würde ein vorhersehbar langweiliger Abend werden, zudem wahnsinnig angespannt. Wer lud schon seinen Chef ein? Ein weiterer Fauxpas. Doch bevor ich mein Angebot wieder zurückziehen konnte, hatte er es schon angenommen.

„Warum nicht? Sie müssen mich nicht einladen, aber es ist keine schlechte Idee, uns auch einmal außerhalb der Redaktion auszutauschen und auf Ihren Einstand anzustoßen."

Ich glotzte ihn ungläubig an.

„Zugegeben, ein eher ungewöhnliches Timing. Doch wie wir Andalusier zu sagen pflegen: Besser spät als nie. Ich arbeite noch bis einundzwanzig Uhr im Büro. Wir könnten uns doch hier vor dem Gebäude treffen. In der Nähe gibt es ein paar recht gute Bodegas."

Ich schluckte. Wieso gleich ein paar? Ich dachte eher an ein halbstündiges formelles Zuprosten auf meine Kosten und game over. Doch jetzt konnte ich meine Einladung wohl schlecht wieder zurücknehmen.

„Hört sich gut an. Also, bis später."

„Viel Erfolg mit den Aufnahmen!"

Eigentlich war ich ihm dankbar für den Vorwand, verschwinden zu dürfen. Allerdings durfte ich nicht daran denken, dass ich dieses blöde Gerät gar nicht bedienen konnte. Das war ja einer der Gründe für den missratenen Artikel gewesen. Mir würde da schon etwas einfallen. Erst einmal den Rückzug antreten und nach Hause gehen. Ich mochte gar nicht daran denken, wie ich meinen Zeitungskollegen morgen unter die Augen treten sollte. Nach Hause?

Mist, ich hatte ganz vergessen, dass Rafa mir die Schlüssel für meine Wohnung übergeben wollte. Ich blickte auf die Uhr. In der Mittagspause, genauer gesagt in sieben Minuten, wollten wir uns unten vor Lynns Haustür treffen. Wie sollte ich in der kurzen Zeit nach Triana kommen? Ich hatte nur seine offizielle Immobilienbüronummer und wollte auf jeden Fall vermeiden, dass Micaela, seine Frau, unsere Gespräche mitbekäme. War es wirklich erst ein paar Wochen her, dass ich Lynn großmäulig zu bedenken gegeben hatte, dass eine Frau wie sie viel zu toll wäre, um ihre Lebenszeit als Zweitfrau zu verschwenden? Auf einmal mischte ich selber in diesem Spiel mit. Etwas, was mir gar nicht gefiel und all meinen Prinzipien widersprach. Doch, wenn die Liebe dich erwischt, prends garde a toi!

Kapitel 16

E wie Erwartungen

Das Zitat des Tages:

„Erwartungen sind vorstellungsmäßige Vorwegnahmen zukünftiger Ereignisse. Psychologisch gesehen vermitteln sie besonders in Umbruchsituationen das Gefühl von Berechenbarkeit. Es liegt in der tückischen Natur von Erwartungen, dass sie in der Regel oftmals enttäuscht werden.“

(Ratgeber für angewandte Psychologie, S. 29)

Meine große Liebe stand schon vor Lynns Haustür und wartete auf mich. Ungewohnt geschniegelt wie auch die letzten Male, die wir uns gesehen hatten. Seine Aufmachung als seriöser Geschäftsmann passte so gar nicht zu den Fotos vom jungen, wilden Rafa, die ich jahrelang angehimmelt hatte. Offensichtlich hatte er genau den Sprung ins Erwachsenenleben geschafft, mit dem ich mich nach wie vor so schwer tat.

Rafa hatte mich gesehen. Freude machte sich auf seinem Gesicht breit. Beschwingt kam er auf mich zu. Nichts da, gehauchte Küsschen, er zog mich an sich: Beine an Beine, Bauch an Bauch, Brust an Brust. Rafa fühlte sich wunderbar warm und solide an. Ich schloss die Augen, stützte mein Kinn auf seine Schulter und fühlte mich geborgen.

„Wie geht's meiner Schönen?", flüsterte er.

„Beschissen."

„So schlimm?"

„Schlimmer!"

„Wohnungsabnahme oder Kaffeetrinken?"

Ich lachte, traute mich aber nicht, nach weiteren Optionen zu fragen. Stattdessen änderte ich abrupt das Thema. Eine Strategie, welche meine Freunde mir als impulsiv durchgehen ließen, während Fremde meine sprunghafte Art oftmals als unsäglich mühsam empfanden.

„Weißt du, wie man mit Aufnahmegeräten umgeht?"

Wenn Rafael erstaunt war, ließ er es sich nicht anmerken.

„Denke schon."

Ohne auf Einzelheiten einzugehen, fasste ich kurz zusammen, wie wichtig es für mich war, dass ich meinen nächsten Beitrag möglichst professionell hinbekäme. Zehn Minuten später saßen wir in seinem Auto und drückten verschiedene Knöpfe, checkten die Frequenz, spulten vor- und zurück. Wir nahmen auf und löschten, bis ich die Handhabung des Gerätes drauf hatte. Ich bat Rafa, mir ein paar O-Töne für meine ‚Freud-Rubrik' zu liefern. Er grinste mich mit Schalk in den Augen an und nickte. Es beruhigte mich, dass er auch als Geschäftsmann noch immer für kleine Verrücktheiten zu haben war.

„Okay, ich stelle dir jetzt ein paar Fragen."

Rafa lehnte sich gechillt zurück und lachte mich auffordernd an.

„Nur zu!“

„Das Jahr hat gerade erst angefangen. Welche Erwartungen verknüpfst du mit dem Neuanfang?“

„Dass alles zumindest bleibt, wie es ist, oder, wenn möglich, noch besser wird.“

„Alles?“

„Beruf, Familie, Liebe.“

Während die Nummer zwei mir einen Stich direkt unter die Rippen versetzte, beflügelte mich das letzte Glied der Aufzählung. Natürlich fragte ich nicht nach.

„Wie oft malst du dir zukünftige Situationen schon vorab aus?“

„Eher selten, ich nehm’s so, wie es kommt.“

„Bist du schon einmal von deinen Erwartungen enttäuscht worden?“

Rafael sah mich durchdringlich an und wirkte auf Anhieb zehn Jahre älter.

„Aber ja. Ich hatte mir mein Leben in jungen Jahren so schön zurechtgeträumt und auf einmal kam alles anders. Das Problem ist, dass wir nicht alleine auf der Welt leben. Wir sind anderen verpflichtet, der Familie, den Freunden, der Gesellschaft. Wir können unsere Träume nicht auf Teufel komm raus umsetzen. Darum macht es auch keinen Sinn, die Zukunft verplanen zu wollen. Schon John Lennon hat erkannt, dass das Leben deine ehrgeizigen Pläne im Nullkommanix einfach überschreibt.“

Ich schaltete das Gerät aus.

„Danke für deinen Beitrag, dazu gäbe es viel zu sagen.“

Rafa nahm mein Kinn in seine Hand und küsste mich sanft auf die Lippen.

„Lass es uns langsam angehen. So, jetzt hast du doch schon mal etwas für deinen Artikel. Glaubst du, dass es brauchbar ist?"

„Denk schon. Ich nehme heute Abend auch noch Lynn auf, jetzt weiß ich ja, wie es geht. Dann habe ich als Grundlage schon einmal die Statements eines Spaniers und einer Deutschen. Daraus dürfte sich etwas stricken lassen."

Gonzalo würde stolz auf mich sein, die allerersten echten O-Töne zu ‚Sevilla auf der Couch' waren im Kasten. Na ja, höchstwahrscheinlich würde er sowieso nur mit seinem Pokerface vor mir sitzen. Die Fähigkeit zum Loben lag nicht in seinen stolzen, iberischen Genen.

„Okay, erst die Arbeit, dann das Vergnügen. Wenn du bereit bist, dann fahre ich dich jetzt zu deiner Wohnung."

War das ein Versprechen? Hatte er nicht eben etwas von es langsam angehen lassen erzählt? Ich beschloss, es spielerisch zu nehmen, große Erwartungen zu vermeiden.

Als wir durch den Hausflur auf die erste Etage gingen, hatte ich das Gefühl, mich das allererste Mal überhaupt in diesem Gebäude zu befinden. Ich konnte mich an nichts mehr erinnern, weder an die geschmackvollen weißen Kacheln in der Küche, noch an die bodentiefen Fenster in dem großen und dem kleineren Zimmer, gar nicht zu sprechen von dem geräumigen Balkon und dem Duschbad. Die Wohnung war tatsächlich ein Traum, gut, dass ich mich auf Rafas Urteilsvermögen verlassen hatte.

Ich fühlte mich mit einmal leicht und optimistisch. Jemand schien mich zu beschützen. Ich lehnte mich aus dem geöffneten Wohnzimmerfenster, blinzelte in den blauen Himmel und formte lautlos ein „danke" mit meinen Lippen. Ich atmete die nach Blüten duftende Frühlingsluft tief ein. Es würde doch noch alles gut werden. Apropos Erwartungen: Eine eigene helle, geräumige Wohnung in Sevilla, das war mehr, als ich erhofft hatte. Ich wirbelte zu Rafa herüber, schloss die Wohnungstür, zog ihn in eine Ecke, die von außen nicht einzusehen war und kuschelte mich an ihn. Von dort aus musterte ich seufzend mein neues Domizil.

„Die Wohnung ist wunderschön." Ich legte meine Arme um ihn, schaute ihn an und spitzte instinktiv die Lippen, hoffte auf einen weiteren Kuss. Ich spürte, wie Rafas Körper sich anspannte. Seine Lippen stupsten meine einmal kurz an und zogen sich dann sofort wieder zurück. Das konnte ich ihm nicht durchgehen lassen und so führte ich sanft seinen Kopf wieder zu mir herunter und verwandelte seine oberflächliche Pseudoberührung von vorhin in etwas, das die Bezeichnung Kuss auch tatsächlich verdiente. Als unsere Münder aufeinanderlagen, öffneten sich seine warmen Lippen ein wenig. Während er mit seiner Zunge in meinen Mund drang, schlüpfte seine Hand unter mein Shirt und streichelte mich immer fordernder. Wie lange hatte ich darauf gewartet, wieder Rafas Hände auf meiner Haut zu spüren! Er stöhnte leise und ich bemerkte, wie mir die Situation entglitt. Umso überraschter war ich, als er mit einem Mal seine Hand von meinem Bauch nahm, mich losließ und einen Schritt zurücktrat. Es dauerte einen Moment bis sich unser Atem soweit normalisiert hatte, dass wir sprechen konnten.

„Qué?", fragte ich.

„Ich bin ein verheirateter Mann."

„Ich weiß."

„Lass es uns langsam angehen."

Genau das hatte er schon einmal gesagt. Was meinte er damit? Ich dachte an Lynn. Bitte nicht so! Rafael wollte das doch sicherlich auch nicht. Wenn ich ihn richtig verstanden hatte, wollte er genau wie ich an früher anknüpfen, an die Zeit, als wir uns als Dream-Team, oder meinetwegen auch als zwei einander zugehörige Apfelsinenhälften empfunden hatten. Ich wollte wissen, woran ich mit ihm war, hatte aber gleichzeitig auch Angst, unsere Liebe totzureden, schließlich war es erst unsere dritte Begegnung, seitdem ich mich wieder in Sevilla befand. Mein Gott, mir war noch immer ganz schwummerig.

„Mia." Er kam auf mich zu, presste seinen Körper an mich. Wir machten dort weiter, wo wir aufgehört hatten. Doch dann klingelte sein Handy, die ersten Takte eines Gloria-Estefan-Songs ertönten. Rafa schaute aufs Display, legte die Stirn in Falten und ging in das Nebenzimmer. Hörte sich nach einem Gespräch mit seiner Frau an. Nach ein paar Minuten kam er zurück.

„Entschuldige, aber ich muss jetzt leider los."

„Rafa, wer war das?"

Es sah fast so aus, als würde er sich schämen, konnte mir nicht in die Augen schauen. Nach einer Pause antwortete er mir.

„Meine jüngste Tochter."

War ich Harakiri-Liebhaberin oder einfach masochistisch veranlagt? Natürlich tat mir diese Information weh, aber noch schlimmer als in meinen Phantasien konnte die Wahrheit auch nicht sein. Ich musste wissen, was gespielt wurde.

„Die Mädchen von den Fotos in deinem Auto?"

„Ja." Rafa antwortete pflichtbewusst, aber kurzangebunden. „Hör mal, jetzt muss ich aber echt gehen."

Er schien unser kleines Interview zu seinem Familienstand ähnlich wenig zu genießen wie ich. Geteilter Schmerz gleich doppelter Schmerz. Ich verkniff mir weitere Skalpell-Fragen, stattdessen nahmen wir uns an meiner Wohnungstür noch einmal Zeit für einen langen, sinnlichen Abschiedskuss.

Sobald Rafa gegangen war, setzte ich mich im Schneidersitz in die Mitte meines unmöblierten Wohnzimmers. Wie Lynn zu sagen pflegte: Der liebe Gott lacht nur über unsere dummen Pläne und Erwartungen. Ich versuchte zu meditieren, besaß aber weder die Ruhe noch die Geduld, die das Vorhaben erforderte. Nach einer halben Stunde wurde mir langweilig, außerdem knurrte mein Magen. Ich verabredete mich mit Lynn. Auf dem Weg zu ihr, ging ich noch einmal die Handhabung des Aufnahmegeräts durch.

Als ich bei Lynn ankam, bereiteten wir uns ein paar Sandwiches zu, die wir dann auch gleich nach Fertigstellung hungrig hinunterschlangen. Da ich wusste, dass ihre Mittagspause knapp berechnet war, erzählte ich ihr nichts von meiner Knutscherei mit Rafa, sondern putzte den Tisch ab, sobald wir mit dem Essen fertig waren und machte mich an das Interview. Die Aufnahme klappte auf Anhieb, was mich sehr erleichterte.

Noch einen Fehler wollte ich mir nicht leisten. Lynn hastete zurück zur Kanzlei und ich schusterte aus den Kommentaren meiner beiden Gesprächspartner einen mehr oder weniger ansprechenden Text zusammen. Etwas nichtssagend, aber genau das wollte ich. Nur nicht anecken, hieß meine neue Devise. Erst, als ich so gut wie fertig war, fiel mir meine Verabredung mit Gonzalo zur Förderung eines besseren Arbeitsklimas ein. Oh, nein! Ich hatte dermaßen wenig Lust! Am liebsten hätte ich mich nach dem anstrengenden und enttäuschenden Tag einfach nach Hause verzogen, um mir dort im Dunklen ein paar Cuba Libres in die Birne zu schütten. Doch ehrlich gesagt, hörte sich meine Idee, mich alleine in einer leeren Wohnung abzuschießen, auch nicht gerade nach einem Mordsspaß an. Zumal Rafa mir dort vor ein paar Stunden erst einen Korb gegeben und dann von seinem Familienleben vorgeschwärmt hatte. Ein spießig-krampfiges Glas Rioja mit meinem Chef in einer überteuerten Bodega erschien mir mit einem Mal als das weitaus kleinere Übel. Ich schaute auf die Uhr, schlang noch ein übriggebliebenes Sandwich vom Mittagessen hinunter, löschte meinen Durst mit dem Rest Rotwein, den ich noch in der Kühlschranktür fand. Richtig, der stammte noch von unserem Anstoßen auf meine neue Wohnung. Ich duschte mich und hinterließ Lynn einen Zettel, dass ich noch einmal beruflich unterwegs war und sie nicht auf mich warten sollte.

In dieser Nacht sollte ich überhaupt nicht mehr zurückkommen. Ich wachte in einem fremden Bett auf, zum Glück noch vollständig bekleidet und konnte mich nur noch vage an den Ablauf des Abends erinnern. Einzelne Szenen flackerten kurz auf, ließen sich aber nicht mehr richtig zusammenfügen. Ich schaute mich um und stellte erleichtert fest, dass die Betthälfte neben mir leer war. Mein Schädel brummte wie ein Düsenjet. Ich zwang mich, meine Erinnerungen so gut es ging, chronologisch zu ordnen.

Mit geballter Willenskraft gelang es mir, mich an den Anfang unserer Kneipentour zu erinnern. Den Rioja aus Lynns Kühlschrank hatte ich schon vor meiner Verabredung geleert, um lockerer zu werden. Als ich wie immer ein wenig verspätet an unserem Arbeitsplatz ankam, wartete Gonzalo bereits auf mich. Der Anblick eines wartenden Mannes hatte mir den Rest gegeben. Sofort dachte ich an Rafa, der mich gegen Mittag vor Lynns Haustür abgeholt hatte, um mit mir zur neuen Wohnung zu fahren. Plötzlich wurde ich von Wut, Trauer, Enttäuschung und Rachegefühlen geflutet. In der ersten Bodega bestellte ich Rummischgetränke statt Wein. In der zweiten Bodega spendierte Gonzalo drei Runden Anis-Schnaps. In der dritten Bodega wässerten wir unseren Alkoholpegel mit spanischem Bier. Wir einigten uns darauf, demnächst beim Du zu bleiben. Die nächste Lokalität verdiente schon nicht mehr die Bezeichnung Bodega. Tranken wir da überhaupt noch etwas? Ich erinnerte mich nur noch an einen kichernden, wackeligen Gang zum Klo und an Umarmungen und feuchte Küsse, mit denen wir unseren Duz-Status feierten. Anschließend konnte ich ohne Gonzalos Hilfe nicht mehr laufen. Ich stützte mich auf ihn, er sich auf mich. Wir küssten und berührten uns und dann? Offensichtlich waren wir dann in seinem Bett gelandet. Das schien aber nichts zu bedeuten, denn ich trug, wie gesagt, noch meine Abendmontur. Oder doch?

Geschockt richtete ich mich auf und setzte mich auf die Bettkante. Sofort wurde mir schwarz vor Augen. Mein Blut tat wohl gerade Dienst in meiner Leber und war in meinem Kopf gerade entsprechend unabkömmlich. Ich wartete einen Augenblick und stand auf. Ich tastete mich durch das Schlafzimmer, öffnete die Tür zum Wohnbereich, in dem glücklicherweise ebenfalls keine Spur von Gonzalo wahrzunehmen war. Wäre ich besser drauf gewesen, hätte ich mir Gonzalos Wohnung wohl neugierig angeschaut, doch mein berstender Kopf hatte keine Kapazitäten mehr frei für solche Sperenzchen.

Ich schwankte zur Wohnungstür, taumelte die Treppe auf die Straße hinunter und winkte das nächstbeste Taxi herbei, das mich zu Lynn fuhr. Ihr Apartment war leer. Vermutlich befand sich meine Freundin ähnlich wie Gonzalo bereits auf der Arbeit. Das war für mich jedoch keine Option und so schlief ich erst einmal meinen Rausch aus.

Kapitel 17

P wie „Party".

Das Zitat des Tages:

„Partys sind gut für die Psychohygiene, kompensieren den Alltagsstress, aber nur, wenn ihr Klient auch den inoffiziellen Partykodex, die versteckten Spielregeln, beherrscht."

(Ratgeber für angewandte Psychologie, S. 129)

Ich hatte beschlossen, meine Lage nicht weiter zu beurteilen. Mein Leben befand sich im Vielleicht-Zustand. In jeglicher Hinsicht. Ich probierte aus, mich einfach darauf einzulassen. So machten das doch all diese klugen Gurus, ließen das Leben auf sich zukommen, verzichteten auf Erwartungen oder Urteile. Und so dümpelten die nächsten Wochen dahin. Weder Gonzalo noch ich ließen ein Wort über unsere Sauftour verlauten. Immerhin blieben wir beim Du. Ich besorgte mir ein paar Basics für meine eigene Wohnung, arbeitete daran, mich unauffällig in der Redaktion zu verhalten und dabei ordentlich geschriebene Artikel abzugeben. Meine Freunde unterstützten mich, so gut es ging. Lynn lieh mir die Hälfte ihres Hausstandes vorübergehend aus, Pablo schleppte eine alte Matratze in meine Wohnung und Pilar versorgte mich mit von ihr aussortierten Handtüchern und Bettlaken. Um mich bei allen für ihre Unterstützung zu bedanken, kam mir der Gedanke, ein Fest zu veranstalten.

Ich mochte Partys, solange es sich nicht um meine eigene Geburtstagsfeier handelte. Doch im Grunde genommen gefiel mir die Idee, alle Leute zusammenbringen, die mir wichtig waren. Jedoch erstaunte es mich, dass meine Bekannten, die ich für sich genommen alle unglaublich sympathisch fand, zueinander dann oft doch keinen Draht fanden. Ich nahm das Risiko trotzdem auf mich und lud alle Freunde, Bekannte und Kollegen, die ich in Sevilla hatte, in meine immer noch arg leere Wohnung zur Einweihungsfeier ein. Natürlich würden meine altgedienten Freunde Pablo, Pilar, sowie Raquel und Lynn jeweils mit Partnern kommen. Ich würde auch nicht drum herumkommen, Rafa ebenfalls im Doppelpack mit Micaela einzuladen. Wenn schon, denn schon.

Eine Stunde bevor die Gäste kamen, kontrollierte ich ein letztes Mal die Vorbereitungen. Ich wollte ja keine Prognosen mehr machen, aber es versprach eine explosive Nacht zu werden. Für Getränke hatte ich gesorgt und auch für eine Buffetbasis: Käse, Brot und Salate standen in der Küche zum Verzehr bereit, ansonsten hatte ich alle gebeten, einen Leckerbissen mitzubringen. Lynn hatte netterweise den restlichen, ihr noch verbliebenen, Inhalt sämtlicher Geschirrschränke für die Feier ebenfalls zur Verfügung gestellt. Für den Notfall hatte ich mit Einweg-Geschirr, Chipstüten und eingeschweißten Tapas vom Supermarkt vorgesorgt.

Als Erste kam Lynn. Ich musste lachen. Trotz ihres langen Aufenthalts in Spanien lag ihr die sprichwörtliche deutsche Pünktlichkeit offensichtlich noch immer im Blut. Ihr Partner, José, sah tatsächlich ausgesprochen attraktiv aus. Das wusste er auch. Zu schön für nur eine Frau. Obwohl er mir ziemlich eitel vorkam, musste ich anerkennen, dass er sich trotzdem aufmerksam um Lynn kümmerte und zum Beispiel dafür sorgte, dass sich immer genug Essen auf ihrem Teller befand. In den letzten Tagen hatte es sich bei meinen Treffen mit Lynn alles hauptsächlich um mich und meine Partyorganisation gedreht. Ich sollte sie wirklich in den nächsten Tagen mal genauer nach dem Stand der Dinge zwischen ihr und dem Beau fragen.

Als Nächstes kamen Pilar und Pablo. Ich hatte Juan mittlerweile an einen ‚Coach' weitervermittelt. In Wirklichkeit war Esteban ein Suchtberater, der sich auf Crystal Meth User spezialisiert hatte. Auf jeden Fall verstanden die beiden sich wohl ganz gut. Letztens hatte ich Juan zusammen mit seiner Schwester Mercedes zu einem dieser japanischen Zeichentrickfilme ins Kino eingeladen. Als Mercedes gegen Ende des Films auf die Toilette ging, vertraute Juan mir an, dass die Beziehung zu seiner Freundin schon wieder vorbei wäre. Aber das schien okay für ihn zu sein. Er würde mit Esteban jetzt das Thema Leistungsdruck und Perfektionismus bearbeiten. Seitdem Juan sich stabilisiert hatte, schien es auch Pablo und Pilar als Paar wieder besser zu gehen. So eine Familie war schon ein fragiles System.

Als Nächster schellte Gonzalo. Unter dem Arm trug er zwei von ihm selbst renovierte Sperrmüll-Stühle. Das war sein Geschenk für die Einweihungsfeier. Ich war begeistert. Mit Pastellfarben bemalt, sahen sie wunderschön aus, regelrecht modisch. Sitzgelegenheiten konnte ich darüber hinaus immer sehr gut gebrauchen.

„Wieso kannst du so etwas?"

„Es ist ein Hobby, fast schon ein Nebenjob von mir."

Er wollte noch etwas länger ausholen, aber da klingelte es bereits wieder. Schnell umarmte ich Gonzalo und bedankte mich herzlich bei ihm. Ein besseres Geschenk hätte er mir wirklich nicht machen können. Als ich mich zu den Gästen herüberdrehte, blickte ich in Rafas Augen. Er stand unter Schock, konnte seine Augen nicht von Gonzalo nehmen. Mir ging es nicht viel anders, allerdings starrte ich Micaela an. Als Gastgeberin musste ich sie wohl oder übel begrüßen.

„Hallo, ich bin Mia, wir haben telefoniert."

Micaela war klein, zierlich und sehr elegant gekleidet. Doch all der Glamour konnte ein eher grob geschnittenes, durchschnittliches Gesicht nicht verbergen. Ihr Mund wirkte zudem verkniffen, sie schien sich unwohl zu fühlen. Sofort hatte ich ein schlechtes Gewissen. Was wusste sie? Zum Glück kam Lynn in diesem Moment auf mich zu. Charmant drückte sie uns allen eine Sektflöte in die Hand und warf sich voller Enthusiasmus in den Smalltalk. Ich lächelte. In gesellschaftlicher Hinsicht würde sie sich bestimmt gut mit Sophia verstehen.

Der Einzige, der sich nicht auf ihr Geplänkel einließ, war Gonzalo. Big B. lehnte mit dem Glas in der Hand an der Wand, blieb außen vor und schien alle Anwesenden nacheinander zu begutachten. Es hätte mich nicht gewundert, wenn er in seinem Hirn einen Artikel über uns formulierte. Er wurde erst lockerer, als Lidia mit zwei weiteren Redakteuren kam. Sie brachten ein riesiges Tablett mit Fingerfood mit, über das wir uns alle mit großer Begeisterung hermachten.

Raquel schellte als Letzte. Sie hatte zwar die Begleitung ihres Freundes angekündigt, aber als ich dem Paar die Tür öffnete, erlitt ich dennoch eine böse Überraschung. Ihr Partner war kein anderer als Klein Fernández, der Pressesprecher vom Colegio. Völlig unbefangen stellte sie ihn mir vor.

„Schon gut", murmelte ich. „Wir kennen uns bereits."

Raquel schaute uns erstaunt an.

„Ach ja, woher denn?"

Mir kam die Szene wie ein Déjà-vu unserer zweiten Colegio-Begegnung vor. Nur dass diesmal die Rollen vertauscht waren. Mir war das ausgesprochen unangenehm und ich merkte, wie mein Herz schneller zu schlagen begann. Doch für den Klein war unser unerwartetes Wiedersehen kein Thema, genauso wenig wie unser letztes peinliches Telefonat. In diesem Moment erfuhr ich am eigenen Leib, wie professionell Raquels Freund schwierige Situationen überspielen konnte: Er behielt sein charmantes Lächeln bei, blieb völlig gelassen und antwortete genauso galant wie nichtssagend: „Die Welt ist ein Taschentuch", ein spanisches Sprichwort, das ausdrückte, wie klein die Welt doch war. Ich versuchte, Raquel von uns abzulenken und stellte ihr meinerseits dieselbe Frage.

„Und woher kennt ihr euch? Ich dachte, Herr Klein Fernández wäre verheiratet."

„Ist er auch, aber die beiden leben schon lange getrennt. Und was unser Kennenlernen angeht: Das bleibt unser süßes Geheimnis."

Ich zermarterte mir den Kopf, wie ich mich aus dieser heiklen Situation wieder hinausmanövrieren könnte, als Pilar auf Raquel zugestürzt kam.

„Hallo, meine Liebe. Wie geht es dir? Du siehst toll aus heute Abend."

Und auch Pablo begrüßte Herrn Klein Fernández herzlich.

Was für ein Spiel wurde hier gespielt? Ich dachte, ich hätte zu meiner Feier eingeladen, stattdessen schienen sich alle untereinander zu kennen, Geheimnisse und vermutlich bereits jede Menge Erlebnisse miteinander zu teilen, von denen ich keine Ahnung hatte. Selbstmitleid bohrte sich wie ein Stachel in mein Selbstbewusstsein. Ich gehörte nicht dazu, wurde bestenfalls als ungebetener Gast geduldet und schlimmstenfalls als moderne Kolonialistin, eine reiche Mitteleuropäerin, die Arbeitsplätze wegnahm, angeklagt. Ich seufzte laut auf, um nicht vor Sarkasmus zu platzen und dadurch die Party gleich ganz am Anfang zu sprengen. Toll, wenn man sich auf der eigenen Feier nicht willkommen fühlte. Nicht, dass ich vor ein paar Wochen genau dasselbe Desaster in Deutschland bei dem mir von Sophia aufgezwungenen Geburtstagsfest erlebt hatte.

Lynn nahm mich zur Seite: „Sollen wir jetzt die Musik aufdrehen und zum Tanzen übergehen? Ich hab schon gesehen, dass du deine Nachbarn mit einem Aushang im Treppenhaus vorgewarnt hast."

„Klar, von mir aus."

Ich ging derweil in die Küche und schaufelte mir irgendetwas auf meinen, in Wirklichkeit natürlich auf einen von Lynns Tellern. Einer meiner Arbeitskollegen erbarmte sich meiner und machte Konversation mit mir. Irgendetwas über das leckere Essen und dass die Deutschen das beste Bier brauten. Lange konnten wir uns nicht diesen alles andere als taufrischen Themen widmen, denn Lynn drehte die Musikanlage so laut auf, dass jedes Gespräch unweigerlich kastriert wurde. Mein Kollege grinste und passte sich sofort der neuen Situation an.

„Wollen wir tanzen?"

Warum nicht? Ich konnte mich sowieso nicht, bevor die letzten Gäste gegangen sein würden, von der Party verdrücken.

Da das Wohnzimmer komplett leer war, hatten wir viel Platz zum Tanzen. Pilar und Pablo tanzten auf alles Cha-Cha-Cha und es passte tatsächlich erstaunlich gut zu den meisten Chart-Hits. Raquel gab unter viel Gelächter eine Flamenco-Improvisation zu einem Hit von Shakira zum Besten. Aber die Stimmung erreichte ihren Höhepunkt, als Lynn den ‚Ketchup-Song' auflegte. Ab da war unser Trio nicht mehr zu halten. Rafa und ich stürzten auf die Tanzfläche, wo uns Lynn schon mit einem ausladenden Hüftschwung erwartete. Was hatten wir den schon damals ziemlich in die Jahre gekommenen einstigen Sommerhit der spanischen Girlgroup mitgegrölt und immer wieder getanzt. Das ging nur zu dritt, denn wir tanzten arbeitsteilig: Ich bekam das Gefuchtel mit den Händen passend zum Refrain recht gut hin, Lynn aber war die Beste, wenn es darum ging, die unsinnigen Silben möglichst werkgetreu auszusprechen, und Rafa war der König, wenn schnelle Beinarbeit gefragt war. Er war der Einzige von uns dreien, der den Takt beim berühmt-berüchtigten X-Bein-Shimmy halten konnte. Jetzt kam die Stelle. Lynn stachelte ihn an. „Rafa, zitter mit den Beinen!"

Am Ende unserer kleinen Showanlage klatschten die Partygäste. Wir hielten uns an den Händen und verbeugten uns. Eigentlich eine ziemlich coole Feier. Wie lange hatte ich schon nicht mehr getanzt? Ich hatte ganz vergessen, wie viel Spaß das machte.

„Hey, Lynn. Wir sollten unbedingt mal demnächst zusammen auf die Piste gehen."

Lynn nickte glücklich.

„Mädels, wir haben es immer noch drauf." Rafa keuchte ein wenig, als er das sagte.

„Trinken, ich verdurste!" Und so zogen wir zu dritt in die Küche, tranken, feixten und gedachten der guten alten Zeiten. Für diesen Moment, dachte ich bei mir, hatte sich mein Zurückkommen schon gelohnt.

„Vamos a bailar", kam Lynns Freund José auf uns zu, zog seine Geliebte an sich und schlenderte mit ihr ins Wohnzimmer zurück. Mit einmal war ich mit Rafa allein. Rafa war noch immer aus dem Häuschen, doch ich konnte unser Zusammensein nicht wirklich genießen, hatte Angst, dass jemand mitbekam, dass es noch immer zwischen uns funkte. Wobei ich davon ausging, dass unsere kleine Einlage eben, unsere Verbundenheit nicht gerade besonders gut verdeckt hatte. Ich schaute mich um, doch zum Glück schien uns keiner eines Blickes zu würdigen. Ich atmete erleichtert auf. In diesem Augenblick betrat Gonzalo die Küche und lief zielstrebig auf mich zu. *Bitte, quatsch mich jetzt nur nicht mit irgendetwas Beruflichem voll*, flehte ich ihn in Gedanken an. Doch daran schien er offensichtlich gar nicht interessiert zu sein. Vielmehr schob er sich zwischen Rafa und mich und schaute mir dabei herausfordernd in die Augen. Ich überlegte, ob ich die beiden Männer einander vorstellen sollte, verzichtete aber auf die Formalität, da sich in Sevilla eh alle zu kennen schienen. Gonzalo legte seine Hand auf meinen Unterarm. Sie war angenehm kühl, bemerkte ich noch, während ich in einer merkwürdigen Trance verharrend neugierig verfolgte, was als Nächstes geschehen würde.

„Darf ich dir unsere Gastgeberin für einen Tanz entführen?"

Rafael, der sonst normalerweise ausgesprochen umgänglich mit jedermann plauderte, verweigerte eine Antwort. Er schaute Gonzalo an und Big B. starrte zurück. Hatte ich schon wieder etwas nicht mitbekommen? Was war das überhaupt für eine merkwürdige Sitte, den Begleiter zu fragen, ob die Dame tanzen möchte? Demonstrativ antwortete ich an Rafas Stelle.

„Natürlich, warum nicht? Lass uns auf die Tanzfläche stürmen!"

Selbstbewusst ging ich voran und warf Rafa noch einen Blick über die Schulter zu, bevor ich die Küche verließ. Leider wechselte die Musik, sobald wir im Wohnzimmer ankamen. Statt der schnellen Gute-Laune-Musik wurde ein langsamer Song gespielt. Als ob ich ausgerechnet mit Gonzalo einen Blues tanzen wollte! Ich schaute mich nach einer Möglichkeit um, mit jemandem ein Gespräch anzufangen. Meine Augen blieben ausgerechnet an Micaela hängen. Himmel nein, sie war die Letzte, mit der ich reden wollte. Also ergab ich mich in mein Schicksal und fühlte, wie Gonzalo eine Tanzposition einnahm und Körperspannung aufbaute.

Big B. war ein erstaunlich guter Tänzer. Sehr taktsicher führte er mich durch den Song. Mir gefiel, wie er sich bewegte. Solange er nicht sprach und irgendwelche miesepetrigen Gehässigkeiten von sich gab, konnte er sogar ein erstaunlich angenehmer Gesellschafter sein.

Allmählich verabschiedeten sich meine Gäste. Wie schon so oft, merkte ich mit einem Mal, wie müde ich war. Nachdem Lynn mit ihrem José als Letzte gegangen war und hilfreich schon einmal das gebrauchte Geschirr im Auto mitgenommen hatten, inspizierte ich mit großen Mülltüten ausgerüstet alle Räume. Danach sah meine Wohnung schon wieder ziemlich amtlich aus. Viel mehr gab's auch nicht zu tun. Ich verschwand im Bad, zog die geliehene Matratze von Pablo wieder in die Wohnzimmerecke zurück, deckte mich mit ein paar ebenfalls geborgten Laken zu und schlief fast sofort ein. Schade, eigentlich hatte ich gehofft, vorher die ganze Feier, vor allem unsere Darbietung zum Ketchup-Song, noch einmal vor meinem inneren Auge durchleben zu können.

Kapitel 18

B wie Bedenkzeit

Das Zitat des Tages:

„Entscheidungsfindung bedarf Zeit, besonders, wenn neue, alternative Verhaltensweisen von Ihrem Klienten erlernt werden sollen. Ermutigen Sie ihn, bevor er spontan reagiert, erst einmal innezuhalten, Fragen zu stellen und das Problem achtsam nach allen Seiten hin auszuleuchten."

(Ratgeber für angewandte Psychologie, S. 12)

Für den nächsten Tag, einem Sonntagmorgen, hatten Lynn und ihr Liebster zum Frühstück im Café Tiramisú eingeladen. Als ich ankam, merkte ich jedoch, dass Lynn ihren Freund zu Hause vergessen hatte.

„Was ist los? Habt ihr euch gestritten?"

Ich sah, wie die Augen meiner Freundin sofort feucht wurden. Ich ärgerte mich über meine Ungeschicklichkeit, gleich so über sie herzufallen.

Wortlos schob ich ihr eine Packung Taschentücher herüber. Lynn nahm eins, rieb sich die Augen trocken, putzte sich die Nase. Kurzum, sie versuchte, ihre Fassung zu bewahren und ein wenig Zeit zu gewinnen.

„Wenn du wüsstest, wie demütigend es ist, immer nur die Zweitfrau zu sein."

Ihr Ausbruch überraschte mich, denn auf der Feier gestern hatte sie meiner Meinung nach eigentlich recht glücklich ausgesehen. Ich musste nur an die *Las Ketchup* denken. Ich wandte diskret meinen Blick ab und prüfte scheinbar interessiert die Speisekarte, um sie nicht weiter zu bedrängen.

„Auf Partys ist es immer ganz besonders schlimm."

Erstaunt schaute ich hoch. Wie sehr man sich doch täuschen konnte.

„Zuerst wollte José mich überreden, dass er erst zehn Minuten nach mir bei dir anschellen wollte."

„Warum denn das?"

„Damit man uns nicht als Paar wahrnimmt."

Ich überlegte und mir fiel ein, dass José zwar aufmerksam auf Lynn reagiert hatte, aber sie insgesamt eher brüderlich behandelt hatte. „Zu seinem Programm gehört offensichtlich auch das Unterdrücken von Zärtlichkeitsbekundungen in der Öffentlichkeit?"

„Genau", gab Lynn mir mit einem schiefen zynischen Lächeln recht.

„Ich musste ihn fast die ganze Anfahrt lang überreden, überhaupt mit hineinzukommen. Er leidet unter Verfolgungswahn, hat Angst, dass seine Frau in Madrid etwas von uns erfährt."

„Es könnte ihn jemand wiedererkennen."

„Exakt, oder gar ein Foto von uns auf Facebook posten."

Ich nahm einen Schluck Kaffee und versuchte erneut, meinen Blick unverfänglich schweifen zu lassen, um Lynn nicht zu nahe zu treten. Ich freute mich, dass sie sich mir öffnete, und wollte diesen Vertrauensbeweis nicht gefährden. Dabei schaute ich plötzlich in mein eigenes Spiegelbild, das im Caféfenster reflektiert wurde. Plötzlich wurde mir bewusst, dass Lynn mir nicht nur ihre Geschichte erzählte, sondern im Prinzip auch meine eigene. Würde ich ernsthaft etwas mit Rafa anfangen, dann wäre ich genau in Lynns Position. Bei dieser Erkenntnis verschluckte ich mich. Lynn schaltete schnell, nahm mir die Tasse ab und klopfte mir auf den Rücken.

„Das ist hart", kommentierte ich Lynns Erzählung mit noch tieferem Mitgefühl als vorher.

„Zum einen versteckt er mich, will nicht mit mir gesehen werden, zum anderen ist er krankhaft eifersüchtig. Er hat es mir mindestens zehnmal gestern Abend vorgehalten, dass ich Blues mit Rafa getanzt habe."

Ähm, unauffällig prüfte ich im Fenster, ob mein Gesicht sich nicht etwa grün färbte und dadurch meinen Neid verriet. Gleichzeitig lief ich zur schauspielerischer Höchstleistung auf: „Ach, wirklich? Habe euch gar nicht tanzen gesehen."

Mein wahrer Name lautete: Mia, die Scheinheilige, Fichtner.

„Natürlich nicht, du hattest dein Gesicht selig in der Schulter von diesem Zeitungsfritzen, Godofredo, oder wie er heißt, vergraben."

Ich grinste. „Big B."

„Nun, dein Big Chef sieht nicht schlecht aus."

„Stimmt, das macht es nicht gerade einfacher. Außerdem kennst du doch den Spruch: Außen hui, innen pfui."

Mittlerweile stimmte der Spruch nicht mehr so ganz. Er hatte durchaus menschliche Züge und hatte sich bei unserer Kneipentour ganz schön weit aus dem Fenster gelehnt.

„So unsympathisch fand ich ihn gestern gar nicht. Und die Stühle sind echt cool. Der Typ hat Stil."

Durchaus. Vermutlich verfügte er noch über viele andere versteckte Qualitäten. Zu schade, dass ich bei unserem ‚walk on the wild side' einen Filmriss hatte. Ich ermahnte mich, besser schnell das Thema zu wechseln.

„Ähm, sag mal, wie soll das denn weitergehen mit dir und José?"

Mir ging Lynns Liebeskummer noch immer nah.

„Ich hoffe ja immer noch, dass er seine Frau für mich verlassen wird, weißt du, sie haben ja keine Kinder und das gemeinsame Haus kann man verkaufen, aber, wenn ich ganz ehrlich mit mir bin, glaube ich da nicht mehr wirklich dran. Und, wie eine spanische Freundin von mir zu bedenken gab: Selbst, wenn er sich von seiner Frau scheiden ließe und, nehmen wir mal an, dann mich heiratete, dann wäre die Chance hoch, dass er sich wieder den Thrill einer Geliebten suchen würde."

„Wie? Verstehe ich nicht. Warum sollte er das tun?"

„Inés meinte, das käme häufiger vor, als man glaubt. Die Kerle genießen so eine Dreiecksbeziehung, ist gut für ihr Ego, sie wollen gar kein langweiliges monogames Leben."

„Nicht wahr." Oder vielleicht doch? Schließlich war mir ebenfalls aufgefallen, dass José sich seiner Wirkung auf die Frauenwelt sehr wohl bewusst war und die Anerkennung meiner Geschlechtsgenossinnen ein wenig zu sehr genossen hatte.

„Wenn ich es dir doch sage. Er ist so etwas von selbstgefällig. Aber, lass uns das Thema wechseln, sonst komm ich schlecht drauf. Deine Party war echt cool gestern. Pablo und Pilar waren total nett, obwohl man Pablo, da hattest du recht, durchaus sein Alter ansieht. Und was hältst du von Raquels Typen? Ich gönne es ihr echt, sie ist eine Nette und eine super Lehrerin.“

„Ich freue mich auch für sie. Aber, warum steht sie ausgerechnet auf *den*?“

„Was hast du denn gegen ihn? Klar, dieser Max sah etwas schleimig aus, ich weiß, du stehst mehr auf die Fraktion der Wild Boys.“

„Oh, die sind schon längst ausgestorben. Zeige mir jemanden, der nicht jenseits der fünfundzwanzig zum Spießer mutiert ist.“

Lynn orderte ein Stück Kartoffeltortilla, ich ein Croissant.

„Vorsicht, meine Liebe.“

„Doch, ich meine das ganz ernsthaft. Rafael mit seiner Micaela verkörpert die gestandene Geschäftswelt, meine Freundin Sophia in Deutschland gibt immer hundert Prozent im Berufs- und Privatleben, keine Zeit mehr für Träumereien, Raquel mit dem Dressman und, ich will dir ja nicht zu nahe treten, aber José sieht auch nicht gerade wie ein Rockstar aus.“

„Wer weiß? Der Bon-Jovi-Look würde ihm sicherlich auch stehen.“ Ein fettes Grinsen lag auf Lynns Lippen.

„Immerhin scheint es dir bei der Vorstellung von Bon Jovi als Latin Lover schon besser zu gehen.“

Der Kellner brachte unsere Bestellungen.

„Mir geht es immer gut, wenn es etwas zu Essen gibt. Danke.“

Ich nahm mein Croissant ebenfalls dankend entgegen und weihte Lynn in die wahre Identität von diesem Klein ein. Irgendwann würden Raquel und sie es eh erfahren. Besser, wenn ich die Sache sofort erledigte.

„Lynn, was ich dir noch mitteilen wollte: Du hast es, glaube ich, nicht mitbekommen, Raquel auch nicht, aber ihr Neuer ist peinlicherweise der Sprecher vom Colegio Heidelberg.“

„Der Typ, der sich bei Lidia so tierisch über deinen Artikel aufgeregt hat? Ach du Scheiße!“

„Ähm, in der Tat. Hoffe, Raquel spricht noch mit mir, wenn er sie über unsere kleine Meinungsverschiedenheit unterrichtet hat. Und noch was, dieser Kerl, er heißt übrigens Klein Fernández ...“

„Ach, Max ist somit der berühmte Klein Fernández.“

„Genau, und der scheint darüber hinaus dicke mit Pilar und Pablo befreundet zu sein. Hast du eine Ahnung, warum?“

„Sí, weil seine Tochter was mit ihrem Sohn hat.“
„Du meinst Juan?“

„Wen sonst? Die haben doch nur einen Sohn.“

„Krass.“ Juan hatte mir irgendetwas über seine Freundin, mittlerweile wohl seine Ex, erzählt, aber ich wollte nicht drauf kommen, was genau. Außerdem dachte ich, seine Eltern wüssten nichts von seiner Liaison. Wie man sich irren kann! Lynn unterbrach mich.

„Hast du schon Pläne für die Osterwoche? Du erinnerst dich sicherlich noch vom letzten Mal daran, dass die Prozessionen in Sevilla den Megaevent des Jahres darstellen, oder?“

„Klar, da freue ich mich schon drauf, obwohl ich diese leidenden Büßer im Ku-Klux-Klan-Outfit auch als ziemlich gespenstisch in Erinnerung behalten habe. Was mich da noch mehr beeindruckt hat, war dieses Frühlingsfest. Das fand ich ohne Einschränkungen klasse. Wie hieß es denn noch gleich?"

„Die Feria de Abril."

„Genau das meine ich."

„Bis dahin werden sich all unsere Probleme in Wohlgefallen aufgelöst haben, du wirst sehen."

„Dein Wort in Gottes Ohr."

Kapitel 19

E wie Erkundungen

Das Zitat des Tages:

„Es gibt verschiedene Methoden der Feldforschung in der Psychologie. Man sammelt Datenmaterial und wertet später diese meist textförmig vorliegenden Ergebnisse aus, um sie im Anschluss an die Analyse der Fachöffentlichkeit zugänglich zu machen."

(Ratgeber für angewandte Psychologie, S. 33)

Der Frühling lag nicht nur in der Luft, sondern durchdrang alle meine Poren. Lynn hatte mich mit ihrem Optimismus angesteckt und ich war bereit für einen Neuanfang. Am nächsten Montag ging ich das erste Mal von meinem neuen Zuhause aus zur Redaktion. Ich hatte lange in meinem Koffer gewühlt, um das Passende zum Anziehen zu finden. Ich wollte mich nicht zu elegant kleiden, denn das könnte womöglich als arrogant rüberkommen, aber ich wollte auch nicht zu burschikos, salopp wirken. Also entschied ich mich für eine helle Stoffhose, eine leider ziemlich knittrige Bluse – musste die halt als *grunge* durchgehen – und ein helles Leinenjackett. Voller guter Vorsätze schnallte ich mir eine fette Armbanduhr um, die ich frisch vom Corte Inglés erstanden hatte. Auf ein Neues!

Als ich aus dem Fahrstuhl ausstieg, wusste ich nicht, was mich erwartete. Inzwischen hatte ich es aufgegeben, Stimmungen voraussagen zu wollen. Was hatte ich meine Klienten früher selbstgerecht ausgeschimpft, wenn sie zu große Erwartungen hegten. Statt sich in der Zukunft zu verlieren, so predigte ich, sollten sie lieber die Gegenwart aufmerksam wahrnehmen. Oh je, was kam mir das alles lange her vor! Besonders deswegen, weil es mir im Augenblick selbst so sagenhaft schwerfiel, mich an diese Maxime zu halten.

„Guten Morgen.“

„Hallo.“

„Gut vom Feiern erholt?“

Lidia begrüßte mich mit einem gar nicht so übel ausgeführten Bein-Shimmy aus dem Ketchup-Song.

Ein Bilderbuchstart. Ich lachte, aber obwohl ich mich sehr freute, endlich dazuzugehören, blieb ich misstrauisch. Ich würde nicht vergessen, wie sehr sie mich wegen des Pressesprechers runtergeputzt hatte. Kaum zu glauben, dass dieser manipulative Schleimbolzen Raquels Herz erobert hatte! Als ich Gonzalos Büro betrat, empfing er mich ebenfalls mit einem freundlichen „hola“. Sehr merkwürdig.

„Wie machen sich die Stühle?“

„Die sind echt super. Das war wirklich ein tolles Geschenk zum Einzug. Nochmals herzlichen Dank.“

„Bitte, bitte.“

Um die gute Stimmung noch etwas zu verlängern, hängte ich noch eine Frage dran.

„So ganz habe ich das nicht verstanden, aber du hast so etwas angedeutet wie, dass das Renovieren dein zweiter Job sei." Falls das kein Witz gewesen war. Bei Gonzalo konnte man das nie mit Sicherheit wissen.

„Jaja, viele von uns sind Vielfachjobber ... zwangsweise: Mit einem Gehalt, das gerne auch erst verspätet ausgezahlt wird, kommt man kaum über die Runden."

Ich setzte mich. Ich hatte Gonzalo noch nie so aufgeräumt und redselig erlebt.

„Und woher beziehst du die alten Möbel?"

„Ich beziehe sie von einer hiesigen Organisation, die Rastro Reto heißt."

„Moment!" Ich kramte in meinem Gedächtnis. „Reto ist Herausforderung, oder?"

„Ganz genau und ein Rastro ist eine Art Flohmarkt."

„Klar." So blöd war ich auch nicht. „So wie der große Second-Hand-Markt in Madrid." Von dem hatte Lynn noch letztens geschwärmt.

„Also, dieses Rastro Reto ist eine Organisation, die mit ehemaligen Drogenabhängigen arbeitet."

Schon wieder Drogen? Es war verhext mit den Süchten. Man ließ das Thema einmal in sein Leben und schon ließ es einen nicht mehr los.

„Ist was?"

Als aufmerksamer Zuhörer war es Gonzalo nicht entgangen, wie unwohl ich mich bei dieser Problematik fühlte. Für mich standen Junkies symbolisch für mein berufliches Versagen als Streetworkerin. Mir war es nicht gelungen dort zu helfen, wo es wirklich nötig gewesen wäre. Das Leben auf der Straße ging mir zu nah, hatte mich fertiggemacht und deswegen hatte ich dann im Studium umgeschwenkt auf die Aspekte der psychologischen Kosmetik. Ich lachte verbittert auf. Im wahrsten Sinne des Wortes: Aussehen, Styling und Co. für besseres Flirten. Ich kam mir so armselig vor.

„Mia, geht es dir gut?"

Gonzalo wartete noch immer auf eine Erklärung. Sollte er bekommen, einmal gründlich und dann war die Sache vom Tisch.

„Ich habe in Köln für mein Studium ein Praktikum als Streetworker gemacht. Ich habe viel mit Obdachlosen und Junkies zu tun gehabt. Und ich sage dir, es hat mich total umgehauen. Zu heftig für mich. Vor allem zu einem Junkie, Nils, war es mir gelungen, ein Vertrauensverhältnis aufzubauen. Er nahm ‚H', aber ich hatte ihn soweit, dass er entziehen wollte. Mein Praktikum lag bereits zwei Wochen hinter mir, als ich erfahren musste, dass er sich, so richtig klischeemäßig, auf dem Klo am Eigelstein den goldenen Schuss gegeben hatte. Atemstillstand. Mit sechzehn. Ein schlauer Kerl eigentlich, hübsch, nett. Er hätte es echt schaffen können. Bis heute ist nicht klar, ob es eine Überdosis oder ein selbstgewählter Suizid war. Ich sage dir, das habe ich nicht verpackt bekommen. Was muss Nils gelitten haben!"

„Hört sich brutal an. Ich kann mir vorstellen, dass es manchmal schwer ist, professionelle Distanz zu wahren."

„Ist es. Irgendwie will man doch alle retten und es ist fürchterlich zu sehen, dass das nicht geht. Die älteren Kollegen haben immer gesagt, ihre Maxime beschränke sich einzig und allein darauf, die Härte beim ‚Platte machen' etwas abzumildern. Punkt, Ende, aus. Mehr nicht. Sobald es den Usern, die auf der Straße leben, durch sie ein wenig besser ginge, hätten sie ihr Ziel erreicht. Alles andere läge nicht in ihrer Hand."

„Hört sich nach einer gesunden Einstellung an."

Ich lachte kurz auf. Eigentlich war mir das Thema viel zu ernst und ging mir zu sehr ans Eingemachte. Nervös versuchte ich, die Stimmung etwas aufzulockern. „Tja, seitdem will ich nichts mehr von Drogen hören, aber sie scheinen mich sogar nach Spanien zu verfolgen. Und sag jetzt nichts von Karma."

Gonzalo lächelte nicht.

„Vielleicht sollte ich dir die Leute vom Projekt mal vorstellen. Also, die Ex-Junkies holen kostenlos alte Möbel ab, wenn jemand seine Wohnung auflöst und so. Dann restaurieren sie die unter fachkundiger Anleitung. Dafür ist mein Freund Ángel zuständig und schließlich werden sie in den Rastro-Märkten verkauft. Ich kaufe dort hin und wieder selber ein paar vielversprechende Einzelstücke, verändere durch Farben deren Charakter, indem ich sie bunt umspraye. Du wirst es nicht glauben, aber ich habe mir dadurch einen eigenen Kundenkreis geschaffen, der mir Einiges für meine umgestalteten Möbel bezahlt. Ein netter kleiner Nebenverdienst."

Big B. überraschte mich immer wieder mit neuen Seiten seines Charakters. In Gonzalo schlug ein Herz für Ex-Junkies? Kaum zu glauben. Ich hätte ihn eher den blaublütigen Aristokraten mit einem Herz für den neuen König Felipe VI. zugeordnet, statt der Front der sozialengagierten Weltverbesserer. Mir fiel wieder ein, wie er mir als Einziger bei meinem Artikeldesaster beigestanden hatte. Vielleicht war sein Verhalten doch eher einem sozialen Impetus geschuldet, als lediglich das Resultat kalter Berechnung zu sein, wie er letztens behauptet hatte.

„Hast du Zeit, mir bei einer Recherche am kommenden Wochenende zu helfen?“

Ich schaute mir Gonzalos geschickte Hände genauer an. Sie waren schlank und gleichzeitig männlich. Wie ärgerlich, dass ich mich nicht mehr daran erinnerte, wie es sich angefühlt hatte, als sie an jenem Abend, an dem wir zusammen versackt waren, über meine Haut gestrichen und mir beim Gehen unterstützend Halt geboten hatten! Hätte ich mich doch in besagter Nacht nur nicht so kompromisslos volllaufen lassen!

„Entschuldige, hast du etwas gesagt?“ Nur unwillig riss ich mich vom Anblick seiner langen, eleganten Finger los. Gonzalo wiederholte seine Frage.

„Lust auf einen kleinen Wochenendausflug? Einführung in die seriöse journalistische Recherche Teil eins?“

„Am Wochenende?“

„Ja, ich fahr nach Granada, genau der richtige Ort für eine psychologische Feldstudie.“

„Eigentlich wollten Lynn und ich ... also, ich bin quasi verabredet für Samstagabend.“

„Das läuft dir nicht weg. Also, Granada ist schon eine etwas aufwändigere Exkursion, wir übernachten bei Freunden von mir. Du besitzt doch einen Schlafsack, oder?“

„Ja.“ Ich musste ihn ja nicht gerade einweihen, dass mein Problem nicht ein fehlender Schlafsack, sondern ein nicht vorhandenes Bett war.

„Also, abgemacht. Und dann führst du Interviews und kannst einen oder gleich drei herrliche Artikel über Roma, Aussteiger und die Empörten schreiben. Willkommen auf der anderen, der nicht offiziellen Seite Spaniens. Schon mal etwas von der PAH gehört?"

„Nein, sollte ich?"

„Wirst schon sehen, unser Kurztrip wird dir guttun. Wer weiß, vielleicht glaubst du danach doch wieder ein wenig an das Gute im Menschen."

„Bist du im Drittberuf vielleicht Laienprediger?"

Jetzt lachte er.

In diesem Moment kam Lidia herein.

„Was? Hier wird gelacht? Versteht euch ja nicht zu gut, sonst geht mir der Streitansatz für eure Artikel flöten."

Schon war sie wieder durch dir Tür. Bei Gonzalos und meinem abendlichen Absacker war es, soweit ich mich noch erinnern konnte, recht lustig und vergnügt zugegangen, doch während der Arbeit war es bisher so gut wie nie vorgekommen, dass wir beide gleichzeitig über etwas lachen mussten.

Als ich abends nach Hause kam, verging mir die Heiterkeit gleich wieder. Unter der Tür hatte mir jemand einen nicht frankierten Brief durchgeschoben. Das alleine war ja schon etwas schräg, noch seltsamer war jedoch der Absender. Das Schreiben kam von Micaela, Rafaels Frau und in dem Umschlag befand sich eine Einladung zum Geburtstag ihrer ältesten Tochter. Ich kam mir vor, als wäre ich auf dem Mars, hatte keine Ahnung, was von mir erwartet wurde.

Am Samstagmorgen holte Gonzalo mich zu Hause ab. Lynns und meine Tanzaktion hatten wir auf das nächste Wochenende verschoben. Ich dachte, er würde einen Angeberschlitten fahren und war nicht schlecht erstaunt, dass meine Vermutung so gar nicht zutraf:

Gonzalo kam in einem verstaubten und ordentlich ver-
kratzten blauen Pick-up-Truck mit großer Ladefläche
an.

„Steig ein. Hast du alles, was du brauchst?“

„Ich glaube schon.“

„Okay, auf geht's.“

Mir gefiel Autofahren nicht, es machte mir Angst. Ich
schaute immer genau hin, bevor ich bei jemandem ein-
stieg. Im Laufe der Jahre hatte ich eine richtige Typolo-
gie von Fahrstilen entwickelt, denn meiner Meinung
nach sagt das Fahrverhalten viel über den Charakter
aus. Ob Drängler oder Schnecke, nervös, aggressiv oder
ausweichend, alle diese Verhaltensweisen am Steuer
ließen tief blicken. Ich würde zum Beispiel zu gerne mit
Raquel wetten, dass ihr Klein Fernández immer stock-
steif mit verkrampften Fingern hinter dem Lenkrad
klebte. Rafa hingegen fuhr selbst durch enge Gassen zügig und geschmeidig. Ein flüssiger Fahrstil. Und, um
meine kleine Forschungsreihe weiterzuführen: Lynn
wiederum zeigte sich nie so ganz präsent beim Fahren,
entweder träumte sie still vor sich hin oder sie regte
sich lauthals schimpfend auf, wenn ihr jemand die Vor-
fahrt nahm. Ich selbst war Totalverweigerin, mied
diese Art der Fortbewegung, so gut es ging. Wenn überhaupt, traf man mich nur auf der Beifahrerseite an.
Früher war das anders. Da gehörte ich eher zu den zü-
gigen Autofahrerinnen, doch seit dem Unfall meiner
Eltern konnte mich nichts mehr dazu bringen, mich
noch einmal hinter ein Lenkrad zu quetschen.

Wie dem auch sei, ich war interessiert herauszufinden, zu welchem Typ Autofahrer Gonzalo gehörte.
Nach einer guten Viertelstunde wusste ich es. Ganz

einfach: Der Typ fuhr völlig tiefenentspannt. Aufmerksam, aber mit aller Zeit der Welt. Erstaunlich. Da er im Büro eher zwanghaft perfektionistische Züge zeigte, hätte ich ihn ganz anders eingeschätzt. Ein Mann der Widersprüche.

„Wie lange werden wir unterwegs sein?"

„Zwischen zwei und drei Stunden. Wenn wir zwischendurch etwas essen wollen, beispielsweise in Antequera, sind wir am frühen Nachmittag da."

„Antequera? Wo liegt das denn?"

„Nördlich von Málaga, wir fahren mehr oder weniger die ganze Zeit die A-92 durch."

„Hört sich so an, als kennst du dich aus."

„Oh ja, Granada ist so etwas wie meine Heimatstadt, meine Eltern wurden dort geboren."

Ein dickes „aber" schwang in der Luft Ich wartete, doch da kam nichts. Ich versuchte, ihm einen sanften verbalen Stups zu geben.

„Aber du ... nicht?"

„Nein."

Okay, er wollte nicht darüber reden, zumindest nicht mit mir. Ich versuchte, mich zu erinnern, was Ana mir damals in dem chinesischen Schnellimbiss über ihre Familiengeschichte erzählt hatte, doch ich kam nicht drauf. Als es mir zu anstrengend wurde, mein Hirn nach Erinnerungen zu melken, schaute ich einfach nur noch aus dem Fenster. Die vorbeiziehenden Bilder ermüdeten mich. In der Zwischenzeit hatten wir Sevilla schon hinter uns gelassen. Eine trockene Landschaft lag vor uns, Olivenbäume, ein weißes Meer aus Plastikfolien, Anhäufungen von staubigen, kleinwüchsigen Palmen.

„Magst du Musik hören?"

Ich schüttelte den Kopf, überzeugt, dass wir mit Sicherheit nicht denselben Musikgeschmack teilten. Ich lehnte meine Stirn gegen die kühle Fensterscheibe und wurde langsam ein wenig schläfrig. Das war mir schon Ewigkeiten nicht mehr passiert, dass ich es wagte, während einer Autofahrt wegzudämmern. Die Straßen waren leer, wir kamen gut durch, Gonzalo fuhr sicher und vorausschauend. Plötzlich begann er in die Stille hinein zu sprechen.

„Nein, das Granada von früher kenne ich nur durch Erzählungen. Ich kam in Deutschland zur Welt. In Gelsenkirchen. Meine Eltern sind Anfang der Achtziger ausgewandert."

Stimmt, so etwas hatte mir schon seine Schwester Ana erzählt.

„Obwohl sie fast fünfundzwanzig Jahre in Deutschland gelebt haben, sprechen meine Eltern nur sehr gebrochen Deutsch. Was habe ich mich früher für sie geschämt, auf Elternabenden und so. Später habe ich immer meine jüngere Schwester gebeten, an ihrer statt zu den Elternsprechtagen zu gehen."

„Ana?"

„Sie konnte sich so geschickt schminken, dass sie zwar nicht als meine Mutter, aber immerhin als meine ältere Schwester durchging und sie spricht akzentfrei Deutsch."

„Wie du."

„Nein."

Gonzalo bremste scharf. Oho, er zeigte also doch Gefühle beim Autofahren.

„Sie liebt alles aus Deutschland und ihre Freunde sin alle deutsch. Wie du weißt, will sie sogar einen Beruf daraus machen, das Fach Deutsch für Deutsche zu unterrichten.“

Deutschen Deutsch zu unterrichten? Wie verkorkst klang denn das? Ana wollte Deutschlehrerin werden. Nicht weiter ungewöhnlich.

Ich wartete. Gonzalos Stimme klang nun deutlich rauer.

„Mir gefällt die deutsche Mentalität nicht. Die haben meinen Eltern immer das Gefühl gegeben, nicht willkommen zu sein.“

Auf meinem Psychologinnen-Ohr hörte sich das verdächtig nach einem verdrängten Schuldkomplex an. Interessanterweise war er es ja gewesen, der seine kleine Schwester bei Schulangelegenheiten vorgeschickt hatte, doch ich hatte mir sehr schnell abgewöhnt in meinem Privatleben laut zu psychologisieren und so beschränkte sich mein Kommentar auf ein vielund gleichzeitig nichtssagendes „Hmmm.“

„Und wo wohnen eure Eltern jetzt?“

„In Tarragona“, kam es raketenschnell.

„Ich hätte gedacht in Granada.“ Das war ja höchst aufschlussreich, dass er die Heimatstadt seiner Eltern in Ehren hielt, während sie selbst mir nichts dir nichts in eine andere Autonomie, in der sogar eine andere Sprache, das Katalanische, gesprochen wurde, abgewandert waren. Ich ermahnte mich erneut, nicht so viel in alles hineinzudeuten.

„Aber dir gefällt Granada besser?“

„Andalusien. Ja. Der Menschenschlag hier unten. Klar gibt es Unterschiede zwischen den Bewohnern Sevillas,

Granadas, Córdobas und so weiter, aber die wiegen nicht unsere Gemeinsamkeiten als Andalusier auf."

Ich verkniff mir schon wieder eine Bemerkung. Zu gerne hätte ich einen blöden Witz über die sprichwörtliche Rückständigkeit einer der ärmsten Regionen Spaniens gemacht, aber ich schluckte ihn noch rechtzeitig herunter. Er wäre nicht gut gekommen. Jetzt konnte ich mich aufgrund meiner selbstkasteienden Beherrschung fast so wie Mutter Teresa fühlen.

Unser Gespräch versickerte. Kurz darauf war ich eingenickt. Ich wurde erst wieder wach, als Gonzalo mich erst sanft, später etwas kräftiger am Arm rüttelte.

„Mia, wach auf, wir sind gleich in Antequera."

Mittlerweile sah die Landschaft wieder komplett verändert aus. Ziemlich hügelig und auffallend grün. Gonzalo fuhr um die Kurve und bot mir einen atemberaubenden Panoramablick auf eine weiße Stadt, aus deren Mitte einige mittelalterliche Türme ragten.

„Ist ja toll. Wie kommt es, dass ich noch nie etwas von diesem Ort gehört habe?"

„Dafür kennst du die Route der weißen Dörfer, Ronda und Co., nehme ich an."

„Stimmt."

„Die üblichen Touristenattraktionen eben, die alle besuchen. Dabei ist Antequera noch viel typischer. Wir nennen die Stadt *das Herz von Andalusien*, weil sie so zentral zwischen den großen Städten liegt. Zudem war Antequera früher maurisch und spielte eine wichtige Rolle bei der Reconquista. Du hast doch hoffentlich schon von der Wiedereroberung gehört?"

Was für ein Problem hatte dieser Mann?, fragte ich mich. Wenn er nur nicht so gut aussähe! Er wollte mich wohl vorführen. Nein, mein Lieber, nicht mit mir! Ich lehnte mich zurück und rekapitulierte gelassen die wichtigsten Daten der spanischen Geschichte.

„Im Jahr 711 begannen die aus Nordafrika stammenden Mauren den südlichen Teil der spanischen Halbinsel zu erobern und schufen das maurische Al-Andalus. Doch 500 Jahre später unterlagen die damals herrschenden Almohaden den christlichen Heeren. Das katholische Königspaar Ferdinand von Aragón und Isabella von Kastilien eroberten schließlich im Kolumbusjahr 1492 die letzte maurische Stadt, Granada, von dem maurischen Herrscher Boabdil zurück. Sie begannen mit der Expulsión, das heißt mit der Vertreibung ...“

„Schluss jetzt!“, herrschte mich Gonzalo an.

Ich war zu weit gegangen. Das tat mir leid, aber seine Arroganz hatte mich dazu angestachelt. Dennoch war ich sein Gast und er hatte mir netterweise angeboten, mich auf einen Wochenendtrip mitzunehmen. Gerade wollte ich zu einer Entschuldigung ansetzen, als Gonzalo neben mir anfing zu lachen.

„Himmel, du hörst dich schlimmer als meine Schwester Ana an. Wenn die erst einmal anfängt zu dozieren, dann sind Hopfen und Malz verloren.“

Hopfen und Malz, deutscher ging es wohl nicht und dieser Kerl bestand darauf, als hundertprozentiger Andalusier gesehen zu werden. Ein deutsche Redensarten schwingender Granadino. Ein Widerspruch auf zwei Beinen.

„Ich sehe einen Parkplatz.“ Seine Stimme klang schon wieder wesentlich versöhnlicher, als er mir seinen Vorschlag zur Tagesgestaltung unterbreitete, während er gekonnt rückwärts in die Parklücke einfuhr.

„Lass uns erst einmal etwas in den Magen bekommen, schließlich habe ich noch nicht gefrühstückt."

Gonzalo führte mich durch eine wunderschön erhaltene Altstadt und bog dann zielsicher in ein unscheinbares Gässchen ab: Vor uns lag eine einladende kleine, schummrige Taberna. Der Wirt begrüßte ihn herzlich mit einer Umarmung. Offensichtlich kehrte mein Begleiter hier häufiger ein. Dann geleitete er uns zu einem Tisch im hinteren Teil des auch von innen weiß gekalkten Restaurants.

„Dein Stammlokal?"

„Ja, wenn man es bodenständig mag, kann man hier fantastisch essen. Was nimmst du?"

„Was immer du mir empfiehlst."

Gonzalo machte dem Wirt ein Zeichen und ratterte, sobald er vor uns stand, um unsere Bestellung aufzunehmen, eine lange Liste mit Sonderwünschen herunter. Ich wusste zwar nicht genau, was sich da so auf meiner Gabel befand, doch ich musste zugeben, dass das mehrgängige Menü köstlich schmeckte. Da es zudem kräftig gewürzt und viele Leckerbissen frittiert waren, sprach ich dem Wein großzügiger als geplant zu. Gonzalo, der noch fahren musste, hatte sich zum Glück von Anfang an nur ans Wasser gehalten. Mir wurde erst so richtig bewusst, wie viel Alk ich tatsächlich getankt hatte, als ich aufstand und angeschickert versuchte, würdevoll zu den Toiletten zu gehen. Wieder heil zurückgekommen, orderte ich erst einmal einen Espresso, der es mir ermöglichte, Gonzalos Truck ohne unfreiwillige Umwege zu erreichen.

Mit vollem Bauch und schwimmendem Kopf verschlief ich den zweiten Teil der Fahrt nahezu komplett.

Gonzalo machte bei unserer Ankunft in Granada sogar unverschämte Anspielungen, dass ich angeblich geschnarcht haben sollte. Konnte ich mir aber nicht vorstellen. Er wollte mich sicherlich nur aufziehen.

Ich hatte in meiner Au-pair-Zeit schon einiges von Andalusien gesehen, aber komischerweise hatten Rafa und ich Granada immer ausgespart. Schon merkwürdig im Rückblick. Hatte aber auch seine Vorteile. Immerhin belasteten keine alten Erinnerungen unseren ersten Stadtrundgang. Leider ließ es Gonzalo sich nicht nehmen, voller Stolz den Reiseführer zu geben, dabei hätte ich ehrlich gesagt am liebsten mein Nickerchen verlängert. Die Alhambra samt Löwenbrunnen, der Generalife, die Altstadt mit den Carmenes, den weißen Bungalows im arabischen Stil mit den wunderschönen Innenhöfen, denen man überall in Andalusien auf Schritt und Tritt begegnete, all das rauschte wie im Film an mir vorbei. Meine Füße schmerzten, mein Kopf fühlte sich wie Watte an und irgendwann versuchte ich es gar nicht mehr, weitere Informationen zu verarbeiten, sondern genoss es, nur noch Gonzalos tiefer, männlicher Stimme zu lauschen. Sie klang sexy, fand ich. Oder machte das der Wein? Endlich hatten wir wohl die wichtigsten Sehenswürdigkeiten abgefeiert, denn plötzlich standen wir erneut vor dem Pick-up und Gonzalo bat mich einzusteigen.

„Geht's ins Bett?", fragte ich hoffnungsvoll.

„Wenn Lidia dich hören würde", scherzte er. „Ganz schön zweideutig. Soll das eine Einladung sein?"

„Aber nein!", stellte ich klar und war mit einem Schlag wieder hellwach.

Gonzalo lachte.

„Wir fahren zu meinen Bekannten. Die wohnen im Sacromonte.“

„Aha, soll mir das etwas sagen?“

„Ist ein Stadtteil von Granada.“

Eine halbe Stunde später stiegen wir aus. Stadtteil von Granada, die Untertreibung des Tages. Es war der Ortsteil, in dem sich viele Höhlenwohnungen befanden. Laut Reiseführer die Hochburg der gitanos, der Zigeuner. Mit anderen Worten, genau der Barrio, vor dem Lynn mich gewarnt hatte, da er angeblich berühmt für seine hohe Kriminalitätsrate war.

So richtig viel von der Umgebung sah ich an diesem Abend nicht mehr. Die Sonne ging noch ziemlich früh unter, schließlich befanden wir uns mitten im März. Bei den letzten roten Strahlen jedenfalls erschien mir Sacromonte kein bisschen gefährlich, sondern eher malerisch. Felsenhöhlen, die teilweise zu Restaurants oder gar zu Flamencoschuppen umgebaut worden waren, teilweise aber auch nur einfach als Schlafstätten genutzt wurden. Das vermutete ich wenigstens, denn immer, wenn ich durch die hier sehr oft verwendeten Perlenvorhänge hindurch schaute, konnte ich nur vage Umrisse ausmachen. Vor den Höhleneingängen saßen die Bewohner gesellig zusammen. Sie rauchten, quatschten und tranken, während wir Touristen an ihnen vorbeiflanierten. Ich kam mir merkwürdig vor, ungebetene Zeugin ihres Privatlebens zu sein. Na ja, gleichzeitig war mein eigenes Verhalten nicht wirklich konsequent, denn ich hatte ja selbst auch probiert, unauffällig in die Wohnräume zu gucken. Außerdem empfand ich zusätzlich zu dem Schamgefühl auch Misstrauen. Sicherheitshalber hängte ich mir meine

Handtasche falsch herum vor den Bauch, sodass ihr Verschluss von außen nicht zu sehen war.

„Gonzalo, pasa, pasa, entra."

Das waren offensichtlich die Freunde, die wir besuchen wollten, um dann später bei ihnen zu übernachten. Noch eine Überraschung: So wenig wie Gonzalo ein Angeberauto fuhr, so wenig bewegte er sich ausschließlich im Kreise einer konservativen Middle oder Upper Class. Jedenfalls waren unsere Gastgeber in Granada alles andere als gelackte Aufsteigertypen. Wir wurden herzlich von langhaarigen Freaks begrüßt, die uns freundlich in ihre mit Blümchen und wilden Mustern angemalte Höhlenwohnung baten. Gonzalo mit Hippie-Ambitionen? Wie passte das zu seinem Gebaren als strenger Chef? Vielleicht behielt Lynn doch recht mit ihrer Vorhaltung, dass ich Leute zu schnell nach ihrem Aussehen in vorgefertigten Schubladen versenken würde. Bisher hatte ich ihren Vorwurf immer mit dem Gedanken abgeschmettert, dass sie als gerechtigkeitsliebende Juristin unter einer déformation profesionelle litt. Jetzt war ich mir da nicht mehr so sicher.

Ein appetitlicher Duft stieg mir in die Nase. Auf den beiden Kochplatten in der Küche brodelte etwas und ich musste zugeben, dass es gut roch, auch, wenn ich leider nichts mehr essen konnte. Ein langer Tisch war gedeckt, es wurden noch ein paar mehr Klappstühle geholt und dann wurde ein dampfender Kürbis-Paprika-Tomaten-Eintopf mit einer so hohen Dichte an Zwiebeln und Knoblauch an alle verteilt, dass Dracula sich gewiss nicht mehr in die Höhle trauen würde. Genaueres konnte ich im Dämmerlicht nicht wahrnehmen. Ich führte ab und zu höflich den Löffel zum Mund, ohne aber wirklich zu essen. So richtig interessierte es ohnehin keinen, was ich da tat. Ich war viel zu müde, um mich auf das Tischgespräch, bei dem alle wild durcheinanderquatschten, konzentrieren zu können. Nach einer angemessenen Pause fragte ich Gonzalo, wo ich schlafen könnte. Gonzalo hatte nun seinerseits, da er nicht mehr Autofahren musste, dem Rotwein ziemlich zugesprochen und zeigte in irgendeine Ecke. Doch zum Glück erbarmte sich die Frau, die von den anderen Consuelo genannt wurde, meiner.

„Chica, du siehst wirklich müde aus. Ihr hattet ja auch eine lange Anfahrt. Hey, Ernesto, komm mal zu mir.“

Ein bärtiger, etwas älterer Typ näherte sich uns. Im Radio hatte ich etwas von Lumbersexual-Ausstrahlung gehört. Auch wieder so ein kurzlebiger Mode-Hype, an den sich in fünf Jahren niemand mehr würde erinnern können. Entweder waren die hier in Sevilla ganz besonders weit vorne, was neumodische Strömungen anging, oder genau das Gegenteil war der Fall: Vielleicht lebten die Leute hier in ihren Höhlen auch so weit weg von Gut und Böse, dass sie gar nicht mitbekamen, dass ihr seit Jahrzehnten praktizierter Anarcho-Stil plötzlich mega in war.

„Dein Schlafzeug ist noch in der camioneta, nehme ich an, oder?“

Ich nickte.

„Ernesto weißt du, wo Gonzalo geparkt hat?“

Der Typ verschwand kurz und tauchte dann mit den Autoschlüsseln wieder auf.

„Vamos.“

Ich trottete hinter ihm her und kam mir ziemlich blöd vor.

„Bist du auch Deutsche?“

Hab doch Erbarmen, flehte ich den Riesen in Gedanken an. Ich mochte keine Konversation mehr machen, wollte nur noch schlafen. Doch er schaute mich so fragend an, dass ich ihm unmöglich die Antwort schuldig bleiben konnte, zumal er irgendwie zu dem Clan der Gastgeber gehörte.

„Bin ich. Aber warum sagst du *auch*?“

Jetzt blickte dieser Ernesto mich seinerseits leicht irritiert an.

„Wegen Martina, die kam auch aus Deutschland.“

Hä? Stand ich auf dem Schlauch?

„Martina?“, fragte ich höflich nach, wieder etwas wacher geworden. Ich war dabei, ein neues Puzzleteil in Gonzalos rätselhafte Biographie einfügen zu können.

„Seine Ex-Frau, die ihn so mies sitzengelassen hat“, half mir Ernesto auf die Sprünge.

In diesem Moment erreichten wir das Auto und so beendete ich das Thema unauffällig mit einem Bluff.

„Ach so, klar, Martina.“ Bedeutete das etwa, dass Gonzalo schon einmal verheiratet gewesen war?

Auf dem Rückweg, ich war Ernesto dankbar dafür, dass er unser gesamtes Reisegepäck alleine geschultert hatte, kam mein Begleiter von selbst noch einmal auf das Liebesleben meines Chefs zu sprechen. Überaus praktisch.

„Verstehe ich gar nicht, dass Gonzalo auf euch nordische Frauen steht. Mir hat er nämlich erzählt, er schwöre auf unsere andalusischen Chicas.“

„Na, die Liebe läuft nicht immer logisch ab“, textete ich mir sybillinisch das Erstbeste zurecht, das mir durch den Kopf ging.

„Hoffe, er hat mit dir mehr Glück. Ey, Consuelo, wir sind zurück."

Und schon hatte er unser Gepäck fallengelassen und war in der Menge verschwunden, bevor ich sein Missverständnis, was Gonzalos und meinen Status betraf, klarstellen konnte.

Kapitel 20

L wie Leidenschaft

„Nicht selten verdrängen Menschen die erotische Seite ihres Lebens. Sie haben Angst vor dem Kontrollverlust, dem emotionalen Ausnahmezustand. Als Coach können Sie Ihre Klienten durch ein „psychologisches Notfallpaket" (siehe auch: S. 104 f) zur besseren Bewältigung delikater amouröser Situationen unterstützen. Sie müssen sich jedoch darüber im Klaren sein, dass Leidenschaften sich zwar zum Teil analysieren, aber niemals vollständig nüchtern erklären lassen."

(Ratgeber für angewandte Psychologie, S. 74)

Das Schicksal konnte einen echt in die Pfanne hauen! Mein eigener Spruch, dass Liebe nicht logisch wäre, wurde mir in dieser Nacht selbst zum Verhängnis. Consuelo besprach sich kurz mit Ernesto und kam dann lächelnd auf mich zu.

„Ich bin so froh, dass Gonzalo wieder einer Frau sein Herz geöffnet hat."

Ich wollte ihr gerade widersprechen, als die Gastgeberin mich mit einem Zeichen zum Schweigen aufforderte.

„Du musst nichts sagen. Ich habe Augen, ich kann sehen."

Was wollte sie bitte sehen? Ich warf einen Blick auf das Bild, das sich hinter ihrem Rücken tat. Gonzalo erzählte entspannt in fröhlicher Runde mit seinen Freunden irgendwelche Geschichten. Dass ich gleichzeitig im Dunklen mit dem Holzfällertypen zum Parkplatz lief, schien ihm so etwas von egal zu sein. Vorausgesetzt, er hatte von meiner Abwesenheit überhaupt Notiz genommen. Ich konnte Consuelo nicht verstehen. Auch, wenn ich mich sehr bemühte, sah ich keine Hinweise auf eine neuentflammte Liebe. Weder als Arbeitskollegin, noch als Psychologin. Wenn's nach mir ginge, würde ich unseren Beziehungsstatus irgendwo unter der Rubrik *Bekannte* ansiedeln. Denn erstens wusste er von meiner guilty pleasure für den Ketchup-Song und zweitens hatte ich stundenlang neben ihm im Auto geschlummert. Beides sprach für mehr als eine bloße Arbeitsbeziehung. Aber das war's. Nichts davon Mann-Frau-Geschichte. Basta. Doch höflich wie ich war, widersprach ich älteren Frauen, die sich offenbar gern mit Kristallkugelaura sahen, grundsätzlich nicht. Erst recht nicht, wenn ihnen die einzige Herberge weit und breit gehörte.

„Ich gebe euch beiden die hintere kleine Kammer. Meine Mädchen schlafen heute Nacht sowieso bei ihren Freundinnen."

Sie führte mich in ein Jungmädchenzimmer, in dem einladend zwei frischbezogenen Matratzen auf dem

Boden lagen. An den Wänden grinsten Stars und neben ihnen weideten schöne Pferde. Es gab einen winzigen säuberlich aufgeräumten Schreibtisch und einen riesigen Schminktisch mit einem imposanten ovalen Spiegel und jeder Menge Make-up-Utensilien. An der Wand stand ein großes hölzernes Hochbett.

„Wie alt sind deine Töchter?“

„Dreizehn und fünfzehn.“

„Ein schönes Alter.“

„Und schwierig.“ Consuelo lachte. „Papa ist der Größte, Mama eine Hexe, die Schule langweilig und jeder dahergelaufene Halbstarke umwerfend.“

Ich musste auch grinsen. Es war einer der wenigen Momente, in denen ich mich Sophia nahe fühlte. Die hatte in Köln tagtäglich mit diesen schwierigen Wesen, die weder Fisch noch Fleisch waren, zu tun. Es machte mir Spaß, mir vorzustellen, wie es wäre, wenn ich eines Tages selbst Kinder hätte. Neugierig hakte ich nach.

„Hast du noch mehr Kinder?“

„Noch drei Jungs. Einen Benjamín, unseren Nachzügler, der noch zur Grundschule geht und zwei große Jungen. Ernesto hast du bereits kennengelernt und Juanjo sitzt oben melancholisch in der Ecke, hat etwas zu viel getrunken. Und du? Wie geht’s deinen Eltern, hast du Geschwister?“

„Beides nein.“

Consuelo streichelte meine Wange. Niemand hatte mich je in Sevilla nach meinen Eltern gefragt. Das war einer der Gründe, warum ich so gerne hier lebte, keiner kannte meine Geschichte, es gab niemanden, der mich mitleidig ansah. Normalerweise verdrängte ich diesen

Teil meiner Vergangenheit, aber an diesem unwirklichen Abend wollte sie heraus.

„Vor acht Jahren habe ich meine Eltern verloren. Ich jobbte hier in Sevilla als canguru, als sie in Deutschland bei einem Auffahrunfall ums Leben kamen."

Ich konnte nicht weitersprechen. Noch immer wuchs die Welle aus Wut, Trauer und Schuldgefühlen in mir. Das Atmen fiel mir schwer, die Brust wurde eng.

„Das tut mir leid zu hören."

„Es war so, als hätte der liebe Gott eines Tages völlig grundlos, die Axt ausgepackt und mich mal eben von allem, was mir lieb und wichtig war, getrennt. Ohne die Chance darauf, seine Laune jemals wieder rückgängig machen zu können. Plötzlich war meine Heimat, mein Zuhause weg. Das glückliche, unbeschwerte Leben schien für immer hinter mir zu liegen. Ich wusste nicht mehr, wo ich hingehörte. Ich war wütend, einsam und traurig. Außerdem machte ich mir Vorwürfe: Wäre ich in Deutschland geblieben, wäre es vielleicht nicht passiert."

„Verständlich, dass du so gelitten hast."

Ich kämpfte meine Tränen zurück.

„Na ja, ich brach die Zelte in Spanien ab und kehrte nach Köln zurück. Dort fing ich an, Psychologie zu studieren, um das alles in den Griff zu bekommen. Und wie du siehst, hat es funktioniert. Ich bin wieder hier."

Consuelo nahm mich in den Arm. Sie roch ein wenig streng, nach angebratenen Zwiebeln, Knoblauch und Schweiß, dennoch fühlte sich die Umarmung gut an.

„Auf jeden Fall hast du heute Nacht hier ein sicheres Zuhause. Schlaf gut."

„Danke. Gute Nacht. Ach …"

„Ja?“

„Wo kann ich mich ein wenig frisch machen?“

„Zweite Tür links.“

„Danke, Consuelo, für alles.“

Ich verschwand kurz im Bad, zog mir meinen Schlabberschlafanzug an und legte mich in meinen Schlafsack. Obwohl es keine Air-Con gab, war es erstaunlich kühl in dem Höhlenzimmer. Die Wände waren seltsam schief und uneben, aber dennoch fühlte ich mich geborgen. Das Zimmer war insgesamt nur mit dem Wichtigsten eingerichtet, bis auf den Schminktisch fehlte jeglicher Kleinkram. Nicht viel anders als in meiner neuen Wohnung. Allerdings gab es hier kein Fenster, da wir uns schon etwas tiefer im Berg befanden. Ich wälzte mich ein wenig hin und her, bis ich die richtige Schlafposition gefunden hatte. Dann wurde es mir zu warm, sodass ich mich letztendlich auf meinen Schlafsack legte, eine Decke benötigte ich nicht. Kurz darauf schlief ich ein.

Mitten in der Nacht schreckte ich hoch, als ich hörte, wie die Klinke leise heruntergedrückt wurde. Ich schlug die Augen auf, es war zappenduster um mich herum. Außer dem Lichtstrahl an der Tür, der kurz aufblitzte, bevor sie schnell wieder geschlossen wurde, konnte ich nichts sehen. Dafür lauschte ich umso intensiver auf die vielen fremden Geräusche in meiner Umgebung. Ich hörte Gonzalos Atem, ein regelmäßiges Einziehen und Ausstoßen von Luft. Ich versuchte, ihn anhand dessen zu verorten. Wo genau befand er sich? In welche Richtung bewegte er sich? Und vor allem: Was tat er?

Er zog sich aus, legte seinen Schlafsack neben mich, stockte einen Moment, sah wohl in meine Richtung und beschloss, sich ebenfalls auf seine Decke zu legen. Ich hielt die Luft an.

„Mia, bist du noch wach?", flüsterte er dicht an meinem Ohr. Seine Stimme war viel tiefer als sonst.

„Ein bisschen."

Etwas tastete sich zu mir hin, dann fühlte ich seine warme Hand auf meiner Wange.

„Alles okay bei dir?"

Ich konnte mich nicht auf eine Antwort konzentrieren, sein Streicheln brachte mich aus dem Konzept. Peinlich ertappt bemerkte ich, wie mein Atem immer unregelmäßiger wurde. Verräterisch! Mit großer Anstrengung versuchte ich Gonzalo zumindest verbal auf Abstand zu halten, während mein Körper darauf brannte, sich an seinen zu schmiegen. Wer weiß, vielleicht konnte mein Körper sich einfach besser daran erinnern, was in der Nacht nach meinem Beinahe-Rausschmiss passiert war als meine Gehirnzellen?

„Und bei dir?", lenkte ich von mir ab.

„Es ist wunderbar, so nah neben dir zu liegen."

Seine Hände zogen mein Gesicht näher an seins und schon spürte ich seine Lippen auf meinen. Ich war selbst entsetzt, wie leidenschaftlich ich seinen Kuss erwiderte.

Mit den Fingern wanderte er unter das Riesenshirt meines Pyjamas. Ich schloss die Augen und genoss seine Liebkosungen. Sie waren so warm und weich und schmeckten fantastisch. Alles befand sich im Fluss. Die Zeit dehnte sich und bot uns so viel Raum, wie wir wollten. Die Hintergrundgeräusche, die ich noch beim Einschlafen gehört hatte, Gesprächsfetzen, Gläserklirren und Gitarren-Akkorde rückten immer weiter weg, wurden immer leiser und matter bis sie allmählich ganz verschwanden. Dafür wurden unsere unmittelbaren Geräusche immer lauter. Atmen, stöhnen, rascheln, gleiten, tasten. Ich fühlte mich so geborgen in der Höhle, Lichtjahre entfernt von der lauten, hellen, stressigen Welt. Gonzalo führte mich anfangs ruhig und selbstbewusst durch unsere sinnliche Reise. Später fühlte ich mich so unbefangen, dass ich neugierig ebenfalls anfing, die Topographie seines Körpers zu erkunden. Ich mochte seinen Geruch, die Textur seiner Haut, zudem gefiel mir, wie er mich streichelte, sein festes Zupacken. Ich lockte ihn, wandte mich ab, rollte mich auf ihn. Unsere Berührungen wurden immer hitziger, nachdrücklicher, bis unsere Gier nach einander so groß wurde, dass wir miteinander schliefen.

Danach lagen wir verschwitzt, aufgeputscht und gleichzeitig hundemüde nebeneinander. Gonzalo legte seinen Arm über meinen Oberkörper und langsam sickerten wieder die Geräusche von außen in unser Zimmer herein. Wenig später schlief ich zum zweiten Mal in dieser Nacht tief und fest ein.

Als ich aufwachte, war die Matratze neben mir bereits leer. Einen Moment lang konnte ich mich nicht entscheiden, ob ich mir unser Liebesabenteuer nur zusammengeträumt hatte, oder ob es tatsächlich geschehen war. Ich rekelte mich und als ich das Licht anschaltete, machte ich verräterische Spuren auf den Laken aus und grinste. Wissenschaftlich bewiesen: kein Traum. Ich duschte mich, zog mich an und schlurfte zur Küche. Das große Zimmer neben dem Höhleneingang war bereits penibel aufgeräumt. Es roch verführerisch nach frischem Kaffee. Gonzalo begrüßte mich mit einem verschwörerischen Lächeln und schenkte mir einen Becher ein.

„Milch und Zucker, oder?"

„Oh ja, ich nehme gerne das komplette Angebot", scherzte ich zweideutig und setzte mich neben ihn. Er legte den Arm um die Lehne meines Stuhles. Ich lächelte still vor mich hin und führte langsam den Löffel im Kreise, wieder und immer wieder. Solche mechanischen Handlungen haben etwas sehr Beruhigendes. Ferner bewahrten sie einen davor, jemandem in die Augen sehen oder gar sprechen zu müssen, denn man war, für alle Welt sichtbar, mit etwas anderem beschäftigt. Leider sah Gonzalo das anders.

„Und", sprach er mich fröhlich an. „Geht's gut?"

Ich steigerte das Tempo meiner Kaffeerotationen. Plötzlich musste ich lachen. Über das Frühstück, die Höhle, ihn und mich. Es war alles so verrückt.

„Sehr gut", kicherte ich. Gleichzeitig dachte ich an meinen tollen Psychologieratgeber, in dem etwas sehr Kluges zum Thema Gesprächsführung stand: Manchmal besteht die Finesse gerade darin, nicht selbst zu sprechen, sondern das Gegenüber die Sprechpausen füllen zu lassen. Schon legte Gonzalo los.

„Wer hätte das gedacht? Ausgerechnet du und ich." Er strahlte mich an. Er sprach zwar Deutsch mit mir, aber seine Körpersprache war für alle universal verständlich. Insbesondere für Consuelo. Sie nickte mir zu, während sie ein paar Eier in die Pfanne schlug. Ich konnte ihre Gedanken so deutlich hören, als hätte sie sie laut ausgesprochen: Siehst du, ich habe dir von Anfang an gesagt, dass da etwas zwischen euch beiden läuft. Kleinlaut stimmte ich ihr innerlich zu und schaute zu Gonzalo hinüber. Den Typ hatte es erwischt, Big B. hatte sich verliebt. In mich. Und ich?

Schwierig. Mein Herz gehörte eigentlich Rafa, dennoch fühlte ich mich zu Gonzalo hingezogen. Dass mein Körper auf ihn stand, war von Anfang an klar gewesen, aber nun genoss auch der Rest von mir seine Gegenwart, seine meist ruhige und besonnene Art. Selbst der Hauch sehnsuchtsvoller Melancholie, der ihn umgab, zog mich an. Sie hatte etwas Geheimnisvolles. Aber war ich verliebt? Irgendetwas stand noch zwischen uns. Ich sprach es laut aus.

„Wir kennen uns so wenig."

Gonzalo nahm ein Stück Eieromelette auf seine Gabel.

„Das würde ich nicht unterschreiben. Im biblischen Sinne etwa kennen wir uns durchaus." Er musste gar nicht erst weitersprechen, ich spürte bereits, wie ich rot wurde. Ich nahm einen Schluck Kaffee und fuhr fort, meine Verwirrung in Worte zu fassen.

„Aber, abgesehen davon. Ich meine, was unsere Lebensgeschichte angeht, doch eher nicht."

Gonzalo kaute unbeeindruckt weiter. Ich wurde konkreter.

„Martina."

Touché. Ich hatte Gonzalo kalt erwischt.

„Was weißt du von Martina?" Er wirkte verstört.

„Nichts. Das ist es ja."

„Wer hat sie erwähnt?"

Ich war erleichtert, dass uns Consuelo in diesem Moment unterbrach, um mir in einer komplizierten

Transaktion ebenfalls ein brutzelndes Omelette aus einer heißen Pfanne mit dem Schieber auf meinen Teller zu manövrieren.

„Danke. Es riecht wunderbar." Während ich sofort anfing, die Eiermasse zu essen, fiel mir auf, wie Gonzalo auf seinem Teller unlustig vor sich hin stocherte. Ich wollte seine gute Laune nicht zerstören, wusste selbst nicht, warum sich unser Gespräch plötzlich zu einem Stasiverhör entwickelt hatte.

„Rafael."

Jetzt hatte er mich am Schlafittchen. Mein Herz begann mit einem Mal lauter zu schlagen. Ich schämte mich, kam mir wie eine Verräterin vor.

Ohne, dass wir es bemerkten, hatte sich Consuelo uns von hinten genähert. Sie sprach uns auf Spanisch an und holte uns dadurch nach Granada in ihre Wohnhöhle zurück.

„Könntet Ihr gleich nach dem Frühstück wohl einen kleinen Spaziergang machen? Nicht, dass ich euch hinauswerfen will, aber ich muss dringend aufräumen."

Und so beendeten wir schweigend unser Morgenmahl, trugen brav unser Geschirr in die Küche und gingen vor die Tür. Wir hatten wohl ziemlich lange geschlafen, die Sonne stand schon hoch oben am Himmel. Es war so heiß, dass wir automatisch auf der schattigen Seite des Weges liefen.

„Okay, Mia, ich hatte es fast vergessen, dass ihr Deutschen so gerne Beziehungsgespräche führt. So nennt man, wenn ich mich recht erinnere, das, was wir hier tun, doch?"

Es rührte mich an zu sehen, wie er so besorgt, betroffen und etwas wütend dreinschaute. Plötzlich fiel eine große Last von mir ab. Eigentlich war doch alles ganz einfach. Es war ein schöner Tag, ich befand mich an einem wunderbaren Ort, ein aufregender Mann stand neben mir.

„Aber nein, das sind doch die US-Amerikaner. We need to talk about it. Wir Deutschen wissen, dass Reden Silber und Schweigen Gold ist, man schöne Situationen nicht zerreden sollte."

Paradoxe Intervention nannte man meinen kleinen Kunstgriff zur Gesprächsauflockerung.

Gonzalo lachte. „Da bin ich froh, dass du das so siehst." Er kickte einen Stein vor sich her, während er weiter den Weg entlang lief. Etwas später blieb er stehen.

„Komm, lass uns hier auf dem steilen Pfad nach oben steigen. Siehst du den Felsen dort hinten?" Ich nickte. „Von da aus haben wir einen fantastischen Ausblick." Die Route, die Gonzalo einschlug, machte jedes Gespräch unmöglich. Wir kamen beide in den ersten Minuten schon aus der Puste. Unter meinen Achseln bildeten sich wahre Wasserfälle, aber die Strapazen lohnten sich. Der Felsen oben war sonnenwarm. Es roch intensiv nach Oregano, unter uns lag Granada im Nebel. Nachdem wir uns ein wenig vom Aufstieg erholt hatten, fing ich an.

„Bereit für die Stunde der Wahrheit?"

„Klar."

„Also, was war das zwischen Martina und dir?"

„Muss das sein?"

Er strich mir eine feuchte Haarsträhne aus meinem Gesicht. Mein Körper schrie nach mehr Berührung.

„Ja!", unterdrückte mein Verstand meine Sehnsucht nach Sinnlichkeit. Gonzalo rückte ein wenig von mir ab, starrte vor sich hin und versuchte, sich zu sammeln.

„Martina ist meine Ex-Frau."

„Oh, du bist verheiratet", entfuhr es mir.

„Ich war es. Leider nur kurz. Nach zwei Jahren reichte sie die Scheidung ein. Zu einem sehr unpassenden Zeitpunkt. Ich hatte ihr zuliebe meine Anstellung bei der ‚El País‘ gekündigt und bin zu ihr nach Deutschland gezogen. Dort habe ich versucht, mich mit Schreibaufträgen über Wasser zu halten. Als Notlösung, denn die großen seriösen Zeitungen haben mich nicht genommen und für Magazine wollte ich nicht schreiben. Na ja, nach einem halben Jahr der Jobsuche, war ich dann doch weichgekocht und arbeitete als Texter für eine Werbeagentur. Seitdem habe ich Hochachtung vor griffigen Slogans. Es ist gar nicht so einfach, etwas locker flockig auf den Punkt zu bringen."

Ich wollte ihm gerade widersprechen, denn das meiste, was ich an Werbelyrik kannte, war erbarmungslos schlecht. Ich dachte da beispielsweise an die unfreiwillig komische Hymne auf das Zusammenspiel von Bienen und Blumen, welche das Etikett meines Biohonigs in Köln geschmückt hatte. Gonzalo jedoch war nicht in der Stimmung, dieses Thema zu vertiefen.

„Tja, und pünktlich zu dem Termin, als die ‚El País‘ gerade meinen Nachfolger fest angestellt hatte, warf mir Martina alles vor die Füße und bat mich, so schnell wie möglich auszuziehen. Sie war schwanger von der großen Liebe ihres Lebens."

„Oh Mann, das ist ja heftig!"

Gonzalo lachte kurz bitter auf.

„Das tut mir wirklich leid“, formulierte ich unsicher und legte meinen Arm um seine Schulter. Ich spürte, wie er sich etwas entspannte.

„Schlechtes Timing, würde ich mal sagen“, versuchte ich es mit einem zaghaften Scherz.

„Ganz schlechtes Timing“, nahm er meine Formulierung auf. „Hätte mich meine Schwester nicht in jeglicher Hinsicht unterstützt, wäre ich unter die Räder gekommen. Als es mir gelang, mich wieder zu fangen, ging ich nach Andalusien. Auf meine Landsleute ist wenigstens Verlass.“

Gonzalo schien immer noch zu leiden.

„Wann ist das denn passiert?“

„Seit drei Monaten ist die Scheidung durch. Martinas Tochter kann bereits laufen.“

Ich wartete noch ein wenig, aber mehr wollte oder konnte er mir im Moment nicht anvertrauen. Ich nahm seine Hand.

„Danke, dass du es mir erzählt hast, obwohl es dich noch immer so aufwühlt.“ In dieser Sekunde wollte ich ihn vor allem Übel der Welt beschützen. Zwei Sekunden später ging mein Verstand dazwischen. Die Nächste, die ihm Leid zufügen könnte, wäre vermutlich ich selbst. Kein gutes Gefühl.

„Jetzt du: Wer ist dieser Rafael? Mein Gott, wie er dich auf deiner Feier angestarrt hat!“

„Da muss ich etwas länger ausholen.“

„Dann tu das.“

„Okay. Also, bis jetzt war das so, dass ...“ Ich bemerkte, dass meine romantischen Schilderungen von früher gar nicht mehr richtig passten, dennoch gelang es mir nicht, sie ganz fallenzulassen. Und so spulte ich routiniert wie immer meine Lieblingserinnerungen ab, dieselben, die ich die letzten acht Jahre hindurch billiardenfach in meinen Tagträumen zelebriert hatte. Pikante erotische Details ließ ich natürlich diskret unter den Tisch fallen.

„In Köln lebte ich als Einzelkind bei meinen Eltern und verbrachte eine unspektakuläre, eher langweilige Schulzeit. Erst nach dem Abi fing mein Leben an. Als Au-pair ging ich, gegen den Willen meiner Eltern, nach Spanien. Ich arbeitete als canguru für Pablo und Pilar, die hast du ja auf meiner Einweihungsfeier kennengelernt. Morgens besuchte ich die Sprachschule, in der ich Lynn und Raquel kennenlernte."

„Deine deutsche Freundin aus Triana und die hübsche Freundin von dem Pressesprecher des deutschen Colegios, der uns mit einer Rufmordklage gedroht hat?"

„Ähm, richtig. Genau die." Jetzt hatte er mich aus dem Konzept gebracht.

„Das Jahr in Sevilla war ungelogen das Beste in meinem Leben. Meine Eltern waren früher das, was man heute so modisch Helikopter-Eltern nennt und ich war so stolz, mich von ihnen mit einem Schlag befreit zu haben. Endlich war ich nur noch auf mich alleine gestellt, konnte mich neu erfinden. Rafael lernte ich durch meine Gasteltern kennen. Er führte mich aus. Nun ja, er war mein erster echter Freund."

Gonzalo runzelte die Stirn.

„Und dann starben meine Eltern. Auf der A4. Man teilte es mir telefonisch mit. Es war fürchterlich, ich war gerade dabei gewesen, mich für einen Kinobesuch mit Rafael schön zu machen."

Ich spürte, wie mir erneut die Tränen aufstiegen. Es war einfach zu viel für mich innerhalb so kurzer Zeit gleich zweimal diesen grausamen Verlust noch einmal zu durchleben. Gestern hatte Consuelo keine Ruhe gegeben und nun schlug Gonzalo in dieselbe Kerbe. Dabei hatte ich gehofft, dass die Giftfläschchen mit den Erinnerungen an den Tod meiner Eltern auf den imaginären Kellerregalen bereits Spinnfäden angesetzt hätten! Schnell fasste ich das Ende zusammen.

„Und dann war alles anders. Ich ging nach Deutschland zurück und hatte niemanden mehr, musste alleine zurechtkommen. Rafa brach trotz gegenteiliger Versprechen jeglichen Kontakt ab.“

„Hast du ihn nicht einmal darauf angesprochen?“

Diese Idee war mir noch nie gekommen. Ich überlegte.

„Ich hatte Angst.“

„Auch heute noch?“

Mir wurde das Gespräch zu persönlich.

„Na ja“, ignorierte ich seinen Vorschlag. „Nachdem ich also, wie man so schön sagt, den Ernst des Lebens kennengelernt hatte, habe ich Psychologie studiert.“

„Hattest du das schon immer vorgehabt?“

„Aber nein. Wäre vorher nicht nötig gewesen.“

„Und jetzt?“

„Jetzt bin ich wieder hier, versuche anzuknüpfen an früher.“ In Gedanken ergänzte ich den Satz noch um: *Und fliehe vor Sophia, Lukas und dem spießigen Leben.*

„An das Lebensgefühl von früher“, wiederholte Gonzalo ungläubig.

„Warum nicht? Was ist daran falsch? Komm, lass uns gehen, Consuelo ist sicherlich fertig mit dem Großreinemachen."

Ruckartig stand ich auf und preschte als erste wütend den Berg hinunter. Ich stolperte und lag zwei Minuten später auf dem Boden. Die Welt hatte sich gegen mich verschworen! Gonzalo streckte mir die Hand aus, half mir hoch. Zusammen rutschten und kletterten wir Stück für Stück nach unten, bis wir endlich wieder auf dem Weg ankamen. Gonzalo hatte aus mir unbekannten Gründen seine gute Laune wiedergefunden, pfiff widerlich fröhlich vor sich hin, so als ob er mich gezielt reizen wollte. Mir ging es in Granada deutlich schlechter als in Sevilla, am liebsten hätte ich sofort den Rückweg angetreten. Vor Consuelos Wohnung teilte ich Gonzalo mit, dass ich ein wenig Zeit für mich bräuchte und nicht mit hineinkommen wollte.

„Ja klar. Kein Problem. Ach so, heute Nachmittag möchte ich dir ein paar Bekannte von mir vorstellen, nimm dein Aufnahmegerät mit." Dieser Scheißapparat war an allem schuld, ratterte es in meinem Kopf. „Du wirst schon sehen", fuhr Gonzalo fort, „früher war nicht alles gut, genauso wenig wie heutzutage alles schlecht ist. Also in zwei Stunden hier?"

„Ja", keifte ich und stiefelte davon. Gonzalo lachte nur und strich mir zum Abschied über mein strubbeliges pinkes Haar.

Als ich die Straßen entlang hastete, empfing ich eine SMS von Lynn.

Hi, Süße, bleibt es bei unserem Tanztermin am nächsten Wochenende?

Sollte ich zu- oder absagen? Ich wusste zwar nicht, wie ich es kräftemäßig überstehen würde, denn der Granada-Trip mit seinen emotionalen Karussellfahrten hatte mir wirklich Kraft geraubt, aber ich wollte im Moment nichts lieber tun, als nonstop zu schwitzen, zu tanzen und zu grölen. Und so tippte ich: „Claro que sí" und drückte auf senden. Unlustig lief ich in Sacromonte rum, war aber so mit meinem aufgewühlten Innenleben beschäftigt, dass ich von meiner Umgebung so gut wie nichts wahrnahm. Auf jeden Fall war ich happy, als die hundertzwanzig Minuten endlich abgelaufen waren und ich von meinen Grübeleien befreit wurde.

„Bist du bereit, hast du alles?", empfing Gonzalo mich fröhlich am verabredeten Treffpunkt.

Ich betrat die Wohnhöhle. Consuelo hatte Meister Propper Konkurrenz gemacht, alle Zimmer durchgeputzt und tipptopp aufgeräumt. Ich hatte schon vor dem Frühstück meinen Schlafsack zusammengeknüllt und die Hülle über das Plumeau gewurstet. Der Rucksack stand aufbruchsbereit vor dem Schminktisch. Mit der Hand prüfte ich, dass Block, Kuli und Aufnahmegerät griffbereit in der Vordertasche verstaut lagen. In der Küche verabschiedete ich mich herzlich von Consuelo und hielt Ernesto auf Abstand, als er mich ebenso eng umarmen wollte, wie ich es mit seiner Mutter getan hatte. Ich bedankte mich noch einmal, Consuelo flüsterte mir ein „cuídate mucho, pass gut auf dich auf" zu und dann trottete ich Gonzalo in Richtung Auto hinterher. Er verstaute unser Gepäck auf der Ladefläche, ich wartete, bis er neben mir auf dem Fahrersitz Platz

nahm und fragte endlich neugierig: „Gonzalo, wohin
geht's denn überhaupt?"

„In die Innenstadt." Ich lachte und spürte, wie meine
schlechte Laune allmählich verflog. Dieser dreiste Kerl
legte es drauf an, mich auflaufen zu lassen.

„Aha, dann ist ja alles klar", stimmte ich ihm zu und
ließ meine Stimme vor Ironie nur so triefen.

Gonzalo fuhr bedächtig die staubige Straße hinunter
und legte dann seine rechte Hand auf meinen Ober-
schenkel. Die Stelle fing sofort zu kribbeln an.

„Denkst du noch an heute Morgen?"

Ich wollte erst einen Witz machen, mich dumm stellen, so etwas sagen, wie: an unser Streitgespräch auf
dem Felsen? Stattdessen lehnte ich mich an ihn. Er roch
wunderbar, männlich-gepflegt.

„Es war wunderschön."

„Oho, und das obwohl wir uns in der Gegenwart befinden."

„Was soll das? Was willst du damit sagen?"

„Nichts, nichts." Gonzalo grinste frech vor sich hin
und legte einen anderen Gang ein, denn es ging bergab.

„Also, im Ernst, was machen wir?"

„Ich möchte dir ein paar Freunde von mir vorstellen."

Was für ein Dickkopf! Ich bewegte meinen Zeigefinger in einer Dauerspule.

„Das weiß ich bereits. Und weiter?"

„Indignados. Die Verlierer der Wirtschaftskrise. Aber
das Besondere an den selbsternannten Wutbürgern ist,
dass sie nicht aufgeben. Statt sich als Opfer zu fühlen,
versuchen sie mit Phantasie und Zusammenhalt gegen
die vielen Hindernisse anzugehen, die ihnen die kor-
rupte Zentralregierung in Madrid in den Weg legt."

Gonzalo warf einen kurzen Blick über die Schulter.

„Nimm's nicht persönlich, aber ähnlich wie die Griechen sind die Leute hier unten nicht allzu gut auf eure Kanzlerin zu sprechen."

Ich konnte den Gedankensprung nicht sofort nachvollziehen und fragte etwas dämlich nach: „Frau Merkel?"

„Eben die!"

„Oh!"

„Also, der Erste heißt Enrique."

Ich versuchte, mir den Namen einzuprägen. Gesichter konnte ich mir schon merken, aber mit Namen hatte ich so meine Schwierigkeiten.

„Okay, was ist Enriques Geschichte?"

Gonzalo stieß mich mit seinem Ellbogen spaßeshalber in meine Rippen.

„Hey, Chica, jetzt klingst du schon wie eine richtige Reporterin. Also, Enrique ist Arzt, Internist, behandelt hauptsächlich Senioren auf der Gerontologischen. Doch im Krankenhaus gab es in den letzten Jahren verstärkt Kürzungen. Das Gesundheits- und das Bildungssystem hat es besonders hart getroffen. Innerhalb von wenigen Wochen wurden die Leistungen erst auf die Hälfte und mittlerweile ganz gekürzt. Infolgedessen ist Enrique so wie viele seiner Kollegen arbeitslos und die Senioren bleiben unbehandelt."

Gonzalo war zu recht empört. Aufgeregt sprach er weiter: „Dass man so mit Menschen umgeht, ist unverantwortlich! Das sind doch keine Maschinen, die man repariert oder auf den Schrottplatz wirft! Und gerade dir als Psychologin muss ich nicht erst erklären, wie lange es dauert, bis man ein Vertrauensverhältnis zu älteren Patienten aufgebaut hat."

„Kann ich mir vorstellen. Und, was macht dein Arztfreund jetzt?"

„Er hat sich arbeitslos gemeldet und nutzt seine freie Zeit, um friedliche Proteste zu organisieren, Unterschriften zu sammeln, aufzuklären."

Sonderlich erfolgversprechend hörte sich das alles nicht an.

Gonzalo bremste, offensichtlich wohnte Enrique hier. In einem ziemlich heruntergekommenen Wohnhaus, wie ich fand. Auf den ersten Blick jedenfalls, korrigierte ich mich in Gedanken selbst, wollte nicht voreingenommen sein. Gonzalo schellte und ein junger, sportlicher Mann öffnete uns. Er trug ein modisches türkisfarbenes T-Shirt, das seinen durchtrainierten Bizeps gut zur Geltung brachte. Die beiden Männer begrüßten sich freundschaftlich, während ich versuchte, an ihnen vorbei zu schauen, um einen Einblick in die Wohnung zu erhalten. Von hinten drang Stimmengemurmel an mein Ohr. Seltsam, es schienen viele Personen anwesend zu sein, so als ob Enrique bei seiner Großfamilie untergekommen wäre. Ich schaltete das Aufnahmegerät ein, um mich beim Schreiben einer Reportage an die Atmosphäre des Hauses zu erinnern. Ich hatte bereits von mehreren Seiten gehört, dass in den spanischen Familien Alt und Jung in schwierigen Zeiten einander beistanden. Das war wohl auch überlebensnotwendig, denn ein engmaschiges soziales Netz wie in Deutschland üblich, gab es in Spanien nicht. Enrique bat uns herein. Merkwürdige Familie, viele Studenten, aber auch mittelalte Personen, Senioren, einige Kinder.

„Gonzalo!" Flüsternd versuchte ich, seine Aufmerksamkeit auf mich zu ziehen. Ich musste einige Anläufe machen, denn Gonzalo schien hier alle zu kennen, bewegte sich schulterklopfend und Küsschen hauchend durch die Menge. Endlich reagierte er.

„Was denn?"

„Ist das Enriques Familie?"

„Nein, das ist das kulturelle Zentrum von der Plattform gegen die Zwangsräumung, PAH, habe ich dir doch kurz erzählt ..."

Was? Nie von gehört. Aber, egal, die Stimmung war nett, auch, wenn mich mein Akzent als Deutsche outete, behandelten mich alle freundlich und zuvorkommend. Und so führten wir in den nächsten zwei Stunden verschiedene Interviews und hörten uns eine Vielzahl von Lebensgeschichten an. Einige gingen mir ziemlich nah. Zum Beispiel die von einer recht gebrechlich wirkenden zweiundsiebzigjährigen Rentnerin, die ihre Dreizimmerwohnung räumen sollte, weil sie die Kredite nicht mehr zurückzahlen konnte. Zum Glück konnte ihr Enrique durch seine Kontakte zur Organisation helfen, die Kündigung wieder rückgängig zu machen. Er stellte uns Adriana, eine sehr hübsche Juristin vor. Adriana hatte die Dame durch entsprechende Briefe wohl vor der Räumung gerettet. Ich hatte zwar Hochachtung vor der ehrenamtlich arbeitenden Juristin, aber es gefiel mir gar nicht, wie sie Gonzalo immer am Arm berührte und ihm vielsagende Blicke zuwarf. Ich versuchte, mich einzig und allein auf das Handling meines Aufnahmegerätes zu konzentrieren. Als wir genügend O-Töne, also Zitate für unsere Artikel hatten, organisierte Gonzalo uns zwei Gläser Wein.

Ich lachte. Egal, wie knapp man bei Kasse war, für Wein schien immer Geld da zu sein. Allerdings war davon auszugehen, dass es sich bei dem Getränk weniger um einen exquisiten Tropfen, sondern eher um die Billigversion aus dem untersten Supermarktregal handelte. Sei's drum, die Geste hatte einen trotzigen Charme. „Kommen wir zum gemütlichen Teil." Während er sich auf ein ziemlich verschlissenes Sofa plumpsen ließ und mit Adriana, die er immer öfter Adri nannte, rumalberte, schaute ich mir die spanischen Wutbürger genauer an. Ich hatte eine eher heruntergekommene Szene erwartet, so Alt-68er mit versprengten Punks dazwischen. Doch statt von Campino und Connie Cramer war ich von Normalos umgeben. Auf den ersten Blick wirkten sie anständig gekleidet, ich jedenfalls sah ihnen ihre Geldprobleme nicht an und fast alle, mit denen wir gesprochen hatten, verhielten sich höflich, waren gebildet und konnten eloquent und sehr nachvollziehbar ihre Sorgen und Wünsche in Worte fassen. Nachdem ich mein Glas geleert hatte, wurde mir meine Rolle als Zuschauerin langweilig. Aber dafür, mich in den Smalltalk zu werfen, fehlte mir die Energie.

„Gonzalo, sollten wir nicht bald mal aufbrechen?"

Adri machte einen Witz und tat so, als könnte sie seine Hand nicht mehr loslassen, doch Gonzalo entwand sie ihr mit einem zweideutigen Lächeln. Ich hätte kotzen können, ob ihrer neckischen Turteleien.

„Zeig mir mal deine Finger!" Adriana nahm sich erneut seine Hand vor. Wann hatte das ein Ende? Jetzt drehte sie sich zu mir um. Sie sprach überbetont und extrem langsam, so als ob ich auf den Kopf gefallen wäre.

„Wusstet ihr in Deutschland schon, dass man die Treue von Männern an dem Größenunterschied zwischen Zeige- und Ringfinger erkennen kann?“

„Hört sich ja wahnsinnig wissenschaftlich an.“

„Doch, doch“, mischte sich eine Frau, die neben uns stand, ein. „Das hängt wohl mit dem Testosteronwert zusammen.“

„Na dann“, kommentierte ich skeptisch, stand auf und wollte aufbrechen.

Gonzalo wiederum lehnte sich entspannt in dem Sofa zurück, so als hätten wir alle Zeit der Welt.

„Und, zu welchem Schluss kommt meine Lieblingsjuristin bei ihrer Untersuchung?“

Ja, zugegeben: Ich hatte eine ausnehmend schöne und leidenschaftliche Nacht mit Gonzalo verbracht. Dennoch war es albern, dass ich eifersüchtig auf ihn war. Nur, weil wir ziemlich scharfen Sex hatten? Himmel, der Typ war mein Chef! Das Ganze sollte ich so schnell wie möglich wieder vergessen. Jetzt verschob sich Gonzalos T-Shirt auch noch so, dass ich seinen durchtrainierten Bauch sah. Was für ein Anblick! Leider schien das außer mir auch die restliche Frauenwelt zu finden.

Adriana blickte ihm gespielt, das hoffte ich zumindest, tief in die Augen.

„Du wirst deine Zukünftige sehr glücklich machen und ihr treu bleiben.“

Während ich noch darüber nachdachte, dass die Schöne vermutlich von sich selbst sprach, bemerkte ich, dass in diesem Augenblick Gonzalos Stimmung kippte.

„Damit sagst du mir nichts Neues, schließlich bin nicht ich derjenige, der in Beziehungen den Drang verspürt, sich polygam zu verhalten."

Er warf mir einen kurzen Blick zu und erhob sich ebenfalls.

„Komm, lass uns starten!" Er verabschiedete sich von seinen Bekannten und drängte sich mit mir in Richtung Tür durch. Ich bedankte mich ebenfalls, schenkte allen ein Lächeln und verließ als Erste dieses merkwürdige politische Zentrum, welches, abgesehen von Adri, die Wärme eines gut funktionierenden Mehrgenerationenhauses ausstrahlte.

Im Auto gab Gonzalo Gas, sobald wir uns angeschnallt hatten.

„Nette Leute", sagte ich, um ihn aufzumuntern.

„Das sind sie." Er nickte kurz und konzentrierte sich auf die Fahrt.

„Danke, dass du mich mitgenommen hast."

Erstaunlich kurz angebunden antwortete er mir, dass wir aus den Gesprächen sicherlich einen guten Artikel machen könnten. Okay, er setzte auf die Berufsschiene. War mir nur recht.

„Und dann geht es jetzt hurtig nach Hause?"

„Hurtig?"

„Schnell." Er sprach sonst wie ein Muttersprachler, komisch, dass er dieses Wort nicht kannte – oder nicht kennen wollte.

„Nein, also fast. Wir machen vorher noch einen kleinen Boxenstopp im Rastro."

Rastro? Diesmal brauchte ich einen Augenblick, um mich an meine Küchenstühle, diese Flohmarktgeschichte mit Möbeln, die von Ex-Junkies wieder instand gesetzt worden waren und die Gonzalo anschließend umstylte, zu erinnern.

„Das Second-Hand-Möbelgeschäft?“

„Ja, gebrauchtes Mobiliar.“

Ich grinste, eitel war der Kerl ja doch. Ich könnte schwören, dass er mit seinen Deutschkenntnissen etwas zu glänzen versuchte.

Aus den Augenwinkeln sah ich, dass Gonzalo ebenfalls lächelte. Mir wurde wohlig warm und ich war schon wieder dabei, sanft einzuschlummern.

Ich war schon halb eingeschlafen, als wir vor dem Lager, das sich ein wenig außerhalb von Granada befand, anhielten.

„Willst du im Auto warten?“

„Hm“, murmelte ich müde und schlief alsbald wieder fest ein. Dieses Wochenende hatte es echt in sich gehabt. Ich wurde wieder wach, als der Wagen wackelte, weil hinten etwas eingeladen wurde. Ich hörte Gesprächsfetzen, dann setzte Gonzalo sich hinter das Steuer und es ging ohne weitere Pause nach Sevilla. Als wir mehrere Stunden später ankamen, rüttelte er mich sanft.

„Mia, aufwachen. Wir sind da.“

Ich rieb die Augen und schaute desorientiert aus dem Fenster. Wir standen unter einer Straßenlampe direkt vor meinem Haus. Gonzalo gab sich sehr kurz angebunden und geschäftlich, stieg aus, trug mein Reisegepäck vor die Haustür und ließ ein nüchternes „Also, dann bis morgen“ verlauten.

Ich bedankte mich noch etwas tumb im Halbschlaf bei ihm und hielt ihm meine Wangen für die Abschiedsküsschen hin, hoffte dabei insgeheim auf einen

richtigen Gutenachtkuss, doch Gonzalo ignorierte die
Geste. Stattdessen nickte er mir kurz zu, stieg ins Auto
und fuhr sofort los. Ich fingerte gähnend nach meinem
Haustürschlüssel. Als ich im Bett lag, stellte ich den Wecker. Wie sollte ich morgen nur aus den Federn kommen? Und wie würde es werden, Gonzalo nach diesem
Wochenende in der Redaktion wiederzusehen?

Kapitel 21

S wie Säulen

Das Zitat des Tages:

„Nicht nur für suchtgefährdete Klienten, auch für die Arbeit mit Burn-out-Gefährdeten, ist es unabdingbar, ihnen zu zeigen, dass ihr Leben auf mehreren identitätsstiftenden Säulen beruht. Der einseitigen Überbetonung nur eines Aspektes, meist der Arbeit, kann durch die Bereiche: Hobby, Körper und Gesundheit, Freunde, Familie etc. etwas entgegenhalten werden. Sobald das Selbstbewusstsein gleichmäßiger verankert wird, droht nicht die gesamte Existenz ins Wanken zu geraten, wenn eine Säule Probleme bereitet oder gar wegfällt.“

(Ratgeber für angewandte Psychologie, S. 174)

Als ich am nächsten Morgen auf der von Pablo geborgten Matratze aufwachte, hatte ich das Gefühl, das Wochenende wäre nur ein Traum gewesen. Schlaftrunken erinnerte ich mich daran, dass Raquel uns damals beigebracht hatte, dass das Verfließen der Grenzen zwischen Wirklichkeit und Traum im Barock in Spanien wohl ein klassisches Thema gewesen war. Mir kam mein eigenes Leben auch ausgesprochen unwirklich vor. Ich und Gonzalo als Liebespaar? Das schien mir absurd und ganz weit weg zu sein. Dennoch schien mein Körper sich zu erinnern. Ich trug seinen Geruch noch in mir, wusste genau, wie sich unser Liebesspiel angefühlt hatte. Dann dachte ich daran, wie wir den Berg hinaufgekraxelt waren und Gonzalo mir, oben angekommen, ganz zärtlich eine Haarsträhne aus meinem verschwitzten Gesicht gestrichen hatte. Wie war noch der Spruch der schönen Juristin gewesen? Irgendein Abstand zwischen den Fingern einer Hand wies angeblich auf eine Disposition zur Treue hin? So ein Unsinn, als ob so etwas genetisch bedingt wäre! Testosterongehalt hin und her. Für mich hörte sich das eher nach einer Bauernweisheit in der Art „die Länge der Nase des Mannes ist so groß wie sein Johannes" an. Aber, egal wie merkwürdig die Umstände unserer gemeinsamen Nacht auch immer gewesen waren, sie war magisch und ich würde sie hoffentlich nicht bereuen. Hoffentlich, denn unsere Beziehung war eindeutig ziemlich vertrackt. Ich mochte gar nicht daran denken, ihm in einer Stunde wieder am Schreibtisch in seinem Büro gegenüberzusitzen zu müssen. Ich machte mich im Bad sorgfältiger zurecht als sonst und bummelte vollkommen demotiviert zur Arbeit. Mein Kopf wollte pünktlich sein, aber meine Beine verlangsamten sich proportional zur Nähe der Redaktion.

Der Bürotag erwies sich als absolut unspektakulär. Gonzalo verhielt sich wie ein Bankangestellter mit Pokerface, las meinen Artikel gegen, markierte ein paar Stellen, die ich umschreiben sollte. Um genau sechzehn Uhr warfen wir dann die Frucht unserer Arbeit Lidia zum Fraß vor. Sie nestelte ein wenig verlegen vor unseren Augen eine zarte Lesebrille aus ihrer Hemdtasche hervor und las dann unsere Ergüsse mit gerunzelter Stirn. Beim Lesen hatte sie den Tick, wie eine Grundschülerin mit dem Zeigefinger unter jedem Wort entlangzufahren, während sie es zeitgleich halblaut vor sich hin sprach. Diese Mischung, das Aussehen einer Professorin zusammen mit dem Verhalten einer Schülerin, belustigte mich.

Aus Lidia wurde ich einfach nicht schlau. War sie für oder gegen mich, mochte sie Gonzalo oder nahm sie ihn nicht für voll? Fragen über Fragen. Ich schaute zu Gonzalo und mir fiel auf, wie unruhig er auf seinem Stuhl herumrutschte. Das war der Augenblick, als mich meine Heiterkeit schlagartig verließ, da ich ebenfalls wahrnahm, dass Feindseligkeit in der Luft lag. Gonzalo schaute mir das erste Mal an diesem Arbeitstag länger ins Gesicht, hob dann vielsagend die Augenbrauen und deutete mir auf diese Weise an, dass irgendetwas nicht gut liefe. Und richtig, er vermochte die Körpersprache unserer Chefredakteurin besser zu lesen als ich, denn als Lidia zum Ende der beiden Artikel gekommen war, beschränkte sich ihr Kommentar auf eine kurze rhetorische Frage.

„Und, wo ist die Gegendarstellung?"

„Was meinst du? Vor dir liegen doch unsere beiden Kommentare."

Lidia äffte ihn nach: „Unsere beiden Kommentare? Das ist ein Artikel in zwei Ausführungen. Genau der gleiche Text, die gleiche Aussage, nur ein wenig unterschiedlich formuliert. Die Indignados sind die Zukunft des Volkes. Kein Geld, aber hohe Ideale. Die neuen Gutmenschen Europas. Bitte, wer will das lesen?"

Ich konnte ihr nicht folgen und schaute Hilfe suchend zu Gonzalo hinüber. Lidia steigerte sich immer mehr in ihre Wut hinein. „Gonzalo, wie oft muss ich dir das noch sagen: Unsere Zielgruppe sind keine ,Cambio 16'-Intellektuelle, sondern Bauern, Frisöre und Kellner."

Gonzalo ließ sich durch Lidias keifende Stimme nicht aus der Ruhe bringen.

„Aber Lidia, was du in den Händen hältst, das sind die Gegendarstellungen. Du weißt, wie die Presse normalerweise über die PAH schreibt, wie sie oft genug den Sparkurs der Regierung schönredet und nicht wagt, das unfassbare Ausmaß der Korruption bis hoch zur Königsfamilie anzuklagen."

Lidia erhob sich ärgerlich, wedelte wild mit den Ausdrucken und lief erregt auf und ab.

„Mia, würdest du bitte deinem Kollegen noch einmal das Pro- & Kontra-Konzept eurer Artikel erklären?"

Die Gedanken rasten mir durch den Kopf. Was war das für ein Auf und Ab in dieser Redaktion? Erst wurde ich angefeindet, weil ich mich kritisch über den Sprecher der deutschen Privatschule geäußert hatte, jetzt wurde uns vorgeworfen, dass Gonzalo und ich zu einvernehmlich schrieben.

„Wenn ich dich richtig verstehe, willst du sagen, dass Gonzalo und ich beide in dasselbe Horn blasen, statt gegensätzliche Positionen zu beziehen."

„Wenigstens eine von euch hat hier den Durchblick nicht verloren!"

Lidia baute sich, die Hände theatralisch in die Hüfte gestemmt, vor Gonzalo auf. Allmählich wurde mir klar, welche Strategie Lidia fuhr. Sie wollte uns auseinanderdividieren, uns gegeneinander ausspielen. Ich schaute Gonzalo an. Er zwinkerte mir zu und deutete ein Kopfschütteln an. Ich wusste, dass er sich auf solche Spielchen nicht einließ. Ich fühlte mich ihm verbunden, wusste, dass auf ihn Verlass war. Mir wurde warm ums Herz. Er würde mich nicht im Stich lassen. In meinem Hirn flackerten Erinnerungen daran auf, wie er mich vor dem Klein verteidigt hatte. Neue Kraft durchströmte mich. Ich atmete einmal gut durch und bemühte mich, entspannt rüberzukommen. Lächelnd sprach ich Lidia ebenfalls mit Vornamen an und verteidigte uns.

„Lidia, natürlich verstehen wir dich. Diese Art von Artikeln ist neu, eine Abweichung von unserem bisherigen Aufbau, aber wir dachten uns, das Thema allein ist schon strittig genug. Für den Leser ist es doch vielleicht sogar wohltuend, dass ihm diesbezüglich eine eindeutige Position, eine gemeinsame Meinung dargeboten wird. Gerade in diesem Punkt ist es doch wichtig, dass ein Spanier und eine Deutsche wie aus einem Munde sprechen. Genau das erwartet die Leserschaft nicht, genau das reizt sie, unsere Zeitung zu kaufen. Ich bin sicher, dass sie sich in ihren Leserbriefen positiv zu unserer Reportage stellen werden.“

„Das ist keine Reportage, dafür bezieht ihr zu stark Stellung, seid zu einseitig. Das sind Kommentare“, zischte Lidia.

Jetzt hatte ich sie noch mehr gegen uns aufgebracht. Hilfe suchend schaute ich zu Gonzalo. Mein Kollege beugte sich leicht nach vorne.

„Alles gar kein Problem", versuchte er es mit Deeskalation. „Entweder du lässt dich auf unsere kleine Innovation ein, oder wir schreiben dir noch einen Gegenartikel."

„Was ist nur in euch gefahren? Plötzlich macht ihr so auf Zweisamkeit, wir schreiben, wir finden. So funktioniert das nicht!"

Die Gute sah uns forschend an, schien etwas von unserer Affäre zu ahnen, doch dann wurde ihre Stimme wieder etwas sanfter.

„Okay, dieses Mal lasse ich es euch durchgehen. Allein schon aus praktischen Gründen, um nicht noch mehr Zeit zu verlieren. Damit die Ausgabe pünktlich fertig wird."

Ich bemerkte, wie Gonzalo neben mir aufatmete.

„So wichtig ist eure Rubrik auch wieder nicht, ein wenig amüsante Unterhaltung mehr nicht, also wollen wir unsere Diskussion nicht zu hoch hängen."

Gonzalos Körper spannte sich sofort wieder an. Das war ein Schlag unter die Gürtellinie. Sie wollte ihn bei seiner Journalistenehre treffen. Ich dachte daran, was er mir darüber erzählt hatte, dass er eine Festanstellung bei der ‚El País' für das Zusammenleben mit Martina geopfert hatte. Er hatte es sicherlich nicht verdient, so angeblafft zu werden.

„War's das?", fragte er in einem bewundernswert ruhigen Tonfall.

Lidia war in Gedanken schon ganz woanders und rauschte zwei Minuten später aus ihrem Büro heraus, wobei sie ziemlich einfallslos die Tür hinter sich zuknallte.

„Was ist denn in die gefahren?", fragte ich, bemüht, das gerade Geschehene zu verarbeiten. „Ist die immer so, wenn sie unzufrieden ist?"

Gonzalo drehte sich mit dem Bürorollstuhl in meine Richtung und machte mir ein Zeichen.

„Komm zu mir!"

Ich versicherte mich mit einem kurzen Blick, dass die Bürotür auch wirklich verschlossen war und folgte seiner Anweisung. Langsam schlenderte ich auf ihn zu, übertrieb meinen Hüftschwung ein wenig und setzte mich rittlings auf seinen Schoß, schmiegte mich an ihn. Wir küssten uns, er fuhr mit seiner Hand unter meine Bluse, mein Körper reagierte sofort und wollte mehr. Doch einer musste einen kühlen Kopf bewahren. Ich legte meine Hand auf die seine und bremste ihre Bewegung.

„Nicht hier, nicht jetzt", flüsterte ich in sein Ohr und legte meinen Kopf an seine Brust, lauschte auf seinen langsam wieder regelmäßiger werdenden Herzschlag. Doch so eng aneinandergeschmiegt wollte mir das gewünschte Cool-Down nicht gelingen. Er war zu nah, zog mich zu sehr an, die Tücken der Biologie. Ich kam kaum gegen meine Instinkte an. Zu gerne hätte ich ihm auf der Stelle die Sachen vom Leib gerissen. Diesmal hielt er inne, schob mich sanft ein wenig weiter weg. Ich rutschte vom Stuhl, knöpfte meine Bluse wieder zu. Klarer Fall von Büroerotik interruptus.

„Okay", murmelte ich und versuchte in den Alltag zurückzufinden. Meine logisch denkende Gehirnhälfte schaltete sich wieder ein, sodass ich meine aktuelle To-Do-Liste abrufen konnte.

„Muss noch etwas erledigen“, erklärte ich. „Einkäufe, Besorgungen und so.“ Das stimmte, erstens wollte ich ein Geburtstagsgeschenk für Rafas Tochter kaufen, zum zweiten ein Kleid für Lynns und meinen Clubabend. Ziemlich aufgewühlt ging ich zur Tür.

„Das mit Lidia haben wir gut hinbekommen“, versuchte ich mich wieder auf die berufliche Ebene zurück zu tasten.

„Da bin ich mir nicht so sicher“, gab Gonzalo zu bedenken. Er trat auf mich zu und verabschiedete mich mit einer sinnlichen Umarmung. „Lass dich nicht von Lidia stressen! Denke lieber an die schönen Seiten des Lebens!“ Er machte es mir nicht gerade leicht, aus dem Büro zu verschwinden. Ich grinste und zog die Tür leise hinter mir zu.

Der Nachmittag verlief enttäuschend. Was sollte ich Rafas Tochter bloß schenken? Was für eine Art von Feier war das? Kinderparty oder steifes Fest? Sollte das Geschenk dem Mädchen wirklich gefallen oder eher etwas hermachen? Ich lief durch Spielzeug- und Modeschmuckläden, blätterte Kinderbücher durch, verbrachte Stunden auf sämtlichen Etagen des Corte Inglés auf der Suche nach Inspiration, aber mir sprang nichts Überzeugendes ins Auge. Während ich anfangs das Projekt Geburtstagsgeschenk mit ziemlichem Eifer angegangen war, wohl auch, um mich nicht fragen zu müssen, was das zwischen Gonzalo und mir war, verlor ich am frühen Abend die Geduld. Nachdem ich stundenlang ebenso hektisch wie planlos immer wieder an denselben Regalen entlang durch das Kaufhaus gerannt war, zückte ich ohne weiter darüber nachzudenken, mein Handy. Mit der anderen Hand fischte ich die Geburtstagseinladung mit Rafas privater Festnetznummer aus meiner Handtasche. Wer würde abnehmen? Rafa oder Micaela?

„Dígame."

Seine Frau.

Ich stellte mich kurz vor und fragte aufgeregter als beabsichtigt, ob Rafa zu sprechen war.

„Nein, er ist nicht da."

Plötzlich kam mir Bizets Oper in den Sinn: Okay, dann also Nahkampf zwischen Mia, in ihrer Rolle als Carmen, und Micaela.

„Ich rufe wegen der Geburtstagseinladung an. Bin gerade im Kaufhaus und suche nach einem passenden Geschenk. Hat eure Tochter eigentlich einen Wunsch, den ich ihr erfüllen könnte?"

„Hm, da fällt mir so schnell auch nichts ein."

Ich hörte, wie Micaela während unseres Telefonats am Computer arbeitete.

„Welche Interessen hat sie denn so?"

„Na ja, alles, was Mädchen in diesem Alter so lieben."

Wahnsinnig gesprächig und hilfsbereit.

„Wie alt wird sie denn genau?"

„Wir feiern ihren achten Geburtstag."

„Okay." Himmel hilf, was mögen achtjährige Mädchen? Vielleicht sollte ich Pilar und Pablo fragen. So lange war das auch noch nicht her, dass ihr Töchterchen in diesem Alter gewesen war. Ich strengte mich sehr an, ließ Werbeprospekte gedanklich an mir vorbeiziehen.

„Rosa? Pferdchen? Barbie und Schminksets?"

„Ja", hörte ich Micaela nach einer kurzen Pause sagen. „Schminksets, hör mal, ich muss jetzt wirklich auflegen. Schön, dass du kommst." Bevor ich mich höflich für die Einladung bedanken konnte, hatte sie schon den Hörer eingehängt. Stammte die Idee, mich einzuladen, tatsächlich von Micaela oder war der Wunsch nach meiner Anwesenheit von Rafa ausgegangen? Wer wusste das schon? Mit dem Telefonat hatte sie mir jedenfalls geholfen, wenn auch nur widerwillig. Ziemlich schnell fand ich ein schön kitschig aussehendes Schminkset mit einem rosa Plastikspiegel in einer angemessenen Preislage. Ich seufzte vor Erleichterung, krallte es mir und lief voller Stolz auf meine Ausbeute zur nächstbesten Kasse.

Auf dem Weg zum Ausgang kam ich an einem Kleiderständer vorbei. Zwei Modelle bezauberten mich sofort. Das erste war zwar nach meinem Geschmack, stand mir aber überhaupt nicht. Dafür war das Zweite ein Glückgriff. Das Kleid war schwarz und kurzärmelig, mit einem großen Blütenmuster in Rot und Grün und wurde durch einen Gürtel in Form gebracht. Es sah sowohl pfiffig als auch elegant aus und schmeichelte meiner Figur. Ich bemerkte, wie ich vom Kaufrausch ergriffen wurde und so erstand ich gleich noch ein passendes Bolero-Jäckchen dazu. Peinlicherweise war das Jäckchen teurer als das Kleid, doch es stand mir wirklich gut, verlieh mir damenhafte Eleganz. Und im Prinzip hatte ich ein Schnäppchen gemacht: Das Kleid war für das Clubbing mit Lynn am Freitag bestimmt und am Sonntag konnte ich dasselbe Kleid mit dem Bolero zur gediegenen Geburtstagsfeier der Kleinen tragen. So gesehen hatte ich die 178 Euro nicht ausgegeben, sondern gespart. Dennoch ermahnte ich mich, in Zukunft etwas sparsamer mit dem Erbe meiner Eltern umzugehen.

Die verbleibenden Tage der Arbeitswoche verliefen unaufgeregt. Gonzalo und ich arbeiteten uns zu und verfassten zusammen die mühsam auf kontrovers gemachten Artikel. Manchmal ertappte ich ihn, wie er mich versonnen anschaute. Er wiederum kommentierte meine Stielaugen mit einem anzüglichen Lächeln, als er mitbekam, wie ich mit den Augen seinen Hemdausschnitt bis zum ersten zugeknöpften Knopf inspizierte. Doch ansonsten benahmen wir uns wie ganz normale Arbeitskollegen. Leider fuhr Gonzalo am Wochenende wieder nach Granada. Er fuhr meist weg, wenn er am Wochenende nicht arbeiten musste. An mir ging dieser Kelch zum Glück vorbei, da meine Psycho-Rubrik immer erst in der Donnerstagsausgabe erschien. Doch zum Glück hatte ich für Samstag und Sonntag genug eigene Pläne, mit denen ich mir die Wartezeit bis zu unserem Wiedersehen verkürzen konnte: Clubbing mit Lynn und diese seltsame Geburtstagseinladung von Micaela.

Lynn und ich hatten uns am Freitag für zehn Uhr abends verabredet, um uns aufzuhübschen und ein wenig vorzuglühen. Sie trug einen Minirock, der ihre langen Beine sehr vorteilhaft zur Geltung brachte, ich präsentierte ihr mein neues Kleid.

„Wow, wie gemacht für dich. Wie teuer war es denn?"

Ich klärte sie grinsend über meine doppelte „Sparaktion" auf.

„Glaubst du wirklich, dass du das Kleid in zwei Tagen erneut anziehen kannst? Ich schwöre dir, wenn wir zusammen einen draufmachen, darfst du dankbar sein, wenn dein Fummel das heil überlebt.“

„Ist das eine Drohung oder ein Versprechen?“

Lynn grinste zweideutig. Dann schenkte sie mir noch ein wenig Cava nach und setzte sich auf einen Stuhl mit züchtig übergeschlagenen Beinen.

„Und, was soll das für ein Fest werden, am Sonntag meine ich?“

„Finde ich auch seltsam, der achte Geburtstag von Rafas ältester Tochter.“

Lynn stellte ihr Glas ruckartig ab.

„Achter Geburtstag sagst du?“

Ich drehte mich und prüfte im Kleiderschrankspiegel, wie das aussah in meinem neuen Dress.

„Hm“.

„März.“

„Ja, wir haben März“, echote ich unkonzentriert.

„Das heißt, Micaela war bereits im zweiten Monat schwanger, als du im August zurück nach Deutschland geflogen bist.“

Ich hielt in meiner Bewegung inne.

„Was?“

Lynn wurde nervös, blickte zu Boden und wirkte so, als würde sie am liebsten das Gesagte wieder rückgängig machen.

„Entschuldige, ich habe nur ein wenig hin und her gerechnet“, versuchte mich meine Freundin zu besänftigen.

Plötzlich verstand ich, auf was sie hinauswollte. Rafael hatte Micaela geschwängert, als wir beide offiziell noch ein Paar waren. Lynns Blick ankerte noch immer auf den Kacheln vor ihr. Doch dann erhob sie ihren Kopf, stand auf und kam auf mich zu.

„Rafa hat mich betrogen. Damals.“

„Oh, Mia, das tut mir so leid!“

„Du meinst, er war zwar meine große Liebe, ich aber nicht seine?“ Ich musste mich zusammenreißen, sie nicht anzubrüllen.

Lynn nahm mich in den Arm, bemüht, mich zu beruhigen.

„Na ja, sagen wir mal so. Es sieht so aus, als ob du damals nicht Rafas einzige große Liebe gewesen bist.“

Plötzlich verpuffte meine Wut. Ich setzte mich auf Lynns Bett und begann zu weinen, fühlte mich unendlich schwach.

„Nicht doch, Süße, dein schönes Make-up.“

Sofort war ich wieder auf Hundertachtzig. Ich schnellte hoch und schrie meine Freundin an.

„Du verstehst nicht! Dieses Arschloch hat mir die letzten acht Jahre meines Lebens genommen. Kein anderer Typ hatte die geringste Chance neben ihm zu bestehen. Und was macht er? Betrügt mich nach Strich und Faden, baut sich ein süßes kleines Nest mit dieser Tussi auf. Lynn, gib mir mein Handy!“

„Mia, beruhig dich. Überstürze nur jetzt nichts!“

„Nein, ich weiß genau, was ich tue. Ich brauche Klarheit!“

Ich haute mit aller Macht die Nummer in die Tasten. Diesmal meldete sich der Pascha selbst.

„Dígame.“

Seine Stimme nahm einen sanften Klang an, als er mich erkannte.

„Rafa.“

„Mia, bist du es?“

„Wir müssen sprechen.“

„Was ist denn?“

„Morgen, sechzehn Uhr in der Bar bei der Redaktion.“

Ich beendete das Gespräch. Meine Stimme überschlug sich, als ich mich betont schwungvoll bei Lynn einhakte.

„Komm, lass uns Party machen!“

Vor dem Club hatte sich eine lange, eine sehr lange Schlange gebildet. Doch das machte nichts, überall standen kleine Trüppchen, die sich zu amüsieren schienen. Es wurde viel gelacht, geraucht und geschaut. Die Chicas hatten sich ordentlich herausgeputzt, das was ihnen an Stoff fehlte, machten sie durch die Dicke ihres Make-ups wieder wett. Immer wieder flackerten Blitzlichter auf. Mit den Handys wurde das nächtliche Treiben sorgfältig auf Selfies dokumentiert. Ich versuchte mich auf die ungezwungene Stimmung an diesem lauen Frühlingsabend einzulassen, war dankbar für einen Tapetenwechsel, doch meine Gefühle von Trauer und Wut ließen sich nicht so einfach abstreifen. Ich kam mir von Rafa verraten und verkauft vor. Mir fiel auf, wie geschickt Lynn sich im Gegensatz zu mir in die Gruppe einfügte. Sie stand genauso wie die spanischen Mädchen mit eingeknickter Hüfte dort, ein Bein vor das andere gestellt. Auch ihren Look hatte sie eins zu eins kopiert. Ärmelloses Shirt, ultrakurze Shorts oder Miniröcke und aufwendig geschminkte Katzenaugen.

„Lynn, du siehst toll aus!“, musste ich bewundernd anerkennen.

„Du aber auch!“, gab sie mir zurück.

„Ach, ich weiß nicht", wand ich mich. „Der Groove hier ist irgendwie anders. Ein Kleid mit Gürtel und Blumenmuster trägt hier keine. Außerdem sind die alle so jung. Wir gehören fast schon zu den Ältesten." Ich zerfloss vor Selbstmitleid. Rafael hatte mich um eine sorglose Jugend betrogen. Jetzt fühlte ich mich älter als Langweiler Lukas gekreuzt mit dem Pressesprecher vom Colegio.

„Mia", ermahnte mich meine Freundin. „So kenne ich dich ja gar nicht. Stimmt, du fällst auf, aber das tust du sowieso mit deinen pinken Haaren und deinem zarten Teint. Als ob dich das je gestört hätte, anders auszusehen! Und zweitens muss ich dir recht geben, die Mädels hier sind sogar noch wesentlich jünger als sie aussehen. Wenn du die Schminke entfernst, dürften die meisten von ihnen mit etwas Glück gerade mal volljährig sein. Wenn überhaupt."

„Aber ..."

„Tu nicht so scheinheilig, als ob wir früher nicht auch geschummelt hätten, um in Filme für Ältere zu kommen und so."

Mein immer als zweite Heimat gelobtes Sevilla war mir fremd geworden. Ich kannte die ungeschriebenen Spielregeln nicht mehr. Oder hatte sie niemals wirklich beherrscht. Vermutlich war ich früher nur naiv und blind gewesen.

„Hey, komm jetzt bloß nicht schlecht drauf. Wir wollten es uns doch gut gehen lassen, etwas Spaß haben, gerade jetzt! Guck mal, gleich sind wir schon drinnen. Der erste Drink geht auf mich und die Musik wird dir gefallen."

Lynn hakte mich unter und schob mich mit sich zur Tür, sie schaute den Türstehern frech ins Gesicht und ging einfach an ihnen vorbei. Warum auch nicht, *wir* waren schließlich volljährig.

Lynn schob mich energisch durch den dicken roten Vorhang hinter der Tür in den Club hinein und auf einmal befanden wir uns in einer ganz anderen Welt. Dank der Deckenventilatoren war die Luft angenehm kühl, Lounge-Musik mit harten Basstönen und aufreizende Stroboskopblitze hießen uns willkommen. Selbstbewusst ging Lynn zum Tresen. Der Barmann unterhielt sich gerade mit einem ziemlich machohaft aussehenden Typen. Beide starrten auf den stumm gestellten Fernseher. Eine MTV-Schönheit räkelte sich aufreizend auf der Motorhaube irgendeines roten Zuhälterautos. Der Kellner nickte zustimmend seinem Kunden zu, nahm dann Lynn wahr und bediente sie zuvorkommend. Ich bemerkte, wie viele hungrige Augenpaare auf meiner Freundin lagen. Sie stand sehr aufrecht am Tresen und schien sich ihrer Wirkung auf die Herrenwelt durchaus bewusst zu sein. Kein Wunder, dass sie bei dem Scan auf Attraktivität gut abschnitt.

Ich hingegen kam mir wie ein Alien vor, konnte mich mit einmal sehr gut in Gonzalo hineindenken, dass es für ihn ziemlich Hardcore auf meiner Einweihungsfeier gewesen sein musste. Schwermütig glotzte ich vor mich hin, als ich neben Lynn eine Schüssel mit Erdnüssen entdeckte. Ein Biss in ein kräftiges Wurstbrot wäre mir zwar lieber gewesen als mich mit diesem salzigen Knabberzeug vollzustopfen, aber ein kleiner Snack war besser als nichts. Und so bediente ich mich an den Nüssen und verfluchte mich, dass ich auf den Schock mit

Rafa kaum etwas von Lynns herzhaftem Nachtmahl gegessen hatte. Selbst an meinem Hunger war Rafa schuld. Blödmann! Während ich mir das Salz von den Lippen leckte, stellte Lynn unsere Drinks vor mir ab, irgendetwas Sprudelndes, das gefährlich rot aussah.

„Was ist denn das?“

„Aperol Spritz. Probier mal, ist lecker.“

Wir stießen mit unserem alten Trinkspruch, der mir schon wieder rührselige Tränen in die Augen trieb, an und ich nahm einen großen Schluck. Das Gesöff war genau das Richtige zu den Erdnüssen. Ich wollte diese weltbewegende Erkenntnis gerade mit Lynn teilen, als ein Typ mit viel Gel im Haar ihre Aufmerksamkeit auf sich zog. Selbstbewusst nahm er sich einen Hocker und setzte sich neben Lynn. Meine Freundin schlug die Beine übereinander, ihr gürtelgroßer Minirock rutschte noch höher. Sie bemerkte seinen anerkennenden Blick und schien seine Bewunderung zu genießen. Ich gönnte ihr den Erfolg aus vollem Herzen. Sie hatte etwas Besseres verdient, als jahrelang die Konkubine von einem verheirateten Madrileno zu sein.

„Hallo, schöne Frau“, sprach er Lynn an. „Was kann ich dir bestellen?“ Ich fand seine Anmache zum Weglaufen, aber vermutlich war ich an diesem Abend kein guter Maßstab, ich würde an jedem Mann etwas auszusetzen finden, einfach deswegen, weil er ein Y-Chromosom trug. Lynn jedoch schien ganz angetan von dem Gel-Exemplar zu sein, lachte über seine Witze und geizte nicht mit ihren Reizen. Ich wollte dem jungen Glück nicht im Wege stehen und so leerte ich den orangeroten Drink in einem Zug und spürte, wie die Prozente in meinem Kopf Unruhe stifteten.

„Lynn, ich geh mal eine Runde tanzen."

Bevor sie mir widersprechen konnte, kämpfte ich mich durch die Menge zur Tanzfläche hindurch. Dass meistens Pärchen zusammen tanzten, schmälerte meine wild entschlossene Tanzwut nicht. Ich schloss die Augen und legte los. Bewegung war immer noch besser, als gelangweilt allein am Tisch zu stehen oder selbst angesprochen zu werden. Viele Songs später, es wurden hauptsächlich Hits aus den US-Charts aufgelegt und ein paar Klassiker der spanischen Popmusik, wie die ‚Héroes del Silencio', musste ich eine Pause einlegen. Ich drängelte mich zurück zu unserem Stehtisch, was gar nicht so leicht war, da es immer voller geworden war. Von Lynn war weit und breit nichts zu sehen. Ich schwitzte und musste unbedingt etwas trinken. Ich bestellte mir ein Glas Wasser und suchte mir ein ruhigeres Fleckchen zum Ausruhen.

Dabei entdeckte ich, dass es hinten noch zwei weitere Räume gab. Aus einem waberten hauptsächlich so esoterische langsame Synthie-Melodien zu mir herüber. Ich schaute hinein. Er war ziemlich leer, ein paar ungeschickte Liebespärchen auf der Tanzfläche versuchten, den raumgreifenden Armbewegungen von übereifrigen Ausdruckstänzern auszuweichen. Weiter Fortgeschrittene frönten bereits einer erotischen Schatzsuche auf der Couch. Sollten sie doch, aber ohne mich als Augenzeugin.

Der zweite Raum gefiel mir schon besser. House und Techno, ziemlich voll, aber nicht zu vergleichen mit dem Gedrängel in der großen Halle vorne. Die Leute hatten Spaß, strahlten mich an, waren gut drauf. Ich setzte mich auf einen von diesen marokkanischen

Sitzhockern am Rand der Tanzfläche, nickte im Takt der Musik mit und trank mein Wasser. Ich spürte, dass ich müde wurde. So war das, wenn man zur Ruhe kam, bestes Gegenmittel: gleich weitertanzen. Von ziemlich weit weg, hörte ich jemanden rufen.

„Hey, was machst du denn hier?"

Erschrocken schaute ich mich um. War ich gemeint? Woher kam die Stimme? Wer sollte mich denn hier kennen? Sicherlich eine Verwechselung. Früher kannte ich viele aus meinem Barrio, aber heute ... Ich stoppte meinen alten so oft gegangenen Gedankenpfad, alles Lüge. Früher hatte ich auch nicht dazugehört. Rafa hatte schon immer eine andere: Micaela. Hatte ihr ein Kind gemacht, während er mir das Blaue vom Himmel versprach. In dem Moment spürte ich, wie sich jemand auf das Sitzkissen neben mir plumpsen ließ.

„Juan, das ist ja ein Zufall." Mein Au-pair-Sohn hier im Club? War der nicht viel zu jung?

„Bist du allein hier?", fragte er mich.

„Nee, mit Lynn, die kennst du ja auch, meine Freundin von früher."

„Jaja, klar. Ich erinnere mich. Wo ist sie denn?"

„Keine Ahnung! Irgendein Caballero macht ihr gerade schöne Augen und da habe ich mich abgesetzt." Während ich das aussprach, dachte ich, dass das mein früheres Au-pair-Kind eigentlich gar nichts anging. Doch Juan lachte nur.

„Geht mir ähnlich. Bin mit meiner Ex hier. Siehst du die Schwarzhaarige in der Mitte, die sich dreht wie ein Kreisel? Das ist sie. Sol. Die ist so mit ihrer Show beschäftigt, dass ich auf dem Abstellgleis gelandet bin. "

Ich kniff meine Lider zusammen und dann sah ich sie.

„Du meinst diesen weiblichen Derwisch mit dem gelben Trägerhemdchen?"

Die Träger waren bereits schon ziemlich tief ihren Oberkörper hinuntergerutscht. Jetzt fing sie an, auf zwei Beinen immer wieder hochzuhüpfen, wobei sie ihre lange Mähne wie ein Rockgitarrist aus den Sechzigern hin- und herwarf.

Schweigend beobachteten wir sie eine Zeit lang. Die Psychologin in mir klassifizierte Sols aufgedrehtes Verhalten, die private Mia versuchte die Analyse zu blockieren. Klappte eine Minute lang, dann gewann der Profi in mir.

„Wie lange tanzt sie schon in diesem Tempo?"

Juan clickte sein Handy an.

„Zwei Stunden."

Das hatte ich erwartet.

„Binge."

So nannten die User von Crystal Meth das Stadium, wenn sie ohne Ende powern konnten. Das konnte über Tage so gehen. Schlaf war nicht mehr nötig, doch dann würde der große Crash kommen, den man selbst durch erneute Einnahme von Ice nicht aufhalten konnte.

„Ja."

Juan antwortete mir ganz ruhig, ernst und traurig. Ein Seitenblick und ich war mir sicher, dass er clean war.

„Wir wollten zusammen aufhören, aber sie kommt nicht los von dem Zeug. Als sie dann auch noch anfing, mit dieser Clique vom Colegio abzuhängen, hab ich

Schluss gemacht. Ich dachte, sie würde aus Liebe zu mir einen zweiten Versuch starten, hat sie aber nicht."

„Schöne Scheiße." Ice-Clique. Ich wusste, was das hieß. Geld für die Droge war das Gebot der Stunde. Dealen, Diebstahl, Einbruch und später sogar Prostitution. Dabei war Crystal gar nicht mal besonders teuer. In Deutschland waren einhundert Gramm schon für unter hundert Euro zu haben. In den neuen Bundesländern sogar noch billiger. Genau das machte das Zeug so gefährlich. Wieder dachte ich an Nils, den Heroin-Junkie vom Ebertplatz, der den Ausstieg beinah geschafft hätte.

„Komm, lass uns vor die Tür gehen."

Ich spendierte meinem Ex-Zögling ein Bier und wir standen draußen noch etwas zusammen und plauderten über dies und das. Bald stieß auch Lynn zu uns.

„Hey, wo hast du *Mister Lover Lover* gelassen?"

Lynn zündete sich eine Zigarette an.

„Tanzen konnte er, keine Frage, er hätte einfach nur nicht so viel reden sollen."

Kurz darauf ging Juan wieder rein. Lynn und ich ließen den Club hinter uns und zogen weiter zu einer Churreria in der Nähe, welche am Wochenende die ganze Nacht durch geöffnet hatte. Und dort setzten wir unsere Ladys Night mit dem Tunken von vor Fett triefenden Teigwürsten in dickflüssige Schokolade ein würdiges Ende.

Kapitel 22

A wie Aussprache

Das Zitat des Tages:

„In der Praxis hat sich das Führen eines Stress-Tagebuches oder ein helfendes Gespräch mit einer Vertrauensperson als hilfreiche Bewältigungsstrategie bewährt. Durch diese Methoden werden die Klienten dabei angeleitet, ihre Gefühle zu verbalisieren. Eine klassische konfrontative Aussprache muss emotional und kommunikativ gründlich vorbereitet werden, da sich sonst unverarbeitete Gefühle destruktiv auf den Coach auswirken können."

(Ratgeber für angewandte Psychologie, S. 17)

Es war schon nach Mittag, als ich am Samstag in Lynns Apartment aufwachte. Wie in alten Zeiten. Mein Kopf brummte zwar weniger als befürchtet, aber ich fühlte mich insgesamt schon ziemlich angeschlagen, verschwitzt und unappetitlich. So verschwand ich erst einmal unter der Dusche und bereitete dann alles für unser Frühstück vor. Obwohl ich mich bemühte, leise zu sein, schien ich Lynn dann doch durch mein Rumhantieren geweckt zu haben. Ihren komatösen Schlaf hatte sie sich, wie es aussah, für die Arbeitstage reserviert. Am Wochenende, wenn sie ihn ausgiebig hätte zelebrieren können, funktionierte ihre Tiefschlaf-Schaltung plötzlich wohl nicht mehr.

„Morgen", nuschelte sie zur Begrüßung und setzte sich an den Küchentisch. Ich schenkte ihr eine Tasse Kaffee ein und ließ ihr Zeit, wach zu werden, ich selbst war auch noch nicht so richtig fit.

Doch eine Stunde später sah das ganz anders aus. Lynn und ich waren nach dem Frühstück ziemlich aufgedreht. Ich zog sie wegen ihres Machos auf und sie machte Witze darüber, dass ich im Club hauptsächlich in dem Technoraum abgehangen hatte. Während sich Lynn von plötzlichem Heißhunger überrollt noch ein paar Spiegeleier zum Nachtisch briet, machte ich es mir auf der Couch mit einer Cosmopolitan gemütlich. Schließlich hatte Lynn ihr Mahl beendet und kam mit fettigen Lippen selig lächelnd auf mich zu und setzte sich an mein Fußende. Schade, wo ich gerade einen spannenden Artikel zum Thema ‚Sex mit dem Ex' las.

„Was liest du denn da?"

„Noch nie was von Pressefreiheit gehört?", kalauerte ich lahm, während ich betreffenden Artikel schnell umblätterte.

Sie sah mich fragend an. Okay, einer Freundin durfte man die Wahrheit ziemlich ungefiltert darlegen.

„Ach, weißt du. Wegen Rafa, den sehe ich doch gleich in", Blick zur Uhr, „knapp drei Stunden."

Lynn runzelte noch immer ungläubig die Stirn.

„Nicht machen, sonst siehst du im Alter so faltig aus wie eine kanarische Runzelkartoffel."

Lynn lachte. „Und, hast du dir schon genauer überlegt, was du ihm sagen willst?“

„Eigentlich bin ich eher gespannt darauf, was er mir sagen will.“ Jetzt spürte ich genau, wie enttäuscht und verletzt ich war. Nein, mehr als das. Ich war wütend.

„Was der Typ mit mir gemacht hat ... Stell dir das mal vor: Ich warte und er zieht derweil glücklich seine Kinder groß.“

„Hallo, Mia, entspann dich. Denk an die runzeligen Salzkartoffeln!“

„Ist doch wahr. Er hat noch nicht einmal gewartet, bis ich zurück in Deutschland war, sondern er hat mich schon hier vor Ort betrogen. Kein Wunder, dass er plötzlich von der Bildfläche verschwunden ist.“

Lynn versuchte ihre Hand auf mein Bein zu legen. Das sollte mich wohl beruhigen, tatsächlich regte es mich aber nur noch mehr auf. Bestimmt nahm ich ihre Hand und entfernte sie von meinem Knie.

„Lass man.“

Plötzlich stand Lynn auf, holte sich einen Stuhl und setzte sich mir schräg gegenüber.

„Was?“ Ich wusste auch nicht wieso, aber sie raubte mir den letzten Nerv. Sie wirkte irgendwie so vorwurfsvoll. Dabei war es doch die Aufgabe einer Freundin, einen zu unterstützen.

„Guapa, hast du vergessen, wie jung du warst? Und Rafa war auch nicht viel älter.“

„Na und?“

„Wie lange wart ihr zusammen? Fünf Monate, lass es sieben sein, noch nicht einmal ein ganzes Jahr.“

„Na und?“

„Kannst du mal mit diesem dieses blöden Na-und-Sagen aufhören?"

„Was willst du?"

„Für mich sieht das ganz und gar nicht nach einer hilfreichen Aussprache aus, ich habe eher Angst um Rafael, dass du dich wie ein selbstgerechter Racheengel auf ihn stürzen wirst."

„Spinnst du? Jetzt verteidigst du Rafael? Er hat mich betrogen! Ich denke, du bist meine Freundin?"

„Hör mal, du hast dich da in etwas reingesteigert, dir einen Traummann zurechtfantasiert. Und die Frage ist doch: Warum?"

„Jetzt drehst du total ab." Ich stand auf und stopfte wütend meine Sachen in meinen Rucksack.

„Ich weiß, eigentlich bist du die Psychologin und ich habe keine Ahnung."

„Dann hör doch einfach auf damit!"

Lynn stellte sich mir breitbeinig in den Weg.

„Das ist jetzt nur amateurhafte Küchenpsychologie, aber könnte es damit zu tun haben, dass vor Sevilla deine Eltern noch lebten, dein Leben behütet war und nach deiner Rückkehr alles in die Brüche ging?"

Ich schob sie wütend zur Seite. „So denkst du also über mich?" Das musste ich mir nicht gefallen lassen. „Danke für Speis und Trank und auf Nimmerwiedersehen."

Getrieben von Wut und Enttäuschung rannte ich zu meiner Wohnung. Als ich dort ankam, blieb mir nur noch kurz Zeit, mich für das Treffen zurechtzumachen. Ich klatschte mir ein wenig Farbe ins Gesicht, entschied mich gegen einen Rock, die dafür notwendige Leichtigkeit war mir dank Lynn abhandengekommen. Stattdessen entschied ich mich für eine Jeans mit T-Shirt, möglichst unförmig, gut für den Nahkampf. Und schon war ich durch die Tür, auf dem Weg zur Bar. Bald würde ich klarer sehen, einige Antworten bekommen.

Als ich die Kneipe betrat, war sie leer. Ein typisches Samstagnachmittagsphänomen, die Journalisten, die hauptsächlichen Besucher der Kneipe, fehlten weitgehend. Nur einige wenige waren abkommandiert, auch am Wochenende für die Montagsausgabe zu schuften, doch die meisten Publizisten genossen ihre wohlverdiente samstägliche Siesta daheim. Ich setzte mich an einen kleinen wackeligen Tisch ziemlich weit hinten hin, denn wir würden ein wenig Privatsphäre gut gebrauchen können.

Von Rafael war Gott sei Dank noch nichts zu sehen. Ich benötigte noch ein paar Minuten, um meine Nervosität in den Griff zu kriegen. Ich spürte, wie die Angst in mir das Kommando übernehmen wollte, dabei war es absolut wichtig, einen kühlen Kopf zu bewahren. Lynns Stimme fragte in meinem Kopf erneut: „Mia, was erwartest du dir denn überhaupt von dem Gespräch?"

Ja, was erwartete ich davon? Ich hatte Lynn melodramatisch geantwortet, dass Rafael und ich noch eine Rechnung offen hätten, aber eigentlich war das Spiel vorbei. Wir beide waren als idealistische Studenten, den Kopf voller wilder Träume gestartet, aber dann war alles anders gekommen. Ich war eine praktische Psychologin geworden, die anderen, während ich selbst kreuzunglücklich blieb, gute Tipps gab, ihr Leben besser auf die Reihe zu bekommen und Rafa ... Nun Rafael war ein verheirateter Familienvater geworden. Er hatte es geschafft. Die Gesellschaft erkannte ihn an.

Er war genauso etabliert wie … Sophia. So wie … Lynn, na ja, die vielleicht noch nicht so ganz, aber zumindest beruflich hatte sie in der Kanzlei ebenfalls beachtlichen Erfolg zu verbuchen. Doch auf der ganzen Linie völlig zu versagen, alles zu verbocken, Hut ab, das hatte niemand so perfekt hinbekommen wie ich!

Ich schaute auf die große Wanduhr, die hinter der Theke hing. Rafa war schon eine halbe Stunde drüber, jetzt könnte er aber kommen. Ich wäre dann soweit. Und wenn er überhaupt nicht käme?

In diesem Moment öffnete sich die Tür. Ich starb tausend Tode. Rafa trug einen Hoodie, was ihm überhaupt nicht stand. Über das Alter eines Möchtegern-Gangsters war auch er längst hinaus. Dann ging es mir auf. Er versuchte, sich zu verkleiden, um nicht erkannt zu werden! Ob Lynns José auch so auffällig unauffällig zu ihren Verabredungen erschien? Jetzt wusste ich wenigstens, woher Woody Allen oder auch die Coen-Brüder ihre skurrilen Ideen nahmen. Rafael schaute sich suchend um. Aber trotz der lächerlichen Aufmachung musste ich ihm zugutehalten, dass er sich fantastisch gehalten hatte. Sophias Verlobter verfügte schon jetzt über die doppelte Menge von Bauchspeck. Sophia bezeichnete das zärtlich als ihre *Liebesgriffe*. Na ja, in fünf Jahren würde sich das aller Wahrscheinlichkeit nach zu einer Plauze ausgewachsen haben. Jetzt hatte Rafa mich in meiner dunklen Ecke gesichtet. Schnell kam er auf mich zu.

„Verzeih mir, Amor, ich konnte nicht früher los." Mit warmen Fingern streichelte er meinen Hals und mir lief sofort ein Schauer über den Rücken. Er nahm mein Gesicht in seine Hände und öffnete meinen Mund ganz selbstverständlich mit seiner Zunge. Ich hatte doch recht. Lynn hatte einfach keine Ahnung. Das zwischen mir und Rafael war etwas ganz Besonderes. Er setzte sich mir gegenüber.

„Stress zu Hause?", fragte ich nach und ärgerte mich gleichzeitig über mich selbst. Das wollte ich überhaupt nicht wissen. Rafael sah so aus, als stünde er kurz davor mir zu antworten, aber dann drehte er sich um und rief dem Kellner seine Bestellung zu.

„Du siehst toll aus", musterte er mich anerkennend, während er Platz nahm. Er ergriff meine Hände und so saßen wir eine Zeit lang schweigend da, bis der Kellner sich anschickte, auch ihm ein Heißgetränk zu bringen. Als die Bedienung sich unserem Tisch näherte, nahm er langsam seine Hände von meinen. Nicht ruckartig wie ein kleines Kind, das sich ertappt fühlte, sondern ganz behutsam. Nicht sehr effektiv, denn, wenn er aufmerksam war, dann hätte der Kellner unsere stürmische Begrüßung mitbekommen. Plötzlich fiel mir ein, was das für mich bedeutete: Wie alle ‚Toros'-Journalisten pflegten auch Gonzalos Kollegen diese Bar zu frequentieren, denn sie lag am nächsten zur Redaktion. Und wie Lynn schon angemerkt hatte, ich war niemand, den man leicht übersah. Dafür sorgte schon alleine meine Haarfarbe. Wenn Gonzalo von meinem Treffen mit Rafa erführe, dann würde das alles zerstören, was zwischen ihm und mir in Granada passiert war. Mir wurde ganz heiß. Ich wollte Gonzalo nicht verlieren. Ich sollte jetzt aufstehen und gehen, die Vergangenheit, Vergangenheit sein lassen und der Gegenwart eine Chance geben.

Doch dann besann ich mich eines Besseren. Wenn ich ganz ehrlich zu mir war, war genau dieses Gespräch der

Grund meiner Rückkehr nach Sevilla. Bevor ich nicht herausgefunden hatte, was früher tatsächlich geschehen war, würde ich niemals neu beginnen können. Allerdings lief meine private Aufklärungskampagne in eine immer unerwünschtere Richtung. Statt der großen Liebe, die ich zu finden gehofft hatte, kam nur Ernüchterndes ans Licht. Mit einem Mal kam mir unsere Beziehung nicht mehr exklusiv und geheimnisvoll, sondern eher verlogen und schmutzig vor. Ich schob diese unangenehmen Gedanken zur Seite, hätte ich doch bloß nicht auf Lynn und ihr moralinsaures Geschwätz gehört.

„Geht's dir gut?"

„Schon. Hab nur etwas wenig Schlaf bekommen."

„Wieso denn?"

„Lynn und ich waren gestern aus. Clubbing."

Rafael schluckte, nippte an seinem Becher Kaffee.

„War's schön?"

„Durchaus, wir haben Spaß gehabt."

„Ah ja."

Wir führten diese Unterhaltung nicht wirklich, oder doch? Jedes Wort ein vorsichtiges Vorbeilavieren an potentiell heiklen Themen.

„Und du? Wie hast du das Wochenende eingeläutet?"

„Nichts Besonderes. Ich meine, die Kleine war krank, hat viel gequengelt."

„Was hat sie denn? Geht es ihr besser?"

„Ja, klar. Alles halb so wild. Micaela meint, dass sie vermutlich hauptsächlich eifersüchtig auf die Geburtstagsfeier der großen Schwester morgen sei."

Mir gefiel es nicht, dass er über seine Frau sprach. Sie gehörte nicht in unsere Welt. Zum anderen war ich froh, dass wir überhaupt ein gemeinsames halbwegs unverfängliches Thema gefunden hatten.

„Das scheint morgen eine ziemlich große Feier zu werden. Ich, nun, ich habe mich gefreut, dass du mich dazu eingeladen hast." Ich wollte ihm nicht unter die Nase reiben, wie sehr mich diese Karte befremdet hatte.

„Nein, nein, das war Micaelas Idee. Sie hat dir die Einladung geschickt." Ich konnte ihn kaum verstehen, so leise sprach er. Schämte er sich, hier zu sein? Dafür sprach, dass er im Laufe unseres Gespräches unmerklich immer weiter vom Tisch und somit auch von mir abgerückt war.

„Aber warum?" Ich lehnte mich zu ihm hinüber.

Rafa machte dem Kellner ein Zeichen, dass er Nachschub bräuchte.

Mit seinem ernsten Gesicht wirkte er auf einmal erschöpft und alt.

„Ich glaube, sie ist eifersüchtig auf dich."

„Unsinn", wies ich seine Vermutung weit von mir.

„Warum sollte sie mich dann ausgerechnet zu euch nach Hause einladen? Das wäre doch völlig unlogisch."

Rafael schwieg. Dann gab er sich einen Ruck. „Vielleicht, um ihr Revier zu markieren."

„Ich weiß nicht", tat ich seine Idee ab und nahm wahr, wie mir das Blut wieder einmal in die Wangen schoss. Uns beiden war das Gespräch sichtbar unangenehm. Egal, dann konnte ich auch ein noch brisanteres Thema anschneiden, noch verkrampfter konnte unser Treffen eigentlich nicht mehr werden.

„Apropos Micaela ..."

Rafael wich meinem Blick aus.

„Wenn ich mich nicht verrechnet habe, dann war sie schon schwanger mit eurer Ältesten, als ich noch in Sevilla …“ Meine Stimme wurde immer heiserer, bevor sie mich ganz verließ, drückte ich noch einmal aufs Gaspedal, um ihm alle Fluchtwege abzuschneiden. „Als wir beide noch ein Liebespaar waren.“

Ich hielt die Luft an, hörte, wie er anfing, sich zu räuspern. Ich schaffte nicht, ihn anzusehen, sondern wandte mich stattdessen, so als ob es nichts Interessanteres auf der Welt gäbe, dem dreckigen Kneipenfußboden zu. Staub, Fußabdrücke, Sonnenblumenkerne, Brotkrümel, Zigarettenasche.

„Ach, Mia, du hast keine Ahnung.“ Dann hörte ich, wie Rafa den Stuhl endgültig vom Tisch wegschob und aufstand. Blitzschnell legte ich meine Hand auf seine und hielt sie umschlungen.

„Nee, nee, so leicht kommst du mir nicht davon.“ Meine Augen nahmen ihn gefangen.

Rafa setzte sich wieder.

„Okay, was willst du wissen?“

„Warum hast du mich betrogen?“

„Warum fragst du das? Du als Deutsche kannst das nicht verstehen. Ihr habt keine Geldprobleme, euch geht es gut, aber bei uns ist 2008 alles den Bach runtergegangen.“

Ich konnte ihm nicht folgen. Wieso dozierte er plötzlich über Wirtschaftsprobleme? Ich spürte aber, dass er kurz davor war, zu gehen. Also schluckte ich alle Fragen herunter und hörte einfach nur zu. Was er mir in der nächsten halben Stunde umständlich zu erklären versuchte, war mir tatsächlich sehr fremd. Sofort sprang die Alarmanlage in meinem Kopf an. Faule

Ausrede, signalisierte sie mir. Zum anderen, wandte mein Verstand ein, machte es aber auf komische Weise doch Sinn, was Rafael darlegte.

Ich hatte seine Eltern, deren ganzer Stolz ihre eigene kleine Baufirma war, nur einmal kurz kennengelernt. Mein Gott, das lag schon so lange zurück. Aber ich erinnerte mich daran, dass sie einen extrem konservativen Eindruck auf mich gemacht hatten. Die Art von Menschen, bei denen alle Türen in dem Haus aus Prinzip offen zu stehen hatten, damit sie immer alles unter Kontrolle behielten. Selbst in der Toilette schickte es sich nicht abzuschließen. Individualität und Privatsphäre galten ihnen als undankbar und unhöflich. Ein persönlicher Affront gegen ihre Gastfreundschaft. Kein Wunder, dass wir ihnen weniger als eine Handvoll von Malen einen Besuch abgestattet hatten. Meistens kam Rafa bei uns vorbei. Pablo und Pilar waren lediglich meine Gasteltern und im Vergleich zu seinem Elternhaus ziemlich liberal eingestellt.

„Es war ein fürchterliches Dilemma für mich. Zum einen war ich glücklich mit dir. Eine hübsche, exotische guiri voller Lebenslust, kein Wunder, dass du mich verzaubert hast."

Er hielt inne und strich über meine Hand. „Du tust es noch immer."

Ich wagte kaum zu atmen. Bei seinen Worten wurde mir ganz flau im Magen, gleichzeitig stand mein Körper unter Spannung, bereit zum Angriff.

„Aber, unsere Beziehung war so irreal. Du warst hier nur vorübergehend zu Besuch. Vielleicht haben wir beide darum auch alles so intensiv empfunden. Ich meine, wir waren jung, es war Sommer, wir wussten, dass wir nur eine Chance hatten und dann in unsere normalen Lebensumstände zurückkehren würden."

Wut baute sich in mir auf. Ich wollte ihn ohrfeigen. Wie konnte er das, was zwischen uns war, auf eine *Sommerromanze* reduzieren? Zum Glück bekam ich mich schnell wieder in den Griff. Alles andere hätte auch keinen Zweck gehabt. Rafa starrte sehnsuchtsvoll vor sich hin, befand sich deutlich eher in der Vergangenheit als in der Gegenwart. Ganz offensichtlich bekam er von meinen Gefühlsaufwallungen nicht die Spur mit.

„Die Dates mit dir waren wundervoll, aber sobald ich nach Hause kam, war der Zauber hinüber. Die Stimmung bei uns war fürchterlich. Meine Eltern stritten sich andauernd, immer ging es um das liebe Geld. Meine Mutter erniedrigte sich, tat bei ihrer Verwandtschaft auf lieb Kind und bemühte sich, sie anzubetteln, ohne dabei ihren Stolz zu verlieren. Mein Vater versuchte sich sogar ein paar Mal beim Glücksspiel, verstand aber schnell, dass uns das nur noch tiefer in die Miesen stürzte. Während wir an allen Ecken und Enden sparten, probierten, ein Zimmer unterzuvermieten, gar nicht mehr Urlaub machten und nur das billigste abgepackte Essen in irgendwelchen Discounterläden kauften, hielten wir nach außen hin immer noch die Fassade der wohlhabenden, harmonischen Familie aufrecht."

Ich hob die Hand, holte tief Luft und versuchte möglichst ruhig seinen Wortschwall zu unterbrechen.

„Das ist ja alles schön und gut, besser gesagt, traurig und schlecht, erklärt aber nicht, warum du mit einer anderen Frau ins Bett gestiegen bist, obwohl du mit mir liiert warst!"

„Micaela stand schon immer auf mich. Sie war die Tochter von Freunden meiner Eltern. Sehr reichen und mächtigen Freunden."

Allmählich verstand ich, wohin der Hase lief.

„Du willst andeuten, dass du dich verkauft hast?"

Wütend schnellte Rafa von seinem Stuhl auf.

„Du eingebildete Kuh. Was fällt dir ein? Kommst aus Spaß an der Freud aus deinem reichen Deutschland auf Stippvisite in den Süden und willst uns erklären, wie wir zu leben haben. Steck dir deine Arroganz doch sonst wohin!"

Weg war er.

Das war die große Aussprache zwischen Rafael und mir. Ich hatte mal eben alles in Trümmer gelegt, woran ich jahrelang geglaubt hatte. Ich wagte kaum, das Café zu verlassen, mit irgendwem Kontakt aufzunehmen. Alle, die mir nahe kamen, stieß ich ins Unglück. Zuerst hatte ich mich mit Sophia überworfen, dann Lynn bis aufs Blut gereizt und jetzt hatte ich mir auch noch Rafael für alle Zeiten durch meinen Vorwurf der Heirats-Prostitution zum Feind gemacht.

Zu gerne hätte ich mich bei Lynn ausgeheult, doch diesen Weg hatte ich mir selbst verbaut. Waren wir überhaupt noch Freundinnen? Sollte ich mich an Raquel wenden? Aber die hatte was mit meinem Spezialgegner, dem PR-Sprecher. Ein Interessenskonflikt. Am liebsten würde ich mich in Consuelos Arme werfen und mich in ihrer Höhlenwohnung verwöhnen lassen. Die aber würde mir nur die Ohren langziehen, mir vorwerfen, dass ich mit Gonzalo lediglich spielte und ihn leiden ließ. Vielleicht sollte ich mich gleich vor ein Auto werfen, bevor ich noch mehr Unheil über meine Mitmenschen brachte.

Völlig aufgelöst schaute ich mich nach einem Ort der Ruhe um, einem Platz, an dem ich für mich sein konnte. Mein Blick fiel auf eine Kirche. Gerädert schleppte ich mich hinein. In dem dunklen, kühlen Innenraum saßen bereits ein paar Gläubige. Es hätte nicht viel gefehlt und ich wäre gleich wieder hinausgelaufen, da mir aber so schnell keine bessere Alternative einfiel, quetschte ich meine beiden Pobacken auf die erstbeste Bank. Das ganze Gespräch mit Rafael kam mir im Nachhinein so unwirklich vor, als wären wir Schauspieler in einer Filmszene von Ingmar Bergmann gewesen. Allmählich leerte sich mein Kopf und ich nahm die Umgebung um mich herum etwas besser wahr. Ich war schon seit Jahren nicht mehr in der Kirche gewesen, konnte mich kaum noch an alle Sitten und Gebräuche erinnern. Um mich herum knieten sich die Leute zum Beten nieder. Viele bekreuzigten sich mehrmals, nicht nur beim Eintreten, sondern auch während ihrer Gebete. Vorne beim Altar hatte sich eine Menge von schwarz gekleideten Männern zusammengefunden. Sie verschwanden in einem kleinen Nebenraum. Ein Organist spielte Melodien und eine einzelne Frau sang ohne Mikrofon dazu. Bei mir hinten kam kaum etwas von ihrer Stimme an, dennoch hatte die traurige Weise etwas Tröstliches. Als die Männer aus dem Nebenzimmer wieder heraustraten, stachen nur einige wenige, die rot trugen, farblich aus der düsteren Männeransammlung heraus. Ich wollte nicht starren, wunderte mich aber doch, was da vor sich ging. Dann hörte ich neben mir zwei alte Frauen leise miteinander flüstern und verstand die Worte „Semana Santa“. Jetzt verstand ich die ganze Aufregung. Die hiesige Bruderschaft machte sich bereit für die Prozessionen in der Osterwoche. Noch war es gut einen Monat hin, aber die ersten Vorbereitungen liefen schon.

Ich blieb noch ein wenig sitzen, schleppte mich dann in meine neue Wohnung, zog mir dort den Schlafsack über den Kopf. Der liebe Gott ließ mich zum Glück ganz schnell einschlafen.

Kapitel 23

S wie „Socializing"

Das Zitat des Tages:

„Gesellschaftlicher Umgang ist eine Kunst, die Klienten mit sozialphobischen Zügen erst erlernen müssen. Je nach Fallgeschichte kann man mit der Konfrontationsmethode oder mit dem graduellen Aufbau dieser Fähigkeiten arbeiten. Hilfreich ist es, vorab Smalltalk-Gespräche in Form von Simulationen einzuüben."

(Ratgeber für angewandte Psychologie, S. 182)

„Guten Tag. Mein Name ist Mia. Mia Fichtner. Ich komme aus Deutschland und bin eine Freundin der Familie."

Das war der Spruch, den ich immer wieder vor mich hin murmelte, um mich zu beruhigen. Er war einfach perfekt, enthielt die wichtigsten Informationen und erlaubte viele Nachfragen. Mit diesem Spruch würde ich mich auf der Geburtstagsfeier behaupten können.

Warum tat ich mir das Wiedersehen überhaupt an? Ich wusste es nicht so genau. Irgendetwas zog mich in Rafas Wohnung. Meine große Liebe hatte so lange mein Leben beherrscht, dass ich ihn nicht einfach loslassen konnte. Zudem wollte ich seine Familie persönlich kennenlernen, sehen, wie er wohnte. Ich hoffte, dass mir das helfen würde, ein für alle Mal mit dem Thema abzuschließen.

Als ich schellte, öffnete mir eine junge Frau die Tür. Ich wollte geradezu meiner Selbstpräsentation ansetzen, die kurz und prägnant genug war, um sie während einer kurzen Begegnung im Fahrstuhl loswerden zu können, als das Mädchen einfach nur wortlos meine Jacke nahm und an die Garderobe hängte. Unsicher tastete ich mich den Korridor in die mir unbekannte Wohnung hinein. An den Wänden hingen gerahmte Kinderzeichnungen neben Familienfotos. Ihr Anblick ließ mich bluten, zumal die Augenpartie des älteren der beiden Mädchen Rafael wie aus dem Gesicht geschnitten war. So ein verpfuschtes Leben. Eine Stimme in meinem Kopf flüsterte mir zu, dass sie unsere Tochter hätte sein sollen. *Komm, komm*, sprach ich mir Mut zu. *Da musst du jetzt durch. Deswegen bist du noch einmal nach Andalusien zurückgekommen, um dir ein für alle Mal Klarheit darüber zu verschaffen, was das früher gewesen ist.* Eine weitere innere Stimme fiel gleich zynisch über die Melodramatik der ersten Stimme her: *Wenn es weiter nichts ist.* Ich war so aufgewühlt, dass ich Micaela fast schon dankbar war, als sie auf mich zukam und mich davon erlöste, weiter allein mit meinen Gedanken in dem mir fremden Korridor stehen zu müssen.

„Wie schön, dass du da bist." Micaela küsste mich rechts und links auf die Wange. „Komm doch mit durch."

Bei meiner Ankunft im Salon verstummten alle Gespräche. So kam es mir wenigstens vor. Vorwurfsvolle Augenpaare durchbohrten mich. Unsinn. Stopp. Du wirst schon paranoid! Ich läutete die Gegenmaßnahmen ein, lächelte freundlich in die Runde und spulte meinen Satz ab. Rafael ließ mich ausreden und korrigierte mich dann angespannt. „Vor ein paar Jahren habe ich Mia beim Erlernen der spanischen Sprache geholfen. Wie schön, dass sie wieder einmal unsere schöne Stadt besucht." Als er auf mich zukam, um mich zu begrüßen, zischte er mir ins Ohr: „Wie kannst du es wagen, nach dem, was du mir gestern gesagt hast, hier aufzutauchen?" Er hatte recht. Mein Verhalten war komplett irrational. Ich benahm mich wie eine Süchtige, die nicht von ihrer Droge lassen konnte! Doch jetzt, da ich einmal hier war, wollte ich die Aktion so ehrenvoll wie möglich hinter mich bringen.

Mit zittrigen Knien ging ich auf das festlich gekleidete Geburtstagskind zu.

„Herzlichen Glückwunsch!"

Ich reichte ihr das aufwändig verpackte Päckchen. Sie nahm es begeistert an sich, riss es auf und schrie: „Igitt, wie blöd, ein Schminkset. Dabei weiß jeder, dass ich mich nicht anmale!" Ich suchte Micaela in der Menge, die mich triumphierend angrinste. Diese Ratte, hatte sie mir das Set nicht selbst als Geschenk vorgeschlagen?

„Tut mir leid. Ich wollte dann auch schon wieder gehen. Wollte nur eben das Geschenk abgeben. Ihnen allen noch einen schönen ...“

Während ich mich auf den Rückzug machte, kam ein Teenie-Mädel mit kreischender Stimme auf mich zugerannt.

„Wie cool, dass du auch hier bist. Du warst doch auch am Colegio und im Club, oder?" Riesige Pupillen starrten mich an. Die Gute war voll auf Droge. Kein Wunder, dass sie so schrill sprach.

„Mag sein", ließ ich mir alle Optionen offen und verabschiedete mich nochmals.

„Wie dem auch sei, ich bin weg."

„Ich bring dich hinaus", bot mir Juans ehemalige Freundin an.

„Nein, das mach ich schon", ging Micaela entschlossen dazwischen und schob die Jugendliche zur Seite. Was wurde hier gespielt? Doch Micaela begleitete mich nicht wie erwartet in den Korridor zurück, um mir meine Jacke auszuhändigen. Stattdessen öffnete sie eine Tür, die zum Elternschlafzimmer führte. Schnell schloss sie sie wieder hinter uns.

„Mia, wir müssen kurz miteinander reden. Setz dich."
Sie zeigte auf das Ehebett. Das Bett, in dem sie mit Rafael schlief, mein Gott, wie geschmacklos. Ich überlegte, ob ich mich umdrehen und gehen sollte. Nicht, dass sie mich vergiften wollte oder so etwas. Doch sie saß da so unglücklich und wusste selbst nicht, wohin mit ihren Händen und Beinen, dass ich irgendwie auch Mitleid mit ihr bekam.

„Mia, ich wollte dich um einen Gefallen bitten."
Ich setzte mich, mit einigem Abstand, neben sie.

„Ich bin nicht blöd. Ich weiß, dass du früher eine Affäre mit meinem Mann hattest."

Ich wollte ihr gerade widersprechen. Nein, das war keine Affäre, sondern etwas viel Größeres, doch sie bat mich durch eine Geste, erst einmal abzuwarten.

„Rafael ist lange nicht über dich hinweggekommen. Er hat nie darüber gesprochen, aber ich habe es dennoch gemerkt. Am Anfang unserer Ehe war er oft abwesend, weilte in Gedanken ganz woanders, konnte sich nicht auf mich einlassen. Aber, früher ist früher. Heute ist heute."

Wie oft hatte ich mir diesen blöden Spruch in den letzten Tagen anhören müssen? Beinah hätte ich über die billige Rhetorik gelacht, aber ich sah, wie schwer es Micaela fiel, weiterzusprechen.

„Ich habe dich eingeladen, damit du siehst, was für eine glückliche Familie wir sind. Ich möchte dich bitten, das zu respektieren. Mach nicht vier Menschen unglücklich, nur, um dann doch wieder nach Deutschland zurückzukehren."

Ich bekam Kopfschmerzen. Auch das noch. Es wurde immer schlimmer. Mein Hirn drohte zu explodieren.

Micaela stand auf. Nach einigen Anläufen fand sie wieder in die Rolle der höflich-distanzierten Gastgeberin zurück. „Das war's auch schon. Danke, dass du gekommen bist."

Mir wurde schwindlig, als ich ruckartig aufstand. Wortlos nahm ich meine Sommerjacke entgegen. Ich verließ das Haus und schaute noch einmal zurück. Oben am Fenster stand Rafael und beobachtete mich. Verliebt? Wütend? Unglücklich? Ich drehte mich nicht mehr um, sondern versuchte, so schnell wie möglich aus seinem Blickfeld zu verschwinden.

Kapitel 24

R wie Routine

Das Zitat des Tages:

„Gerade in Umbruchsituationen verschafft Routine Halt, gibt Ordnung."

(Ratgeber für angewandte Psychologie, S. 177)

Für uns Mitteleuropäer war der Winter hier unten in der Nähe der Costa del Sol ein Witz. Natürlich gab es auch Schnee. Nicht umsonst hieß ein wichtiger Gebirgszug Sierra Nevada: ‚die verschneiten Berge'. Um die Weihnachtszeit herum wurde es schon kalt. Insgesamt jedoch kannte man im Süden nicht dieses regnerisch windige Schmuddelwetter, das so typisch für uns weiter oben im Norden ist. Nichtsdestotrotz freuten sich auch die Andalusier auf den Frühling. Ehrlich gesagt mehr noch auf das Frühjahr als auf den Sommer, dessen Temperaturspitzen sie eigentlich als zu heiß bewerteten.

Die nächsten Wochen vergingen unglaublich schnell und waren gleichzeitig erschreckend nichtssagend. Während es draußen allmählich wärmer wurde, die Jacken zunehmend zu Hause blieben, die Terrassen der

Straßencafés sich immer mehr füllten, verkroch ich mich in einen Winterschlaf, lebte sozusagen antizyklisch. Ich kapselte mich ein, sah außerhalb der Arbeit nur selten jemanden. Lynn und ich schrieben uns ab und an eine SMS, aber das war auch schon das Höchste der Gefühle. Mit Raquel war ich einmal im Kino gewesen, aber sie hatte keine Zeit, um anschließend mit mir einen trinken zu gehen. Ich wurde noch einmal zu Pablo und Pilar eingeladen und revanchierte mich mit einem deutschen Frühstück mit Brötchen aus einer deutschen Bäckerei und selbstgemachten Zitronenkuchen. Juan machte einen guten Eindruck und ich erzählte ihm kurz von der Begegnung mit seiner Ex-Freundin Sol bei Micaela.

„Ich verzeihe es ihr nicht, dass sie mich mit dem Scheißzeug Crystal in Kontakt gebracht hat.“

„Wie ist sie denn daran gekommen? Ich wusste gar nicht, dass das auch hier unten im Süden aktuell ist. In Deutschland war lange Zeit insbesondere der Osten betroffen, der Stoff wurde vor allem in der ehemaligen Tschechoslowakei gekocht, soweit ich informiert bin.“

„So wie bei Breaking Bad, was?“, flachste er.

„Kennst du die Serie?“

„Ja“, antwortete ich ihm. „Aber da war wenigstens ein Profi am Werk.“

„Da magst du recht haben.“ Juan lachte kurz auf und senkte die Stimme, da seine Mutter in der Nähe saß.

„Hier ist die Qualität schlecht. Mehr Pfusch, um das Zeug zu strecken.“

„Wie ist deine Ex-Freundin denn überhaupt auf Meth gekommen?“, flüsterte ich ihm zu.

„Sol hat damit angefangen, um abzunehmen, ob du's glaubst oder nicht.“

„Was will sie denn noch abnehmen? Sie hat doch schon eine Superfigur.“

„Jetzt schon, aber nur, weil sie wegen des Ice-Geschnupfes kaum noch Kalorien zu sich nimmt. Am Angang sah sie ziemlich normal aus und dachte, Amphetamine wären eine gute Idee.“

„Schöne Scheiße, sie scheint davon nicht mehr wegzukommen.“

„Ich bin happy, dass ich noch gerade rechtzeitig den Absprung geschafft habe. Esteban hat mich vorgewarnt, dass die Versuchung am größten ist, wenn ich unter Druck stehe. Hoffe, dass ich in der nächsten Prüfungsphase clean bleibe.“

Dann setzte Pablo sich mit einem Teller Kaiserschmarrn neben uns und wir wechselten das Thema.

Rafael hatte ich schon seit einigen Wochen nicht mehr gesehen. Micaelas Auftritt hatte mich berührt. Aus der unscheinbaren Rivalin war plötzlich ein Mensch mit eigenen Gefühlen und Ängsten geworden. Ich wollte ihre Familie tatsächlich nicht zerstören. Das durfte ich weder ihr, noch den Mädchen antun. Im Nachhinein hatte ich auch das Gefühl, dass Rafa vielleicht gar nicht so Unrecht mit meiner Besserwisserei hatte. Was wusste ich schon von trautem Familienleben? Von Geburt und Schwangerschaft? Ich hatte es immer abgelehnt, Frauen und Männer daraufhin einzuordnen, ob sie eine Beziehung führten oder als Single lebten. Allmählich verstärkte sich mein Gefühl, dass es da vielleicht doch einen größeren Graben als angenommen gab. Es tat weh, darüber nachzudenken, zu schnell rutschte ich ins Selbstmitleid ab.

Je mehr ich mich innerlich zerlöcherte, umso mehr Wert legte ich auf meine äußere Erscheinung, achtete auf hochwertige Kleidung. Seit ein paar Wochen wachte ich schon vor dem schrillen Wecker auf. Ich benutzte ungewöhnlich viel Make-up, fühlte mich weniger als buntes Püppchen, sondern mehr als eine Kriegerin, die eine Rüstung anlegte, um sich zu schützen. Entweder lief ich zügig zur Redaktion oder nahm den Bus, falls ich ausnahmsweise dann doch auf dem letzten Drücker unterwegs war. Für ein Fahrrad, das mit Abstand die ökologischste und gesündeste Lösung dargestellt hätte, fühlte ich mich zu kraftlos.

Gonzalo und ich waren ein eingespieltes Team. Wir verfassten routiniert witzige oder übertriebene Kommentare zu den verschiedensten Themen, blieben dabei aber immer auf der Oberfläche, wie es sich für den Boulevard gehört. Ganz am Anfang meiner Zeit bei den ‚Toros' hatte noch der Karneval auf der Agenda gestanden, jetzt rückten schon die Osterfeiertage immer näher. Lidia winkte unsere Beiträge durch, vermisste aber die sprühenden Funken unserer früheren Artikel, bei denen wir uns noch so richtig gefetzt hatten. Damit traf sie den Nagel mehr auf den Kopf, als sie es selbst ahnte. Gonzalo und ich lebten wie ein altes Großelternpaar auf der Couch. Sie strickt, er schaut fern, alle Problembereiche werden sorgfältig outgesourct. Waffenstillstand. Lynn hätte unsere Beziehung vermutlich als kastriert bezeichnet, ich nenne das Ganze eine professionelle, effektive Arbeitsbeziehung. Ich hatte das dringende Bedürfnis, mir erst einmal alle Männer vom Hals zu halten. Aber Gonzalo machte mir Angst, es war eine echte Herausforderung, ihn täglich zu sehen. Ich befürchtete, dass es nur eine Frage der Zeit war, bis ich seiner Anziehungskraft wieder erliegen würde. Wenn ich ab und zu herüberschaute, stellten seine Schlüsselreize meine moralische Standhaftigkeit schon jetzt auf die Probe. Wie lange konnte ich in Winterstarre verharren, obwohl rund um mich herum der Frühling Eintritt verlangte? In meiner Einsiedelei empfing ich eine Mail von Sophia.

Hallo Freundin,

na, was macht dein neues Leben in Sevilla? Da du nicht gerade die wahnsinnig ambitionierte E-Mail-Schreiberin, noch Skyperin bist, werde ich mich wohl selbst einmal zu dir in den Süden bemühen müssen, um sicherzustellen, dass du dich wie ein braves Mädchen verhältst. Tut mir leid, aber unser Flug ist schon gebucht, jede Fluchtmöglichkeit versperrt. Ich erwarte, dass du mich auf sämtliche Osterprozessionen mitnimmst und mich bei dir beherbergst. Wir kommen übrigens zu zweit. Zu deinem Bedauern kann aber Lukas mich leider nicht begleiten. Er muss vor Ort dafür sorgen, dass unsere Lagerfeuer weiter brennen.

Stattdessen begleitet mich meine Referendarin Ana, denn sie hat Sehnsucht nach ihrem Brüderchen.

Wenn das kein Überfallkommando war! Im Postskriptum folgten die genauen Flugdaten. Ich schaute in meinem Kalender nach. Noch zehn Tage. Natürlich, denn dann gab es Osterferien in NRW. Kein Wunder, dass Sophia sich nach etwas Sonne sehnte und vielleicht auch ein wenig ihre Freundin vermisste. Ich war wirklich nah am Wasser gebaut. Ich hatte Angst vor dem Besuch, hatte es mir gerade so schön in meinem klösterlichen Leben eingerichtet, zum anderen hatte ich ein großes Bedürfnis nach Nähe, Wärme und Austausch. Sophia hätte keinen besseren Zeitpunkt zur Wiederbelebung unserer Freundschaft wählen können. Schon die Ankündigung ihres Besuches tat mir gut. Endlich hatte ich wieder etwas zu tun. Ich besorgte Infobroschüren beim Fremdenverkehrsbüro, fand heraus, wann genau welche Prozessionen stattfanden. Ich plante, Sophia vor allem die beiden ganz Großen zu zeigen: die berühmte Macarena und die Esperanza de Triana. In Sevilla hatten beide Prozessionen, zumindest war das früher bei meinem ersten Aufenthalt so gewesen, ihre eigenen Fanclubs. Vor acht Jahren zogen Lynn und ich selbstverständlich bei der Macarenaprozession mit, doch ich könnte schwören, dass Lynn wegen ihres Wohnortwechsels mittlerweile eine begeisterte Triana-Anhängerin geworden war. Mir brannte es unter den Nägeln, sie anzusprechen, mich mit ihr zu vertragen. Sophia käme mir dabei als Aufhänger gerade recht. Ich dachte nicht lange nach und textete Lynn eine SMS.

Eine Freundin von mir, Sophia, kommt in der Karwoche zu Besuch. Hättest du Lust, zusammen mit uns zur Prozession der Esperanza de Triana zu gehen?

Keine fünf Minuten später antwortete Lynn bereits:

Natürlich. Gerne.

Am nächsten Morgen wartete Gonzalo schon in seinem Büro auf mich. Anders als in den letzten Wochen zeigte er sich ungewöhnlich lebhaft.

„Mia, hast du schon gehört? Wir bekommen Besuch aus Köln.“

„Ja, meine Freundin hat mir auch schon geschrieben. Hat dich deine Schwester auch einfach vor vollendete Tatsachen gestellt und sich bei dir eingeladen?“

„Ja, so ähnlich könnte man das wohl nennen.“

Gonzalo lehnte sich in seinem Stuhl zurück und verschränkte die Ellbogen hinter seinem Kopf. So locker hatte ich ihn schon lange nicht mehr erlebt.

„Weißt du“, teilte ich ihm mit, „ich habe schon ganz viel geplant, schließlich kommt Sophia das erste Mal nach Sevilla.“

Gonzalo nahm den Gesprächsfaden dankbar auf.

„Du nimmst sie sicherlich mit auf die Prozessionen, oder?“

„Klar, vor allem auf die beiden großen.“

Gonzalo nickte.

„Wusstest du, dass es in Granada auch Schweigeprozessionen gibt?“

„Nee. Hier ist es ja eher laut, so mit einer Art Marschmusik, wenn ich mich richtig erinnere.“

„Jaja, dafür sind die Prozessionen in Sevilla bekannt. In Granada ist das mitunter noch ernsthafter. Manchmal wird sogar die Straßenbeleuchtung ausgeschaltet und der Zug wird nur durch Kerzenlicht erhellt. Das ist auch schön und stimmungsvoll. Aber das gibt es jetzt wohl ebenfalls hier in Sevilla.“

„Ist das nicht auch ein wenig gruselig?" Ich erinnerte mich noch an die Nazarener, denen ich nachts vor vielen Jahren begegnet war. Sie trugen Tuniken und spitze Hauben auf dem Kopf und hatten mich unangenehm an Fotos von Ku-Klux-Klan-Mitgliedern aus den Südstaaten erinnert. Besonders fies hatte ich es empfunden, wenn sie in Grüppchen vor dunklen Hauseingängen zusammen herumstanden und neugierig alle Passanten musterten.

„Schon auch. Irgendwie historisch, mittelalterlich. Ich überlege, ob ich mit Ana nach Murcia fahren soll."

„Wieso Murcia?"

„In Murcia, so habe ich gehört, verteilen die Nazarener hartgekochte Eier, Bonbons und Bohnen."

„Echt? Bohnen? Wie abgefahren!"

„Nicht wahr? Ana behauptet immer, Ostereiersuchen sei typisch deutsch. Mit dieser Prozession könnte ich sie vom Gegenteil überzeugen." Gonzalo lächelte spitzbübisch.

„Aber vielleicht ist sie von der Schule auch so fertig, dass sie nur chillen will", warf ich ein.

„Durchaus möglich. Sophia hat erzählt, dass dieses Referendariat wohl nicht ganz ohne sein soll. Vor allem die Unterrichtsbesuche, wie sie so verniedlichend genannt werden, sollen es wohl ganz schön in sich haben. Na ja, vielleicht wäre eine Fahrt nach Murcia doch ein zu großer Aufwand."

In diesem Moment kam Lidia in das Büro geschossen.

„Na, macht ihr gerade Pause? Ab zum Newsdesk, es gibt Neuigkeiten."

Tatsächlich! Die Agenturen überschlugen sich und fluteten uns mit Veranstaltungsterminen. Die

Lokalredaktion drohte vor Arbeit zu ertrinken. Auch Gonzalo und ich arbeiteten unter Lidias Führung bis zum Anschlag.

Zu Hause ging der Stress noch weiter. Kaum hatte ich meine Füße hochgelegt, meldete sich mein Handy. Ein total aufgelöster Juan.

„Mia, du musst sofort kommen!"

„Wo bist du?"

Er nannte mir eine Adresse, die mir nichts sagte. Ich notierte sie dennoch gewissenhaft. Juans Stimme hörte sich wirklich besorgniserregend an.

„Okay, hab ich. Was ist denn los?"

Juan stammelte irgendetwas, aus dem ich nicht klug wurde. Ich versuchte, andersherum an Informationen zu kommen. Der Junge stand offensichtlich unter Schock.

„Wer ist bei dir?"

„Sol und noch ein paar Freunde."

Hörte sich nicht gut an, mir kam sofort Meth in den Sinn.

„Soll ich den Notarzt, die Polizei benachrichtigen?"

„Nein, auf keinen Fall, dann bekommt sie nur Ärger."

Er hängte ein.

Scheiße, Scheiße, Scheiße. Warum hatte er nur aufgelegt? Ich dachte an Nils und seinen goldenen Schuss am Ebertplatz. Eigentlich gab es keinen Grund zu zögern. Schon rief ich den Notruf an und schickte eine Ambulanz zu Sol. Dann beschloss ich, mir in dieser schwierigen Situation selbst Rat zu holen, und wählte die Nummer von Esteban, dem Drogenberater, den ich Juan vermittelt hatte. Seine Nummer hatte ich damals sofort in mein Handy eingespeichert.

„Ja?“

„Hallo, hier Mia, ich bin eine Freundin von Juan.“

„Keine Namen, wir arbeiten anonym. Ich glaube, ich weiß, wer du bist. Das frühere canguru aus Deutschland von unserem minderjährigen Freund.“

„Genau.“ Ich wurde ruhiger. Diese komplizierten Formulierungen und Umschreibungen waren mir noch von meinem Praktikum als Streetworkerin vertraut.

„Unser Freund hat mich angerufen, macht sich Sorgen um seine Ex.“

„Mist, so etwas hatte ich befürchtet. Hast du eine Adresse, Telefonnummer oder so?“

„Ja.“ Ich las ihm den Zettel vor. „Ich habe schon einen Krankenwagen hingeschickt. Sagt dir das was?“

„Reiches Viertel. Danke für deinen Anruf. Ich melde mich, sobald ich Genaueres weiß. Kann ich dich unter der Nummer, die in meinem Display angegeben wird, erreichen?“

„Ja, klar.“

Aufgewühlt lief ich im Tigergang hin und her, dachte an Sol, dieses verrückte, aufgedrehte Mädchen, das sich wie im Club immer und immer wieder im Kreise drehte.

Da schellte mein Handy erneut.

„Mia, was soll ich machen? Sie liegt auf dem Boden und bewegt sich nicht mehr.“

„Okay, Juan“, meine Stimme klang ganz ruhig. „Keine Panik. Hilfe ist bereits unterwegs! Ich erkläre dir jetzt ganz genau, wie du vorgehen musst, bis der Rettungswagen kommt. Bist du bereit?“

Ich setzte mich auf einen von Gonzalos Küchenstühlen, um Juan beizustehen, damit er Erste Hilfe leisten konnte.

„Ja. Sie atmet kaum noch." Im Hintergrund vermeinte ich, Sirenen zu hören, die immer näher kamen.

„Pass auf: Du beugst dich zu Sol hinunter und prüfst, ob du an ihrer Wange Luft spürst, ob du Atemgeräusche hörst und schaust, ob sich ihr Brustkorb hebt und senkt."

„Okay, ich lege das Handy eben zur Seite."

Ich schaute aus dem Fenster, ohne etwas zu sehen. Mein eigenes Herz schlug mir bis zum Halse. Nach einer halben Minute meldete Juan sich zurück.

„Schwach, aber sie atmet. Ich habe den Luftzug gespürt. Der Brustkorb bewegt sich auch."

„Das sind schon einmal gute Nachrichten. Jetzt kommt der zweite Schritt. Bring sie in die ..." Himmel, wie hieß ‚stabile Seitenlagex' bloß auf Spanisch? Nur nicht unsicher werden. Ich beschrieb ihm ganz genau, wie sie zu liegen hatte.

„Hat sie starke Blutungen?"

„Mia, aus Sols Mund kommt Kotze."

„Wenn sie auf der Seite liegt, ist das halb so schlimm." Ich ließ mir meine Nervosität nicht anmerken und ging mit Juan Schritt für Schritt die Erste-Hilfe-Anweisungen weiter durch. Doch dann nahm jemand anderes Juans Handy an sich.

„Señora, hier spricht der Notdienst. Danke für Ihre Hilfe. Wir machen jetzt weiter."

Mit wackeligen Knien stand ich auf, mir war schummrig vor den Augen. Mein Kreislauf war schwach, die Luft schlecht. Ich lehnte mich an eine

Wand, dann öffnete ich das Fenster und atmete so viel frische Luft ein, wie ich konnte. Bitte, Sol, komm durch. Sei stark!

Zehn Minuten später rief Juan wieder an.

„Ich fahre jetzt mit Sol ins Hospital Universitario Virgen del Rocío. Kannst du Sols Vater anrufen, damit er auch kommt?"

„Klar, mache ich das. Wie geht es Sol?"

„Ich weiß nicht. Aber ich glaube, nicht schlecht. Die Sanitäter haben mich auch schon gefragt, wann sie wie viel genommen hat, aber ich weiß es nicht. Mia, ich muss jetzt auflegen. Danke."

Den Rest des Abends verbrachte ich am Telefon. Als Erstes gab ich Sols Papa, dem Pressesprecher Klein, Bescheid. Er war außer sich, beschimpfte mich als Paparazza, verstand gar nicht, was passiert war. Sicherheitshalber rief ich gleich noch Raquel an, die zwar ebenfalls geschockt war, aber begriff, was vorgefallen war. Sie versprach mir, mit Sols Vater ins Krankenhaus zu fahren. Als Letztes rief ich Pilar an, um sie darauf vorzubereiten, was Juan ihr erzählen würde. Doch das brauchte ich gar nicht. Juans Coach Esteban saß bereits bei ihnen zu Hause und wartete darauf, den Jungen in Empfang zu nehmen.

Kapitel 25

B wie Buße

Das Zitat des Tages

„Buße tun ist ein kirchliches Ritual. Im psychologischen Sinne geht es bei der Behandlung negativ bewerteter Verhaltensweisen nicht darum, sich einer wie auch immer gearteten Sünde zu schämen, sondern negative Ereignisse anzuerkennen und sie in ein komplexes Persönlichkeitskonzept zu integrieren. Dadurch heilt der Mensch und kann sich wieder dem Positiven zuwenden.“

(Ratgeber für angewandte Psychologie, S. 23)

Am nächsten Morgen stürmte Lidia in Gonzalos Büro und kam energiegeladen auf mich zu.

„Mia, was hast du gemacht, dass dieser Kerl dich so hasst?“

„Wer?“

„Dieser Mensch vom Colegio. Der will schon wieder juristisch gegen dich vorgehen.“

„Und da redet der mit dir?“

„Wenn ich ihn richtig verstanden habe, sozusagen präventiv, falls es dir in den Kopf käme darüber zu schreiben."

Ich war irritiert. Um was ging es genau? Sprach sie von Herrn Klein und dessen Tochter Sol?

„Worüber?"

„So eine Drogengeschichte."

Gonzalo schaute mich fragend an. Ich hatte ihm noch nichts davon erzählt, was am Abend zuvor passiert war. Lidia machte keine Anstalten, uns alleine zu lassen. Gonzalo sah mich mit Schalk im Blick an.

„Mia, du nimmst Drogen, wusste ich noch gar nicht. Was denn?"

Er tat so, als würde er schnüffeln.

„Hm, leicht süßlich. Marihuana?"

Lidia keckerte. Blitzschnell legte ich mir eine Strategie zurecht. Bevor ich wusste, was Sache war und wie es Sol ging, würde ich auf den Zug aufspringen und die Geschichte ins Lächerliche ziehen. Schon alleine, um Juan zu schützen. Doch bevor ich antworten konnte, gab unsere Chefredakteurin bereits ihre Informationen preis.

„Damit kommst du wohl nicht hin. Es geht um Härteres, um Crystal Meth." Lidia schien mehr zu wissen, als es den Anschein hatte.

Gonzalo sah erst Lidia, dann mich an und zog seine Schlüsse.

„Verstehe, Leistungsdruck, Privatschule und Aufputschmittel. Was weißt du darüber, Mia?" Er wollte allgemeine Fakten? Konnte er haben. Damit war ich auf der sicheren Seite.

„So in etwa Folgendes: Crystal Meth ist vor allem eine Einstiegsdroge für Mädchen, die gerne abnehmen möchten. Wurde nach dem Zweiten Weltkrieg in Deutschland sogar als Hausfrauenpraline verkauft. Ein aufmerksames kleines Mitbringsel. Da wusste man noch nicht so genau über das süchtig machende Potential der Droge Bescheid.“

Gonzalo schaute mich ungläubig mit weit aufgerissenen Augen an. „Echt? Stimmt das?“

Lidia nickte: „Amphetamine, Appetitzügler. Ein gutes Thema, die deutsche Privatschule wäre ein guter Aufmacher.“

„Das meinst du nicht ernst!“

„Da hat sich dieser Pressesprecher wohl selbst ins Bein geschossen, dass er die Chefredakteurin der ‚Toros‘ selber auf diese Fährte setzt“, freute sich Lidia.

„Deutsche Privatschule, Psychologie. Fällt in deinen Bereich, Mia. Gut, dass wir dich hier vor Ort haben.“

Ich setzte mich hin. Mir war die gute Laune vergangen.

„Das mache ich nicht. Ich bin befangen. Da stecken Freunde von mir drin.“

„Unsinn, dafür ist eine Zeitung doch da: Den Finger auf wunde Punkte legen. Was meinst du, wie du den Schülern hilfst, wenn du das an die Öffentlichkeit bringst! Viele wissen hier unten im Süden noch nicht einmal, was Meth ist.“

„Nein, Lidia, ohne mich. Drogenmissbrauch ist ein heikles Thema, da muss man mit viel Fingerspitzengefühl vorgehen, um den Usern zu helfen, um Vertrauen aufzubauen, denn sonst tauchen alle ab und du

kommst gar nicht mehr an die Betroffenen ran, bevor
es zu spät ist.“

„Gonzalo, red ihr das aus!“

Doch ihm fiel nichts ein, wohingegen Lidia einen ausschweifenden Monolog hielt.

Ich versuchte, mir Gehör zu verschaffen.

„Lidia, hast du schon mal einen User persönlich kennengelernt, weißt du, wie er sich nach einem Crash ver-
hält?“

„Darum geht es nicht.“

„Hast du?“

„Nein, aber …“

„Lidia, lass uns nichts überstürzen“, wiegelte Gonzalo
ab. „Jetzt wollen die Leser sowieso nur etwas über die
Semana Santa in Sevilla lesen, der Stadt mit den au-
thentischsten Prozessionen in ganz Spanien.“

„Wenn du meinst“, unzufrieden verließ Lidia das
Büro ohne mich noch einmal eines Blickes zu würdigen.

„Mein deutscher Löwe wird mit einmal ganz zahm.“

„Das ist es nicht. Nur nach dem Konflikt mit dem
Colegio ist mir einfach klar geworden, wie mächtig ein
Artikel sein kann. Und ich baue lieber etwas auf, als etwas mal eben großkotzig zu zerstören. Ich meine, es
geht um Menschen, um Jugendliche. Um Juan und Sol.“

Gonzalo wartete, ob ich noch etwas hinzufügen
wollte, wollte ich aber nicht.

„Magst du mir erzählen, was gestern passiert ist?“

Wie gerne hätte ich mich an seiner Schulter ausge-
weint, aber nach unserer gemeinsamen Nacht ging das
nicht mehr einfach so.

„Danke, aber im Moment nicht.“

Gonzalo setzte sich ganz aufrecht hin.

„Okay, dann lass uns einfach mit dem alltäglichen Kram weitermachen. Soll ich dich mit dem Auto mit zum Flughafen nehmen, wenn unser Besuch aus Deutschland kommt?“

„Das ist nett von dir. Gerne.“

In der Mittagspause rief ich im Krankenhaus an, aber man sagte mir nichts über Sols Gesundheitszustand. Ich war keine Verwandte. Also musste ich mich an Raquel wenden. Ich tippte ihre Nummer, erwartete einen Anrufbeantworter, doch sie ging selbst dran.

„Ja?“

„Hi, Raquel, hier spricht Mia, wollte hören, wie es Sol, der Tochter von Herrn Klein, geht.“

„Oh Mia, gut, dass du anrufst. Hast du einen Moment Zeit?“

„Klar doch.“

„Also. Sol geht es den Umständen entsprechend gut. Sie ist bei Bewusstsein, die Werte sind wieder im grünen Bereich. Sie wird jetzt aber wohl erst einmal viel Schlaf nachholen. Die Ärzte haben darüber hinaus Angst, dass sie eine Psychose entwickelt. Sie ist wohl übersensibel und wahnsinnig schreckhaft.“

Wäre nicht untypisch, dachte ich, sagte aber nichts.

„Auf jeden Fall meinte der Notarzt, dass sie gerade noch rechtzeitig gekommen wären. Und du hast Juan vor Ort wohl genau die richtigen Erste-Hilfe-Anweisungen gegeben. Die Sanitäter sagten irgendetwas mit dem Atem und der Körperhaltung.“

„Ach, ich habe Juan nur angeleitet, Sol fachmännisch auf die Seite zu legen.“ Ich wusste auch nicht, wie gut sie über Sols Drogenkonsum informiert war. Darum erwähnte ich weder Crystal Meth, noch Esteban und schon gar nicht das Colegio und Lidias Idee, einen Skandalartikel darüber zu veröffentlichen. Alles kein Thema fürs Handy. Und so hörte ich ihr einfach nur zu. Nach einer halben Stunde beendete ich das Telefonat.

„Raquel, leider ist meine Mittagspause zu Ende und ich muss wieder zurück an die Arbeit."

Gonzalo schaute mich fragend an, als ich zurück ins Büro kam.

„Dem Mädchen geht es gut. Sie scheint weitgehend über den Berg zu sein."

„Gute Nachrichten."

Gerade, weil er mich nicht bedrängte, hatte ich plötzlich das Bedürfnis, ihm doch alles mitzuteilen.

„Gonzalo, hast du am Wochenende schon etwas vor?"

Und plötzlich schossen mir Milliarden von Flirtratschlägen in den Kopf. All diese Tipps, die ich in meinem Kölner Kurs vermittelt hatte. Sie alle waren weniger als Gebote, sondern, wie ich meinen Kursteilnehmern immer versicherte, eher in dem Sinn von Wegweisern zu verstehen, die einem in Situationen, in denen man sich unsicher fühlte, weiterhalfen.

Nummer eins: Nicht mit der Tür ins Haus fallen, denn das verschreckt den anderen.

„Mmmm, warum fragst du?"

Okay, ich sollte also meine Idee ein wenig umformulieren.

„Ich dachte, dass wir uns vielleicht irgendwann vor der Invasion aus Deutschland noch mal bei einem Gläschen Wein zusammensetzen könnten."

Oh ja, dieser Ansatz schien besser zu funktionieren.

„Könnte man machen."

„Da ich wegen des Wochenendes noch in deiner
Schuld stehe, würde ich dich gerne einladen.“

„Was willst du denn damit andeuten?“

Oje, ein Fettnäpfchen umschifft und dafür gleich voll
in das Nächste hineingestampft.

Ich versuchte, die Peinlichkeit durch ein kokettes Lachen zu überspielen und hatte dabei Sophias Credo im
Ohr, dass im Sinne der Verhaltenstherapie jeder alles
lernen könnte. Das mochte für jeden anderen zutref-
fen, nur bei mir funktionierte es nicht. Ehrlich gesagt
hörte sich mein Lachen alles andere als souverän an.

Gonzalos Stirnrunzeln vertieften sich sekündlich, das
hieß: schnell handeln, um zu retten, was noch zu retten
war.

„Benzingeld, sonst nichts. Da stehe ich noch in deiner
Schuld.“

„Ach so“, winkte er ab. „Nicht der Rede wert!“

Glück gehabt, er hatte die Ausrede geschluckt.

Nummer zwei: Nicht über seinen Kopf hinweg entscheiden, ihn mit ins Boot holen.

„Kennst du denn eine nette Taberna, in der man vielleicht auch einen Happen essen kann?“

„Was hattest du dir denn so vorgestellt?“

Jetzt nicht zu dick auftragen.

„Also, die Restaurants, die wir während des Granada-
Trips besucht haben, haben mir eigentlich alle ganz gut
gefallen.“

Gonzalo war noch immer zögerlich, kein Wunder bei
der Klatsche, die ich ihm gegeben hatte.

Vielleicht sollte ich die Sache erst einmal ruhen lassen.

„Können wir ja noch einmal später drüber reden.“

„Nein, nein. Von mir aus gern. Kennst du das ‚Abanico‘ in der Nähe der Uni?“

„Bis jetzt noch nicht, hört sich aber vielversprechend an.“

„Ist ganz hübsch, ein wenig kitschig vielleicht, aber kochen können sie. Soll ich uns einen Tisch reservieren?“

Ich schaute ihm fest in die Augen. Er erwiderte meinen Blick ebenso entschlossen. Damit teilte er mir so etwas mit wie die Frage: Bist du wirklich sicher, dass du das ernsthaft willst? Ich wich seinen Augen einen Moment aus und verirrte mich zu seinen Lippen, inmitten der für ihn untypischen Bartstoppeln, stellte mir vor, wie sie über meine Haut wanderten, wurde rot und nickte.

„Unbedingt.“

„Also, abgemacht. Um wie viel Uhr?“ Jetzt wollte er es wissen, wollte auf Nummer sicher gehen. Kein Problem. Das war der Mann, den ich wollte. Jetzt wusste ich es. Die Frage, die zwischen uns stand war, ob er mir noch einmal eine Chance geben würde.

„Neun Uhr abends am Samstag?“

„Zehn Uhr.“

Es geht um Macht. Es geht um Sex. So kommentierte ich in meinem Kurs solche kleinen Rededuelle, die normalerweise jedoch typisch für die erste Annäherungsphase und nicht für die Phase nach der ersten Liebesnacht waren. Ich hatte ganz offensichtlich meine Hausaufgaben nicht gemacht. Aber vielleicht konnte Gonzalo mir Nachhilfe geben.

An dem Abend landete der gesamte Inhalt meines Koffers auf dem Bett. Ich wollte nicht zu billig rüberkommen, verbot mir jegliche amourösen Ausschweifungen direkt an diesem Wochenende. Nein, es ging eher darum, ihn von meiner gereiften, neuen Persönlichkeit zu überzeugen. Also entschied ich mich für einen dunklen Bleistiftrock mit einer orangefarbenen raffiniert in der Taille gerafften Bluse mit V-Ausschnitt.

Ich nahm den Bus, der ganz in der Nähe des ‚Abanicos‘ hielt. Als ich die Tür öffnete, dachte ich an Sophias Geburtstagsfeier in dem spanischen Restaurant in Köln zurück. So hätte es aussehen müssen. Am liebsten hätte ich ihr Fotos gemailt, aber das hätte mich Kopf und Kragen gekostet. Zum anderen wäre es auch unnötig gewesen, denn zum Glück war alles viel einfacher. Demnächst konnte ich meiner Freundin alles vor Ort zeigen und mit ihr in den Osterferien dort zusammen speisen.

Alles war, wie es sein sollte: Weiß gekalkte Wände, drei lange Tische, die tief in den Raum hineingingen und hinten abgetrennt eine Handvoll Séparées. Kerzen tauchten das Restaurant in ein warmes, sanftes Licht. Es war voll und laut. Ich fühlte mich sofort wohl. Gonzalo war bereits da, stand auf und winkte mir zu. Formvollendet schob er mir nach unserer Begrüßung den Stuhl so, dass ich mich setzen konnte.

„Ein tolles Restaurant.“

„Freut mich, dass es dir gefällt.“

Schon stand der Kellner mit der Schiefertafel vor uns, von der wir das Menü wählten.

Ich hatte mich dafür entschieden, mit einer Gazpacho anzufangen, gefolgt von den papas bravas, Kartoffeln in scharfer Tomatensoße, zum Seehecht und zum

Nachtisch bestellte ich schon jetzt einen Karamellpudding: Ich liebte Flan.

Gonzalo ergänzte unsere Order noch um eine Flasche weißen Riojas und eine Karaffe stillen Wassers.

Ich hatte Appetit und freute mich auf einen geselligen Abend, an dem ich hoffte, so einiges wiedergutmachen zu können.

Gonzalo fragte mich bald aus, wie es Sol ginge und was genau passiert war. Ich erzählte ihm alles. Er war ein guter Zuhörer, der mich nur selten unterbrach. Seine Fragen zeigten ehrliches Interesse. Ich konnte das wertschätzen, kannte ich doch allzu viele Männer, die nur darauf warteten, bis sie ein Stichwort einflechten konnten, das sie wieder in den Mittelpunkt katapultierte. Diese Art von Mann brauchte keine Freundin, sondern einen Claqueur.

„Weißt du", ich legte mein Besteck am Tellerrand ab. „Mittlerweile habe ich das Gefühl, hier wirklich zu leben."

„Wie meinst du das?"

„Also, bei meinem ersten Aufenthalt war ich völlig begeistert von allem, habe mich aber, glaube ich, auch ein wenig blenden lassen, habe mehr die Fassade gesehen und nicht wirklich hinter die Kulissen geschaut. Doch jetzt, so schmerzhaft es auch ist, sehe ich zusätzlich noch die staubigen Ecken. Ich sehe, dass mein süßer Au-pair-Sohn Ice genommen hat. Meine hübsche, nette Spanischlehrerin Raquel hat sich in einen Mann verliebt, der für mich nichts als ein Kotzbrocken ist. Der wiederum ist selbst ein armes Schwein, geschlagen mit einer Tochter, die Meth-Probleme hat."

„Und plötzlich bist du nicht mehr nur eine canguru, die ein wenig Sprachunterricht nimmt, aber sonst ziemlich frei in den Tag leben kann, sondern hast einen Job und musst schwerwiegende Entscheidungen treffen."

„Genau. Ob ich auf hartgesottene investigative Journalistin mache und das Colegio und die dort herrschenden Drogenprobleme zum Skandal aufbausche, oder ob ich irgendwie eher eine Lösung im Hintergrund finden kann mit Artikeln, die wirklich den Betroffenen helfen, ohne mich als moralische Richterin aufzuspielen."

„Na ja, ich verstehe schon deine Einwände gegen den Enthüllungsjournalismus, aber ich finde, dass man im gewissen Rahmen durchaus schon von Schuld sprechen kann. Denk nur mal an die Dealer."

„Ja und nein. Aber selbst das ist nicht so einfach. Ich weiß nicht, wie es hier läuft, aber in Deutschland sind die kleinen Dealer oft ebenfalls abhängig und an die Hintermänner kommt man nicht so einfach ran. Eine Frage von Beschaffungskriminalität und so."

„Führt man in Deutschland solche Diskussion eigentlich üblicherweise bei einem romantischen Abendessen?"

„Siehst du unsere Verabredung als ein romantisches Abendessen an?"

Wir waren inzwischen schon beim Nachtisch angelangt. Ich tunkte meinen Löffel in einen göttlichen Flan und leckte das Silber hingebungsvoll ab.

„Wir werden sehen. Darf ich dich nach Hause fahren?"

Das war aber abrupt. Auch ich wollte nicht, dass noch mehr passiert, aber ich wäre gerne diejenige gewesen, die den Schlussstrich gezogen hätte.

Wer weiß, dachte ich gedämpft, *vielleicht war dieser Abend auch nur der Beginn einer wunderbaren Freundschaft.*

Kapitel 26

F wie Freundschaft

Das Zitat des Tages:

„Freundschaft ist eine Seele in zwei Körpern. Das erkannte schon Aristoteles. Freundschaft stärkt die Gesundheit, federt Stress ab und macht Spaß. Dennoch fällt es vielen Klienten schwer, Freunde zu finden und/oder die Beziehungen angemessen zu pflegen. Gerade in unserer zielorientierten netzwerkenden Ego-Gesellschaft vergessen viele, auch etwas für Freundschaften zu tun.“

(Ratgeber für angewandte Psychologie, S. 44)

Und dann war es soweit, der ganze Ostertrubel war in vollem Schwung. Die Stadt platzte aus den Nähten, man vermeinte mehr Englisch und Deutsch als Spanisch zu vernehmen. Das mochte daran liegen, dass die Sonnenküste quasi um die Ecke lag, obwohl die Urlaubsgäste in Sevilla doch eine etwas andere Art von Tourismus betrieben als die von vielen belächelten Costa-del-Prol-Anhänger. Nicht nur die Innenstadt von Sevilla war bis zur Decke mit Urlaubern angefüllt, auch der Flughafen war komplett überlaufen. Gonzalo hatte mich mitgenommen, war außergewöhnlich gut gelaunt. Noch kannten wir uns nicht gut genug, als dass ich ihn hätte fragen können, ob das an der Aussicht auf eine Reihe freier Urlaubstage oder an der Vorfreude auf das Wiedersehen mit seiner Schwester lag.

Die Maschine aus Deutschland hatte Verspätung. Wir beide holten uns einen überteuerten Milchkaffee, tunkten ein Croissant, für das wir einen noch unverschämteren Preis bezahlt hatten, hinein und warteten.

„Wie lange hast du Ana schon nicht mehr gesehen?"

„Fünf Jahre."

„Oh. Ich dachte, die Spanier machen sich so viel aus der Familie?"

„Genauso wie wir auch alle extrovertiert und leidenschaftlich sind."

„Dem würde ich nicht unbedingt widersprechen. Also, was dich angeht, ähm, manchmal."

Ich wurde rot und versuchte, schnell wieder Boden unter den Füßen zu gewinnen: „Als ich allerdings deine Schwester kennenlernte, wirkte sie in der Tat eher ziemlich scheu."

Gonzalo schob sich genussvoll langsam die aufgeweichte Spitze seines Hörnchens in den Mund.

„Interessant. Du kennst sie besser als ich."

„Quatsch. Ich habe genau einen Tag mit ihr verbracht."

„Und hast ihr flirten beigebracht, wenn ich das richtig verstehe, damit sie eine bessere Lehrerin wird? So ganz habe ich die Prinzipien der deutschen Lehrerausbildung noch nicht verstanden."

„Frechdachs, dir steigen wohl die Feiertage zu Kopf!"

Geschickt lenkte Big B. ab: „Schau, unser Flugzeug ist gelandet. Lass uns aufbrechen."

„So ungeduldig? Sie brauchen doch sicherlich noch eine halbe Stunde, bis sie ihr Gepäck vom Band gerissen haben und durch den Zoll geschleust worden sind. Ich weiß nicht, wie deine Schwester drauf ist, aber ich gehe mal davon aus, dass Sophia zumindest zwei Koffer mitgeschleppt hat."

„Ist Sophia eine gute Freundin von dir?"

„Sie war lange Zeit meine Busenfreundin. Wir haben zusammen studiert."

„Soso, was denn?"

Ich grinste: „Sagen wir mal so: Das Leben."

„Aber dann haben wir uns auseinandergelebt. Sie geht jetzt in Richtung Nestbau und so."

In dem Moment stürzten die ersten Passagiere aus der Abfertigungshalle. Ganz vorne mit dabei waren unsere beiden Gäste. Ich schnappte nach Luft. Sophia trug durch ihr enganliegendes Kleid deutlich sichtbar einen Babybauch vor sich her. Ich machte meinen Mund wieder zu. Das versprachen ja reizende Urlaubstage und -gespräche zu werden. Gonzalo war meinem Blick gefolgt.

„Ähm, ich würde sagen, mit dem Wort Nestbau hast du ihre jetzigen Umstände perfekt auf den Punkt gebracht." Dann stürzte er auf seine Schwester zu, die neben der viel Raum beanspruchenden Sophia noch schmaler und blasser wirkte.

„Na, da staunst du, was?", lachte mir Sophia ins Gesicht.

„Fürwahr. Die Überraschung ist dir gelungen." Ich rang noch um Fassung.

„Wie war dein Flug?", etwas Originelleres bekam ich nicht über die Lippen.

„Alles bestens." Und schon ging es los. Die ersten drei Monate hätte sie nur in der Nähe von Toiletten verbracht, aber seit gut sechs Wochen hätte sich ihr Hormonhaushalt eingependelt. Ich zählte heimlich die Zeit an meinen Fingern ab. „Das heißt, du warst schon schwanger, als ich nach Sevilla geflogen bin."

„Aber ja doch. Aber die ersten zwölf Wochen haben wir es keinem mitgeteilt, da das Risiko zu groß wäre." Bei dem Rest ihrer Ausführungen hörte ich einfach weg. Ich hatte das Gefühl, meine Freundin hatte die Flugzeit dazu genutzt, sämtliche ,Eltern'- und ,Meine Familie und ich'-Hefte auswendig zu lernen. Verzweifelt schaute ich zu Gonzalo herüber. In diesem Moment sah er sich ebenso Hilfe suchend nach mir um. Plötzlich mussten wir beide lachen.

„Kommt, Chicas, auf zum Auto!"

Er rollte Anas Koffer hinter sich her, ich zog eins von Sophias zwei Rollmonstern. Wir beide liefen zielstrebig vorneweg.

„Gonzalo, lass uns ganz viel zu viert machen. Ich gehe sonst ein bei dem zu befürchtenden nonstop Babytalk."

„Ganz in meinem Sinne." Er zwinkerte mir verschwörerisch zu. „Ich krieg kein Wort aus Ana raus. Wahnsinnig mühsam, mit ihr Konversation zu betreiben."

Im Auto saß Ana neben ihrem Bruder, während Sophia und ich uns die Rückbank teilten. Ich überlegte gerade, ab wann man wohl das Geschlecht des Babys bestimmen könnte, wollte aber nicht so direkt fragen, da das sicherlich einen halbstündigen Vortrag über Zellteilung provoziert hätte. Dann spürte ich, wie Sophia ihren Mund in die Nähe meines Ohrs brachte. „Dieser Gonzalo ist ja ein Zückerchen, da bekomme ich ganz schwache Knie."

Ich starrte sie an. „Sophia, du bist schwanger!"

„Na und? Das heißt doch nicht, dass ich keine Augen im Kopf habe." Bevor ich noch irgendetwas sagen konnte, drehte Sophia auch schon auf, wandte sich an Gonzalo und fragte ihn irgendetwas Belangloses, nicht ohne sich dabei ordentlich in Pose zu werfen.

„Lass das!", flüsterte ich ihr zu. „Ich sag das Lukas." Sie strahlte mich an. „Lukas ist in Deutschland, ich bin hier." Gonzalo warf ihr einen aufmunternden Blick im Rückspiegel zu.

„Mia und ich haben schon überlegt, ob wir nicht häufiger mal zu viert losziehen wollen. Was haltet ihr davon?"

„Super!", begeisterte sich Sophia.

„Okay", schloss sich deutlich nüchterner Ana an.

Ich verzichtete auf jegliche Äußerung, hatte meine Meinung um dreihundertsechzig Grad geändert.

Eine traumhafte Zeit lag vor mir. Freud würde viel Freude an uns haben: Sevilla auf der Couch, was sonst?

Kapitel 27

R wie Religion

Das Zitat des Tages:

„Wird der religiöse Glauben durch analytisches Denken abgelöst? Nein. Empirische Forschung zeigt, dass Menschen Krisen besser überstehen, wenn sie an ein größeres Ziel im Leben glauben, von einem tieferen Sinn überzeugt sind. Ob nachweisbar oder nicht, Religion gibt vielen anscheinend den Halt, den sie bei ihrer Lebensführung benötigen.“

(Ratgeber für angewandte Psychologie, S. 114)

Ach, wären wir doch in Granada! Ach, würde es hier doch schweigende Prozessionen geben! Stattdessen waren alle um mich herum euphorisch und in Feierlaune. Bei Temperaturen über zwanzig Grad und blauem Himmel, stieg die Stimmung automatisch. Es wurde inbrünstig, die Augen zu den Pasos gerichtet, gesungen. Diese waren wirklich schön gestaltet. Die Figuren, die Jesús und María während der Passion darstellten, waren aus Holz, Draht oder Wachs gefertigt, teilweise vergoldet oder versilbert und kunstvoll mit frischen Blumen geschmückt. Einige wirkten fast schon beängstigend echt. Lynn, die sich uns bei einem der vielen Züge durch Triana angeschlossen hatte, erklärte mir warum.

„Bei einigen hölzernen Skulpturen wird Echthaar benutzt und schau mal, die Kleidung ist überaus erlesen. Samt und Brokat. Einige Pasos sind anerkannte Kunstwerke, Antiquitäten mit einer langen Geschichte." Die Menge ging im Rhythmus der Kapelle, zwischendurch warfen Solosängerinnen arabisch klingende Improvisationen ein. Und dann blieb mir das Herz stehen. Eine von den Sängerinnen stand ganz bei uns in der Nähe. Sie trug ein schwarzes Kleid mit viel Spitze und hielt einen Rosenkranz in der Hand. Es war Micaela. Sie sang herzzerreißend von Verrat und Vergebung. Ich hatte das Gefühl, ihr Lied war einzig alleine an mich gerichtet und schämte mich in Grund und Boden. Doch in Wirklichkeit nahm sie mich gar nicht wahr, sondern hielt die Augen fest geschlossen. Kaum war sie fertig, da ertönte von einem Balkon der tiefe Bass eines ebenfalls festlich gekleideten Mannes. Sich der Wirkung seiner wohltönenden Stimme auf die Zuhörerschaft wohl bewusst, unterstrich er seinen Gesang mit opernhaft anmutenden Armbewegungen.

„Vamos, vamos ,vamos."

Ich nutzte die Ablenkung der aufgepeitschten Massen und schob meine Freunde schnell weiter nach vorne, nur möglichst weit weg von Micaela und ihrer Anklage. Irgendwann, als wir schon ganz in der Nähe eines Pasos waren, wurde es so eng, dass wir uns nicht mehr weiter vordrängeln konnten. Die in dunklen Kutten gekleideten Männer vor mir taumelten im Gleichschritt nach rechts und links. In ihrem Schutz wagte ich, mich unauffällig nach Micaela umzuschauen. Ich sah sie ganz weit abgeschlagen hinter uns. Uff, endlich kam ich ein wenig zur Ruhe. Lynn wandte sich an Sophia.

„Diesen Gesang nennt man Saetas", erläuterte Lynn ihr. Richtig, den Begriff hatte ich auch schon einmal gehört, aber wieder vergessen. Sophia nickte und sah sich interessiert um.

„Und?", fragte sie, „sind diese Männer mit ihren Tuniken jetzt alles Nazarener?"

Gonzalo half ihr nur allzu gern auf die Sprünge und breitete genüsslich sein Fachwissen vor meiner Freundin aus.

„Aber nein. Nazarener tragen die Spitzmützen, die capirotes, auf dem Kopf, sodass man bis auf ihre Augen, mit denen sie durch die Gucklöcher schauen, nichts von ihnen erkennt. Das gewährt ihnen eine gewisse Anonymität und soll angeblich auf die Pestmasken im Mittelalter zurückgehen. Wie dem auch sei, die Nazarener gehen meist ziemlich weit vorne in der Prozession, noch vor den Pasos. Im Gegensatz dazu tragen die penitentes, die Büßer, ihre capirotes auf dem Rücken und schleppen meist auch noch ein Kreuz. Sie befinden sich üblicherweise eher ziemlich weit hinten im Zug." Sophia lauschte ihm so aufmerksam, als hänge das Leben ihres Babys von diesen Infos ab. Sie hakte sich bei ihm ein und fragte gleich noch einmal nach.

„Aha, verstehe, ein riesiges Spektakel. Wer hat das denn alles organisiert?"

„Die Kirche", mischte ich mich in das vertrauliche Gespräch ein. Lynn wusste es genauer. „Ungefähr siebzig religiöse Bruderschaften."

„Schau mal", zeigte uns Lynn, „die laufen sogar zum
Teil barfuß."

„Mutig, mutig", ließ sich jetzt auch Ana vernehmen.
„Hoffen wir nur, dass die sich nicht gegenseitig auf die
Füße treten."

„Ach", scherzte ich, „erprobte Flagellanten kennen
sich mit Schmerzen bestens aus." Kaum hatte ich diese
Bemerkung zu Ende gesprochen, richteten sich drei Augenpaare vorwurfsvoll auf mich.

„I'm not amused", tadelte mich Lynn sanft.

„Etwas mehr Toleranz, bitte", ermahnte mich Sophia,
mit einer nickenden Ana im Schlepptau. Nur Gonzalo
lachte laut auf. „Was habt ihr denn? Der war gut. Recht
hat sie."

Bei den ersten fünf Prozessionen waren wir noch alle
interessiert und ernsthaft bei der Sache. Doch so allmählich flaute unser Engagement ab. Man muss sich
das vorstellen. Es gab in diesem Jahr fast sechzig Prozessionen im Großraum Sevilla, da ging selbst den hart-
gesottensten Katholiken irgendwann die Luft aus. Zumindest, wenn sie sich nur ab und zu eine Prozession
anschauten. Die Profis hatten es sich eh auf den Tribü-
nen oder mitgebrachten Klappstühlen gemütlich gemacht, von wo aus sie den strategisch gesehen besten
Blick auf die opulenten Feierlichkeiten hatten. Ihre
Kinder hielten sie durch Süßigkeiten und picos, kleine
Brotstangen, bei Laune.

Auch wenn die Prozessionen sehr beeindruckend waren, wurde es mir doch irgendwann zu viel, mich mit
bis zu einer Millionen Touristen durch Sevilla zu schie-
ben. Ana ging es genauso. Die Karwoche hier war
schlimmer als ein Marathon, auch sie machte langsam

aber sicher, betrunken von dem Räucherwerk um sie herum, schlapp. So ungern ich auch Gonzalo mit Sophia und Lynn alleine ließ, aber meine Füße konnten nicht mehr. Und so klinkten Ana und ich uns am dritten Tag aus.

„So viel Buße und Selbstkasteiung kann doch nicht gesund sein", kommentierte sie launisch, als wir uns von den anderen verabschiedeten.

„Vor allen Dingen mit den costaleros, den Trägern der Pasos habe ich Mitleid", stimmte ich ihr zu, während wir alleine eine kleine Gasse hinunterschlenderten.

„Ja, die Pasos mit den Skulpturen und den Baldachinen dürften in der Tat ziemlich viel wiegen", vermutete Ana.

„In der Tat. Gestern habe ich in Sophias Reiseführer gelesen, dass die armen Kerle zwei bis drei Tonnen um die vier Stunden lang auf den Schultern oder auf dem Kopf schleppen."

„Ich weiß auch nicht, wie sie das bewerkstelligen, man kann ja nicht durch diese Seitenbehänge schauen, unter denen sie sich verschanzt haben. Ich nehme mal an, dass so jede Bruderschaft ihre eigene Tragetechnik hat."

„Hört sich logisch an." Während Ana sich gedanklich noch weiter mit Kreuzigung, Auspeitschen und Sünde beschäftigte, überkam mich eine unbändige Lust nach Koffein und Sonne.

„Ana, sollen wir uns nicht in ein Café setzen?"

„In Ordnung", stimmte sie meinem Vorschlag ohne zu zögern zu.

Wir gingen in das nächstbeste Café, in dem wir noch freie Plätze bekamen. Obwohl die Stimmung bei den Prozessionen feierlich gewesen war, herrschte hier eine fröhliche und ausgelassene Atmosphäre.

Während Ana eine eiskalte Cola ihre durstige Kehle herunterlaufen ließ und ich glücklich an meinem Milchkaffee nippte, fragte ich nach, wie es ihr in der Schule gefalle.

Sie antwortete nicht sofort, sondern fing an, ihre Finger nervös am Glas hoch- und wieder hinunterwandern zu lassen.

„Nette oder ehrliche Antwort?"

Ich grinste sie an.

„Letzteres natürlich."

„Okay, aber nur, wenn du weder meinem Bruder noch Sophia etwas verrätst."

„Abgemacht."

„Ich hasse das Referendariat. Ich hätte den Job schon nach dem Praktikum schmeißen sollen. Vor einer Horde pubertierender Jugendlicher zu stehen ist einfach nichts für mich."

Ich konnte Ana besser verstehen, als sie es sich vorstellen konnte. Mein Gott, was hatte ich es immer verabscheut vor einer Gruppe reden zu müssen! Noch immer schauderte es mich, wenn ich an diesen Flirtkurs zurückdachte und das waren immerhin Erwachsene, die ihre Kursleiterin ernst zu nehmen pflegten.

Ich nickte und blickte sie erwartungsvoll an.

„Dieser Lärm, dieser Dreck, diese Unruhe und immer will jemand etwas von dir. Selbst in den Pausen belagern dich diese kleinen Blutsauger." Ana verstellte ihre Stimme und äffte den nörgelnden Tonfall von Schülern nach: „Können Sie mir mal die Tür aufschließen? Hier ist meine Entschuldigung. Kopf weg, ich sehe nichts. Mia, es ist einfach alles so grässlich!“

Anas Gesicht sprach Bände. Der Schulalltag schien buchstäblich Folter für sie zu sein.

„Ich weiß auch nicht, wie ich darauf gekommen bin. Ich meine, ich mag Bücher, ich mag Literatur und wollte diese Begeisterung wohl weitergeben. Und meine Eltern waren so stolz auf mich, nach allem, was sie mit uns durchgemacht haben. Neuanfang in Deutschland, neue Sprache und so. Dann Gonzalos unglückliche Heirat mit Martina und später, sobald Papa seine Rente durchhatte, ihre Rückkehr nach Nordspanien.“

„Blöd, wenn man das Gefühl hat, dass alle Erwartungen an einen stellen“, spiegelte ich Anas Gemütslage.

„Sind deine Eltern auch so anspruchsvoll?“

Ich schluckte.

„Nein, also sie sind tot, schon lange ...“ Nach einer Pause fuhr ich fort: „Damals lebte ich in Spanien und sie wollten mich mit dem Auto besuchen. Und dann passierte dieser Verkehrsunfall und sie kamen ums Leben.“

„Das tut mir leid.“

Ich schaute kurz hoch und nickte.

„Ob meine Eltern besonders anspruchsvoll waren?“, nahm ich Anas Frage wieder auf.

„Nein, früher waren sie ganz normale Eltern, nicht sonderlich ehrgeizig, dafür aber sehr beschützend, fast überängstlich.“

Ich versuchte, mich zu erinnern, wie sie sich am Zeugnistag verhalten hatten. Gab es bei uns irgendwelche besonderen Rituale? Diese Frage brachte mich richtig ins Schwitzen. Ich konnte mich nicht mehr erinnern, warf alles durcheinander, Filmszenen, Erzählungen von Freunden, alte Fotos.

„Sorry", entschuldigte sich Ana mit leiser Stimme.

„Das Schlimmste ist, dass ich so viel vergesse. An vieles kann ich mich schon gar nicht mehr so richtig erinnern."

Wir schwiegen und dann bestellte Ana noch einmal dieselbe heiß-kalte Getränkekombi für uns.

„Und, wie geht es dir hier?"

„Frag mich was Einfacheres. Himmel und Hölle, immer abwechselnd."

„Ich finde es eigentlich ganz nett hier mit euch. Lynn und Sophia sind schwer in Ordnung. Auch, wenn Sophia nicht wahrhaben will, dass sie mit ihrer pädagogischen Kunst bei mir das Ende der Fahnenstange erreicht hat. Und mein Bruder scheint dich mittlerweile auch gut leiden zu können."

„Mittlerweile?"

„Na ja, am Anfang ... Ach, da kommen schon unsere Getränke."

Ana wurde rot und musste mir nichts erklären. Ich wollte sie auch nicht aushorchen, also wechselte ich das Thema.

„Und, was machst du jetzt mit der Schule?"

„Schmeißen. Sag ich Sophia auf dem Rückflug. Ich mache mit einer Freundin ein Übersetzungsbüro auf. Wir haben bereits Räume angemietet. Die ersten Gelder für unser Start-up fließen schon."

„Hut ab." Wir stießen mit Cola und Kaffee auf ihre berufliche Umorientierung an.

„Und, wie gefällt dir der Journalismus?"

„Ehrliche oder nette Antwort?"

„Ersteres bitte!"

„Nicht wirklich gut. Ich habe keine Ausbildung und komme mir immer so vor, als müsste ich das verbergen. Viel Flickenschusterei. Kennst du unsere Chefredakteurin?"

„Lidia?"

„Genau. Ich sag dir, die Frau hat Haare auf den Zähnen. Anstrengend. Sie hat mal einen wütenden Artikel von mir gelesen und seitdem will sie die ganze Zeit, dass ich auf die Pauke haue und verbal alles um mich herum kurz und klein schlage. Das ist aber eigentlich gar nicht mein Ding. Am meisten Spaß macht mir meine kleine Beratungsrubrik ‚Sevilla auf der Couch', in dem Bereich fühle ich mich wenigstens kompetent und zu Hause."

„Beratung sagst du."

„Hm, einzelne Leute individuell coachen, das wäre es."

„Hey, da hinten sind die drei, Gonzalo als Hahn im Korb."

„Wo?"

„Vor dem Garagentor. Mein Bruder in der Mitte, einen Arm um Sophia, einen um Lynn gelegt."

„Ein Mann, den die Frauen lieben."

„Nee, Gonzalo hat seit Martina keine mehr an sich rankommen lassen. Doch das hat sich, so scheint es mir, in letzter Zeit deutlich geändert."

Ana wurde mit einem Mal nervös und forderte mich mit Panik in der Stimme auf, Sophia bloß nichts von ihrem neuen Berufsprojekt zu verraten.

„Natürlich nicht."

Laut lachend näherte sich das Trio und quetschte sich dann zu uns an den Tisch.

„Spielverderber", beschimpfte Gonzalo uns scherzhaft. „Das hätte ich ja nicht erwartet, dass ihr so schnell aufgebt."

„Wie viele Prozessionen willst du uns denn noch aufzwingen, Brüderchen?"

„Das absolute Pflichtprogramm ist natürlich die Madrugá, die größte und längste Prozession, die kurz nach Mitternacht am Karfreitag beim Portal der Basilica de Macarena anfängt, und bei der das Paso aus dem Jahr 1595 durch die Straßen bis zur Kathedrale getragen wird."

„Und natürlich müssen wir auch den Paso der Esperanza de Triana von 1418 sehen", ließ sich Lynn nicht die lokalpatriotische Butter ihres neuen Wohnviertels vom Brot nehmen.

„Und dann gehen die Prozessionen eigentlich auch noch weiter", stöhnte Ana.

„Ja klar, aber Karfreitag ist selbstverständlich der Höhepunkt. Die Nachtprozessionen, bei denen die Nazarener mit dicken Kerzen vorneweglaufen, muss man eigentlich schon gesehen haben." Gonzalo warf seiner genervten Schwester einen vielsagenden Blick zu. „Danach würde ich meinem schwachen Schwesterchen durchaus eine Pause gönnen."

„Zu gnädig. Vergiss nicht, dass du der Ältere von uns beiden bist. Du suchst doch nur einen Vorwand, um deine morschen Knochen auszuruhen", konterte Ana.

„Also, wenn außer mir niemand kulturinteressiert ist, hätte ich noch einen Alternativvorschlag."

Ana zwinkerte mir zu. Ich lachte.

„Schieß los!“

Gonzalo schien auf meine Aufforderung nur gewartet zu haben.

„In Wirklichkeit wollte ich euch fragen, ob nicht jemand Lust auf etwas Natur hat. Was haltet ihr von einer kleinen Exkursion in die Nähe des Naturschutzgebiet Coto de Doñana am Wochenende?“

„Au ja“, begeisterte sich Lynn. „Da war ich auch noch nicht.“

„Geht nicht auch diese Wallfahrt El Rocío dort irgendwo in der Nähe von Huelva los? Ich meine, dann würden wir uns sozusagen noch immer religiös betätigen.“

Aus den verschiedensten Motiven wurde Gonzalos Vorschlag schließlich einstimmig angenommen.

Kapitel 28

P wie Pause

Das Zitat des Tages:

„Gerade in stressigen Zeiten, meint so mancher, könne er an Pausen sparen. Aber genau das Gegenteil trifft zu. Je mehr die Arbeit ausufert, umso mehr können Auszeiten den Druck mindern.“

(Ratgeber für angewandte Psychologie, S. 75)

Für Anas und Sophias letzten Urlaubstag in Spanien hatten wir uns somit einstimmig für einen gemeinsamen Ausflug entschieden. Direkt nach dem Frühstück trafen wir uns alle vor Gonzalos Haus. Wir passten gerade so in seinen Wagen. In dem Wissen, dass unsere Stunden miteinander gezählt waren, benahmen wir uns so ausgelassen wie auf einem Familienausflug und genossen intensiv jede Minute, die wir noch zusammen verbringen konnten. Ana durfte vorne neben ihrem Bruder sitzen, der wie immer ausgesprochen umsichtig fuhr. Ich wollte schon bereitwillig auf dem Schleudersitz auf der Rückbank in der Mitte Platz nehmen, als Lynn von selbst anbot, mit mir zu tauschen. Ich war ihr und Sophia dankbar, dass sie keine blöden Witze darüber machten, als ich nach dem Platztausch so unauffällig wie möglich dreimal mit zitternden Fingern prüfte, ob mein Gurt auch tatsächlich eingerastet war.

Wir fuhren fast zwei Stunden, bis Gonzalo seinen Pick-up neben einer riesigen Grünfläche parkte.

„Wo sind wir hier?"

„Im Park Moret, einer der größten Parkanlagen hier in Andalusien, gehört bereits zu Huelva. Ganz hübsch für einen städtischen Park. Es gibt Grillplätze, Picknicktische und einen großen See. Die Naturreservate selber kann man nicht ohne Voranmeldung betreten, weder den Coto de Doñana, noch den Marisma de Odiel."

„Das ist wirklich zu schade", unterbrach Ana ihren Bruder und zeigte in den Himmel. „Schaut, da fliegen Flamingos. Früher habe ich hier mal einen ganzen Schwarm von ihnen gesehen, das hat mich damals wahnsinnig beeindruckt."

„Tja, aber ich finde es super, dass wir spontan unsere Freizeitgestaltung umgeworfen haben, auch, wenn wir so kurzfristig nicht in den Park hineinkommen", meldete ich mich von der Rückbank zu Wort. Jetzt beteiligte sich auch Lynn mit Begeisterung in der Stimme am Gespräch.

„Ich finde das überhaupt sehr erstaunlich, wie viele europäische Zugvögel auf ihrer Reise nach Afrika hier in Andalusien zu sehen sind." Ana gab ihr recht. „Wenn du Vögel magst, solltest du demnächst wirklich mal einen Ausflug zu den Feuchtgebieten des Doñana Parks planen. Der ist voll mit buntem Federvieh – allen Umweltkatastrophen, die sich in letzter Zeit so ereignet haben, zum Trotz."

„Ja, ich erinnere mich", fügte Gonzalo hinzu. „Da war doch dieser Unfall Ende der 90er mit den Abwässern eines Bergwerks. Wie war das noch? Floss da nicht so eine Schlickbrühe mit giftigen Schwermetallen auf den Naturpark zu?"

„Stimmt", bestätigte seine Schwester. „Eklige Vorstellung!"

„Unter diesen Umständen nehmen wir doch gerne vorlieb mit diesem künstlichen Teich vor uns, nicht wahr, Kinder?" Sophia war ganz in ihrem Element.

„Ich sehe Picknicktische. Nichts wie hin!" Lynn schien unseren Ausflug ebenso pragmatisch wie Sophia anzugehen.

Wir alle hatten jede Menge Snacks für die Mittagspause vorbereitet, die uns das Wasser im Munde zusammenlaufen ließen: Chorizo, Salate, Meeresfrüchte, Tortillas, Obst, Käse, Baguette und Müsliriegel. Letztere kamen von Sophia: „Für mein Moppelchen." Sophia aß demonstrativ langsam und nur sehr wenig, dafür schlug Lynn ordentlich zu. Sehr ungewöhnlich. Als die anderen uns nicht hören konnten, fragte ich sie leise: „Ist was?" Mit vollem Mund antwortete sie: „Hab Schluss gemacht."

„Oh, Mann. Und wie geht es dir?"

„Hmmm, den Umständen entsprechend. Gibt es noch Schokolade?"

Ich grinste und nahm mir vor, mich bald mit ihr alleine zu treffen, denn jetzt war nicht der geeignete Zeitpunkt, um über Details zu sprechen.

Wir aßen und hingen unseren Gedanken nach, genossen die Sonne in unserem Gesicht. Als ich meine Augen wieder öffnete, sah ich, wie Sophia heimlich ihren

Babybauch streichelte. Die Geste berührte mich und ich empfand mich als schlechte Freundin, da ich ihr die ganze Zeit ziemlich aus dem Weg gegangen war. Das war nicht unbedingt böse Absicht gewesen. Zugegeben, anfangs vielleicht ein wenig, da die Zelebration ihrer Schwangerschaft und ihrer Beziehung zu dem Kindsvater mich ziemlich aufgewühlt hatte. Doch dann hatte es sich einfach so eingespielt, dass wir tagsüber fast nie zu zweit, sondern immer nur im Tross losgezogen waren. Das war zum einen typisch spanisch, zum anderen hatte das meine angespannten Einzelbeziehungen auch enorm entlastet. Sobald wir dann abends nach Hause gekommen waren, war Sophia meist sofort ins Bett gefallen. Mit Lynn hatte ich ebenfalls kaum ein persönliches Wort gesprochen. Noch immer war unser letzter Streit nicht geklärt, aber ihr schien das Leben in der Gruppe ebenfalls gutzutun. Jetzt, da ich wusste, dass sie Liebeskummer hatte, erschien mir das auch nur logisch.

Wir räumten die Picknickreste zusammen und spazierten ein wenig durch den Park, um uns unter einem großen Baum ein Plätzchen für ein Mittagsschläfchen zu suchen. Schon bald wurden wir fündig und breiteten unsere Decken aus. Mit vollem Bauch legten wir uns unter die Schatten spendenden Äste und versuchten zu dösen. Da ich neben Gonzalo landete, war mir sofort klar, dass ich es nicht schaffen würde, an seiner Seite so einfach wegzudämmern. Die körperliche Anziehung zwischen uns war dafür nach wie vor viel zu stark. Schlimmer noch, sie schien umso intensiver zu werden, je mehr Zeit wir miteinander verbrachten. Ich schloss die Augen und versuchte mich zu entspannen, aber wie erwartet ohne Erfolg. Als Sophia dann anfing, laut und deutlich zu schnarchen, konnte ich nicht anders und musste lachen. Neben mir hörte ich ebenfalls ein unterdrücktes Lachen. Gonzalo und ich drehten uns auf die Seite und begannen uns flüsternd zu unterhalten.

Wir sprachen über Consuelo und Granada, die Interviews mit den PAH-Aktivisten, lästerten über Lidia und landeten schließlich beim Thema Zeitung und Drogenmissbrauch. Gonzalo erzählte mir von Ángel, seinem Bekannten, über den er bei Rastro Reto die Gebrauchtmöbel bezog und plötzlich schmiedeten wir Pläne für ein Drogen-Präventions-Projekt an Juans Colegio in Zusammenarbeit mit Ángel und seinem Rastro Reto. Gonzalo sprach vor Begeisterung immer schneller. Wie er so voller Elan plante, bemerkte ich, dass er seiner Schwester Ana tatsächlich ziemlich ähnlich sah.

„Apropos Projekt: Wenn ich mich richtig erinnere, dann machen die am Colegio immer so eine Projektwoche vor der Feria de Abril. Vielleicht könnten wir ja zusammen mit Ángel die Rastro-Möbel renovieren und neu stylen. Das kann ich ganz gut und du führst im Hintergrund individuelle Beratungsgespräche."

„Super, das wäre vielleicht genau der konstruktive Umgang mit dem Thema, den ich mir wünsche."

Bevor wir unsere Ideen noch weiter entwickeln konnten, waren die anderen schon wieder aufgewacht. Wir beschlossen, zum Strand zu fahren und ein Bad im Atlantik an der Costa de Luz zu nehmen. In einer Strandbar genehmigten wir uns eine Runde Eis und dann liefen wir durch die Dünen. Da es recht früh im Jahr war, waren noch viele Bars geschlossen, die Liegestühle standen zusammengeklappt an der Mauer, von Sonnenschirmen keine Spur. Man konnte jetzt schon erahnen, dass hier im Sommer der Bär steppte. Mir gefiel diese seltsame verlassene Atmosphäre eigentlich besser.

„Hat etwas von Nordseeinsel."

„Mia, du spinnst wohl. Zwanzig Grad im März, was redest du da von Nordsee?" Sophia konnte ich nicht überzeugen. Lynn und Ana zogen sich sogar demonstrativ ihre Kleidung aus und liefen händchenhaltend in den kalten Atlantik hinein. Ich fand das arg übertrieben, aber Gonzalo und Sophia feuerten die Mädels durch Klatschen und Pfiffe an, gerade so als wären sie der FC Köln auf dem Weg zur Tabellenspitze. Bibbernd, fröstelnd und lachend kamen sie nach ein paar Minuten aus dem Wasser zurück.

„Das musste einfach sein", behauptete Lynn.

„Schon allein, um bei meiner morgigen Rückkehr nach Köln meinen Mitreferendaren vom Schwimmen im Atlantik vorschwärmen zu können. Ich freue mich jetzt schon auf ihre eifersüchtigen Gesichter!"

Am frühen Abend stärkten wir uns noch in einer zünftigen Taberna. Es war schon dunkel, als Gonzalo uns anschließend nach Sevilla zurückkutschierte. Ein schöner letzter Urlaubstag für Ana und Sophia. Am Flughafen nahm ich Ana fest in die Arme.

„Auf in den Kampf", sagte sie und sah recht verängstigt aus.

„Al ataque", spornte ich sie an, um ihr Mut zu machen.

Sophia umarmte ich so behutsam wie möglich.

„Leg mal deine Hand hier hin“, befahl mir meine Freundin und führte meine rechte Hand vorsichtig unter ihren Bauchnabel.

„Spürst du es?“

Ich nahm tatsächlich ein ganz zartes Beben wahr, eine Art Pochen.

„Ist ja der Wahnsinn. Es klopft an. Es will mit dir reden.“

„Noch besser. Wenn ich meine Hand hierhin lege“, sie positionierte ihre linke Hand knapp über ihrem linken Hüftknochen, „dann kommt mein Fischlein angeschwommen und schmiegt seinen Kopf in meine Handinnenfläche.“

Ich war mir nicht ganz sicher, ob es stimmte, aber Sophia sah sehr glücklich aus.

„Ist ja unglaublich. Seit wann spürst du denn dieses, wie soll ich es nennen, Klopfen?“

„Seit ich in Spanien bin, jeden Tag ein wenig kräftiger, scheint mir.“

„Sophia, ich mag dein, ähm, euer Kind jetzt schon. Pass gut auf dich selbst und auf euren Wurm auf.“

„Mach ich. Und du, krall dir Gonzalo. Der passt viel besser zu dir als das, was du mir von diesem Rafa erzählt hast, deinem großen Schwarm von früher. Gonzalo gefällt mir echt gut, sieht leider ein bisschen zu attraktiv aus. Scheint das aber nicht so zu bemerken.“

„Jaja“, sagte ich kurz angebunden und drehte mich ängstlich um, ob Gonzalo uns hören konnte. Das wäre mir wirklich peinlich gewesen. Doch Gonzalo stand mit versteinertem Gesicht neben seiner Schwester. Sah ganz so aus, als hätte sie ihm doch noch vor ihrem Abflug ihre kleine berufliche Kursänderung mitgeteilt.

Als die beiden Frauen im Boarding-Bereich verschwunden waren, blieben Gonzalo und ich alleine zurück. Auf der Rückfahrt schwiegen wir. Doch sobald er mich absetzte, bedankte ich mich noch einmal für die gemeinsamen Tage. Er strich mir zärtlich über die Wange.

„Ich muss dir übrigens noch etwas erzählen. Es ist schön, dass wir jetzt wieder Zeit für uns haben. Also dann, bis morgen. Schlaf gut.“
Seine Andeutung beunruhigte mich.
„Um was geht es denn?“
Aber diesbezüglich sollte ich, da wir unsere Art miteinander zu reden änderten, keinen Mucks mehr aus ihm herausbekommen: Seine Lippen fanden meine und endlich konnten wir unserer wochenlang aufgestauten Sehnsucht in einem ausgiebigen, sinnlichen Marathonkuss Ausdruck verleihen. Um unser Glück nicht überzustrapazieren, löste ich mich irgendwann äußerst unwillig aus seiner Umarmung.
„Schlaf gut, mein Liebster, und träum süß!“
„Ich weiß auch schon von wem.“
Wir küssten uns noch ein letztes Mal und dann ging ich mit hüpfendem Herz nach Hause.

Kapitel 29

F wie Frühling

Das Zitat des Tages:

„Im Frühling sind andere Hormone aktiver als im Winter. Während der dunklen Jahreszeit wird verstärkt Melatonin, ein Hormon, das uns schläfrig macht, ausgeschüttet, im Frühling wird die vermehrte Produktion von Serotonin, dem Glückshormon, durch das Sonnenlicht stimuliert. Viele Menschen empfinden die helleren, längeren Tage als Zeit des Aufbruchs."

(Ratgeber für angewandte Psychologie, S. 63)

Am nächsten Morgen wachte ich bis in die Haarspitzen verliebt und mit einem Kopf voller Ideen für unsere Projektwoche auf. Die Frage war nur, wie wir uns Zutritt zum Colegio verschaffen konnten. Ganz gewiss nicht über den PR-Sprecher. Ich trank Kaffee und kritzelte auf einem Blatt herum, als das Telefon läutete. Es war Raquel.

„Hallo, Mia, hast du die Osterwoche gut überstanden?"

„Ja, sehr gut sogar. Ich hatte Besuch aus Köln und wir sind fast zu jeder Prozession gegangen.“

„Hört sich prima an. Was ich dich fragen wollte, du hast doch mal Juan so eine Telefonnummer gegeben, einen Kontakt vermittelt. Ähm, Maximilians Tochter Sol möchte es noch einmal versuchen. Vielleicht könntest du mit ihr sprechen und ihr von dieser Drogenberatung erzählen.“

„Klar, im Prinzip schon. Die Frage ist, will sie das selbst oder willst du das?“

In diesem Moment fing Raquel an zu weinen.

„Wo denkst du hin? Alles, was wir machen, ist falsch. Mir hört sie überhaupt nicht zu. Aber dich würde sie sehen wollen. Der Arzt hat ihr wohl deutlich zu verstehen gegeben, dass es mit ihr nicht gut ausgegangen wäre, wenn Juan nicht zur rechten Zeit am rechten Ort gewesen wäre und deine Anweisungen befolgt hätte.“

Ich gab ihr die Nummer von Esteban und deutete Raquel schon einmal an, dass ich vielleicht ein Projekt im Colegio anbieten wollte, das sich ebenfalls indirekt mit dem Thema Drogen beschäftigen würde. Ich hörte, wie Raquel der Hörer aus der Hand gerissen wurde.

„Klein hier. Was soll das? Ich höre gerade, dass Sie sich schon wieder in das Leben am Colegio einmischen wollen.“

Ich wurde ganz ruhig und legte dem Sprecher Gonzalos und meine Ideen kurz und knapp dar. Nachdem er mich anfangs mehrmals zu unterbrechen drohte, ließ er mich dann endlich aussprechen. Ich war ganz erstaunt, wie schlüssig sich unser Konzept anhörte. Obwohl es in Huelva nur eine wilde Ideensammlung während der Siesta unter einem schattigen Baum gewesen war, klang unser Plan mittlerweile sehr überzeugend, hatte Hand und Fuß. Meine Zeit als Fachbereichsleiterin in der Kölner Bildungsakademie war offensichtlich doch nicht spurlos an mir vorbeigegangen. Die wohlklingende Antragslyrik beherrschte ich noch immer, sogar unvorbereitet am Telefon. Eine Dreiviertelstunde später beendete Klein unser Gespräch, indem er mich um weitere Informationen bat.

„Schicken Sie mir Ihren Vorschlag doch einmal per Mail zu, gerne auch mit Angaben zu Ihrer Vita und Ihrer Berufsqualifikation. Ich werde das Dossier dann mit der Schulleitung kritisch prüfen."

Beflügelt von meinem Erfolg, setzte ich mich gleich mit Esteban in Verbindung und fragte ihn, ob er schon einmal etwas von Rastro Reto gehört hatte.

„Klar. Die Rastros arbeiten über das ganze Land verteilt. Du stößt überall in Spanien auf sie. Sie sind eine recht erfolgreiche Organisation, besonders was das Fundraising angeht und absolut seriös. Was genau hast du denn vor?"

Ich erläuterte es ihm und er machte uns Mut. „Wenn du die als Kooperationspartner gewinnst, dann würde das dem Colegio Heidelberg sehr zugutekommen."

Mit den guten Nachrichten machte ich mich auf zur Redaktion. Gonzalo und ich setzten uns in der Mittagspause zusammen, luden gut gemachte Fotos von den Second-Hand-Möbeln hoch und formulierten ein ansprechendes Dossier. Gonzalo telefonierte mit Ángel, der zwar weniger Begeisterung als wir beide zeigte, sich aber dennoch bereit erklärte, uns zu unterstützen.

„So, Gonzalo, und jetzt raus mit deiner großen Neuigkeit", bedrängte ich ihn, nachdem wir auf unser Projekt angestoßen hatten.

„Ich habe meine Kündigung eingereicht. Habe sie Lidia letzte Woche in die Hand gedrückt."

„Bitte was?!"

„Mein Artikel über die PAH hat große Wogen geschlagen. Du wirst es nicht glauben, aber die ‚Crónica' hat mich abgeworben."

Ich starrte Gonzalo an. Er sah stolz und glücklich aus. Konnte er auch sein. Die ‚Crónica' war schließlich die angesagte Zeitung vor Ort mit einer ausgesprochen guten Reputation. Klar, es war nicht die ‚El País' oder die ‚Vanguardia', aber sie stand dennoch ziemlich weit oben, was seriösen Journalismus anging.

„Das ist ja eine Überraschung! Herzlichen Glückwunsch!"

„Danke. Ich bin so froh, endlich von den ‚Toros' wegzukommen."

Als er diesen Gedanken aussprach, wusste ich, was mir zu schaffen machte.

„Das heißt, du willst mich alleine bei den Stieren zurücklassen?"

„Qué va", beruhigte er mich und gab mir einen zarten Kuss auf die Wange. Wir hatten uns noch vor Dienstbeginn kurz darüber verständigt, unsere Liebesbekundungen bei der Arbeit dezent zu halten und nicht zu einem Porno ausarten zu lassen.

„Mein Vertrag läuft erst in sechs Wochen aus. Und bis dahin haben wir vielleicht für dich auch schon etwas anderes gefunden."

Leider kam er nicht dazu, mir zu erklären, auf was er da genau anspielte. In unserer Eckkneipe brach Unruhe aus, die Mittagspause war vorbei, die Redakteure eilten zum Zeitungsgebäude zurück. Mich beschäftigten auch noch so viele andere Fragen, doch da sich die Ereignisse überschlugen, kamen Gonzalo und ich in den nächsten Tagen einfach nicht dazu, uns auszusprechen.

Kaum rief ich, zurück an meinem Katzentisch, neue Mails auf meinem Laptop ab, da erhielt ich auch schon die Einladung zu einem Gespräch bei Herrn Schropper, dem Direktor vom Colegio Heidelberg. Ich besprach mich kurz mit Gonzalo, der wiederum Ángel anrief. Kurz darauf telefonierte ich mit der Schulsekretärin, mit der ich einen Termin ausmachte.

Eine Woche später saßen wir zu sechst in Herrn Schroppers Büro: Gonzalo, Ángel und ich auf der einen, Herr Schropper, eine Elternvertreterin und Herr Klein auf der anderen Seite. Unser Gespräch verlief erstaunlich angenehm. Der Direktor war ein sympathischer, entgegenkommender Mann und auch die Elternvertreterin verfolgte unsere Beamer-Präsentation mit großem Interesse und Herr Klein, nun denn, der hielt sich immerhin zurück. Ich hatte am Wochenende vorher noch lange mit Sophia geskypt und sie hatte mir noch wertvolle Tipps gegeben, für welche Jahrgangsstufen wir unser Projekt anbieten sollten und wie wir es pädagogisch begründen konnten. Außerdem stammte die geniale Idee, die recycelten Möbel auf dem Schulfest im Rahmen einer Auktion zu versteigern, von ihr. Mit diesem Vorschlag brachten Gonzalo und ich selbst Pressesprecher Klein zum Lächeln.

Das Projekt wurde ein voller Erfolg. Juan und Sol unterstützten uns bei der Durchführung und machten in der Schülerschaft ordentlich Werbung. Ich hatte gar nicht allzu viel zu tun. Während der Projektwoche versammelte ich die Schüler jeden Morgen in einem Stuhlkreis, um sie mit der Blitzlichtmethode, die ich schon damals bei meinen Flirtseminaren in Köln angewendet hatte, nach ihrer aktuellen Stimmung zu fragen. Während Ángel und Gonzalo die Kunstlehrer bei den handwerklichen Arbeiten unterstützten, nahm ich einzelne Schüler aus dem Geschehen zur Seite und führte individuelle Beratungsgespräche mit ihnen. Das sprach sich schnell herum und Mitte der Woche wandten sich sogar Schüler an mich, die sich gar nicht für unser Projekt eingeschrieben hatten.

Der Direktor und die Elternvertreterin besuchten uns beide zweimal unangekündigt und auch sie schien unsere Arbeit zu überzeugen. In der letzten Stunde am Freitag sammelte ich Feedback-Bögen ein. Abends feierten Gonzalo und ich auf sehr intime Art und Weise unsere durch die Bank weg positive Bewertung. Obwohl wir es ursprünglich langsam angehen lassen wollten, fanden wir dann letztendlich doch sehr schnell als Paar wieder zueinander. Da wir ein ebenso gegensätzliches wie harmonisches Duo bildeten, war eins gewiss: Auch in der Zukunft würde es zwischen uns nicht langweilig werden. Schon am Montag nach dem Schulfest bestätigte sich diese Annahme, denn die Dinge entwickelten sich noch verrückter als erwartet. Herr Schropper bot mir eine Stelle als Schulpsychologin für das nächste Schuljahr an! Ich machte mich ein wenig rar und bat um Bedenkzeit, obwohl ich innerlich sofort Feuer und Flamme war. Wie erwartet rieten mir Lynn, Raquel und Gonzalo dazu, den Vertrag zu unterschreiben. Sogar die kritische Sophia, die ich per Skype befragte, fand keine Einwände. Also besiegelte ich am nächsten Tag meine Zukunft mit meiner Unterschrift. Nun stand es fest, dass ich im kommenden Jahr weiterhin in Sevilla leben, lieben und arbeiten würde. Was für eine Aussicht!

Eine Woche vor der Eröffnung der Feria de Abril, fand das Schulfest mit unserer Auktion statt. Am darauffolgenden Tag erschienen gleich mehrere wohlwollende Beiträge über unsere Versteigerung von Gebrauchtmöbeln zugunsten der Drogenhilfe.

„Mein Schatz, wer hätte das gedacht?", freute sich Gonzalo. „Da haben wir beide ganz schön was auf die Beine gestellt. Das schreit meiner Meinung nach geradezu nach einem Fest."

„Wie wär's mit der Feria de Abril?"

„Ganz genau! Wie jedes Jahr ist die caseta bereits angemietet, damit wir stilecht feiern können. Meinen Anzug habe ich auch schon zur Wäscherei gebracht. Hoffentlich erkennst du mich überhaupt wieder, wenn ich auf dem Rücken eines Pferdes sitzend meinen Borsalino für dich lüfte."

„Ist das nicht alles unfassbar teuer?"

„Ach, Mia, ich habe eine große Familie und viele Freunde."

Und so kam es, dass ich die Feria in einer von Raquel geliehenen Flamencotracht in einem der großen Privatzelte verbrachte, deren Wände aus Holzbrettern bestehen und die für nur eine, höchstens zwei Wochen im Jahr aufgestellt werden. Die meisten Festhäuschen wurden privat genutzt und waren für die Öffentlichkeit nicht zugänglich.

Wenn schon feiern, dann auch richtig, war Gonzalos Devise. Und dementsprechend ließ er es sich nicht nehmen, mit mir abends in voller Festmontur auf einer Kutsche Runden durch den Park zu drehen. Ich fand diese Aktion fast schon ein wenig protzig, aber ich wollte ihm den Spaß nicht nehmen. Außerdem gab es uns die Gelegenheit zu einer ausgiebigen Knutscherei und Gonzalo küsste wirklich verdammt gut! Anschließend versumpften wir zusammen mit unseren Freunden und Bekannten in der teuflischen Amüsiermeile Calle de Infierno. Während sich die meisten mit großer Begeisterung dem Geschwindigkeitsrausch auf Riesenrädern, Autoscootern und Achterbahnen hingaben, probierten Lynn und ich den berühmten Manzanilla-Wein und machten uns über diverse Tapas her. Lynn hatte mir übrigens verschwiegen, dass sie Sevillanas tanzen konnte. Ich glaubte, meinen Augen nicht zu trauen, als sie sich mit Ángel in die Menge der Tänzer einreihte und schrittsicher und elegant die vier Teile des Volkstanzes formvollendet präsentierte. Überhaupt schien sie sich auffallend gut mit Gonzalos Freund zu verstehen. Während ich die Tanzkünste des schönen Paares bewunderte, hörte ich Hufe hinter mir. Ich drehte mich um und da saß Gonzalo tatsächlich auf einem majestätisch geschmückten Pferd und winkte mir zu. Gut, dass er mich vorgewarnt hatte, denn um ein Haar hätte ich ihn in seiner eleganten Reiterhaltung nicht wiedererkannt.

Als ich am nächsten Tag ausgeschlafen hatte, skypte ich mit Sophia.

„Na, lässt dir Gonzalo, dein schmucker Lover, zwischen all den Küssen auch mal Zeit, mit deiner guten alten Freundin zu quatschen?", foppte sie mich zur Begrüßung.

„Das traust du dich auch bloß deswegen zu sagen, weil du dich viele Kilometer von mir entfernt vor deinem Bildschirm in Sicherheit wähnst", konterte ich und streckte ihr gutgelaunt die Zunge heraus.

„Von wegen weit weg. Wenn alles gut geht, wirst du schon in den Sommerferien zu uns nach Köln kommen müssen. Wegen der Taufe."

„Natürlich geht alles gut", beruhigte ich die werdende Mutter.

„Zur Taufe müsst ihr alle kommen, ist doch klar. Du, Lynn, Gonzalo und Ana."

Ich lachte.

„Was?", hakte Sophia gleich nach.

„Halt mal besser noch einen weiteren Platz für Lynns Begleiter frei."

„Oh nee, nicht dieser Staatsanwalt."

„Aber nein, ich dachte eher an einen Kerl, der auf den vielversprechenden Namen Ángel hört."

„Mach ich gerne. Da scheint sich also etwas anzubahnen ... Interessant. Apropos Engel. Süße, bist du eigentlich immer noch davon überzeugt, dass das Leben ein Stierkampf ist?"

„Hab ich das je behauptet?"

„Vielleicht ganze acht Jahre lang?"

„Quatsch, da hast du etwas missverstanden", neckte ich Sophia, bevor ich übermütig fortfuhr: „Hoffentlich hört Lidia uns nicht ab, denn ihr wird es gar nicht gefallen, dass mein neues Motto: ‚Das Leben ist kein Stierkampf‘ lautet.“

„Apropos abhören. Lukas kommt nach Hause, ich muss Schluss machen. Feiere die nächsten Tage auf der Feria für mich mit!“

„Zu Befehl!“, versprach ich ihr grinsend.

„Meine Schüler sagen dazu übrigens ‚yolo: You only live once‘.“

„Recht haben sie!“, lachte ich. „In diesem Sinne, tschüss bis zum nächsten Mal.“

Ich fuhr meinen Computer herunter, nahm Raquels Flamencokleid vom Stuhl und verschwand pfeifend in bester Feierlaune im Badezimmer.

At Ease

Englische Lyrics des Songs Agustito für die Combo ¿Algo Más?

Early in the morning
Thru my window shades
Sunshine softly sneaks in
Awakening

You're laying next to me
So warm and close
I start to smile
Serenity

Chorus:
I'm at ease with my life
I'm at ease, no more doubts
You're giving me so much drive
Now I sense my whereabouts
Now I know all the whereabouts

Later (as) I fetch my bike
Drop my kids at day-care
They hug and kiss me
Curiosity

Milk coffee and some biscuits
Reading the papers
Taking a break
Security

Chorus:
It's the end of a wild party
Flashing colours
My head is topsy turvey
Dizziness

We both join for a night out
Joking and dancing
Talks and discussions
Infinity

Chorus:
At night we go to bed
Closing the shades
Lightening a candle
Cosiness

Hör dir das Lied hier an:
www.sigrun-dahmer.de/extras/
© Sigrun Dahmer